일제강점기 재만조선시인

심연수 詩의 원전 비평

황 규 수 지음

일제강점기 재만조선시인

심연수 시의 원전 비평

부록 : 사진판 심연수 자선시집 『지평선(地平線)』

한국학술정보㈜

▲ 강릉시 난곡동 시인의 생가터 전경

▲ 심연수의 부모

▲ 1940년 동흥중학교 시절 시인(오른쪽 위)

▲ 1940년 5월 금강산에 수학여행
갔을 때 받은 도장들

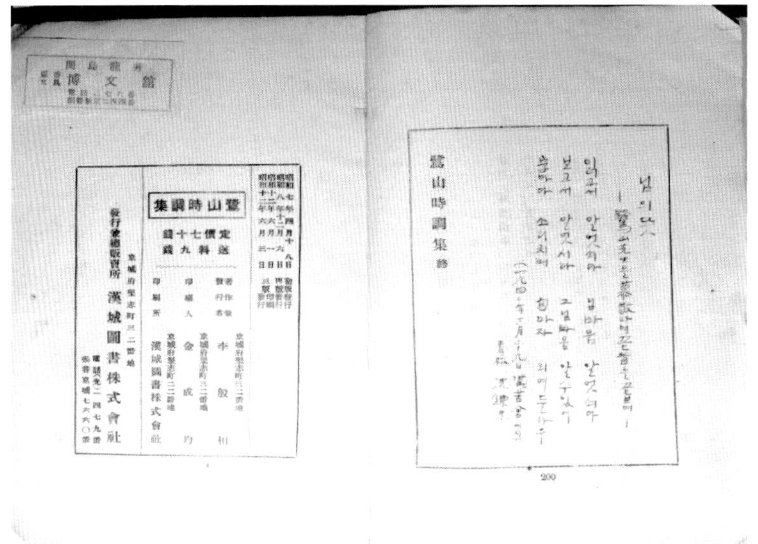

▲ 1940년 3월 29일 시인이 『노산시조집』을 읽고 쓴 시 「님의 뜻」 원본

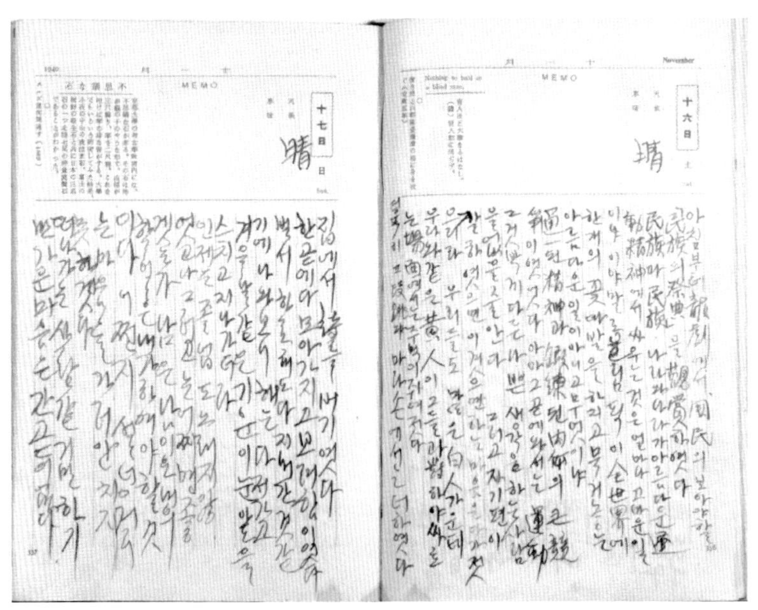

▲ 1940년 1년간 쓴 육필 일기의 일부

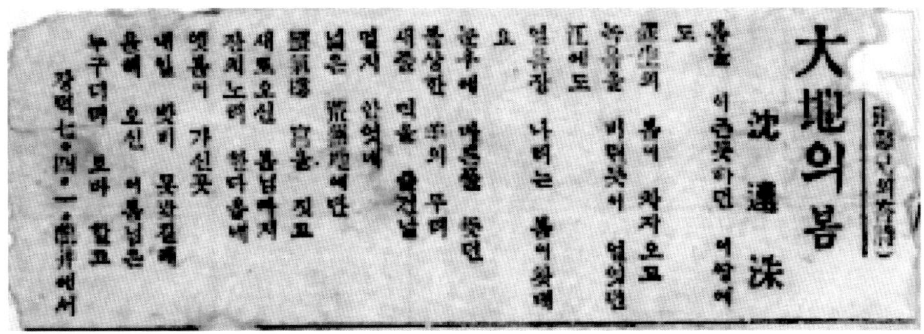

▲ 1940년 4월 16일 『만선일보』에 발표된 시 「대지의 봄」

▲ 1940년 동흥중학교 졸업기념 사진에서의 시인(맨 앞줄 왼쪽에서 8번째)

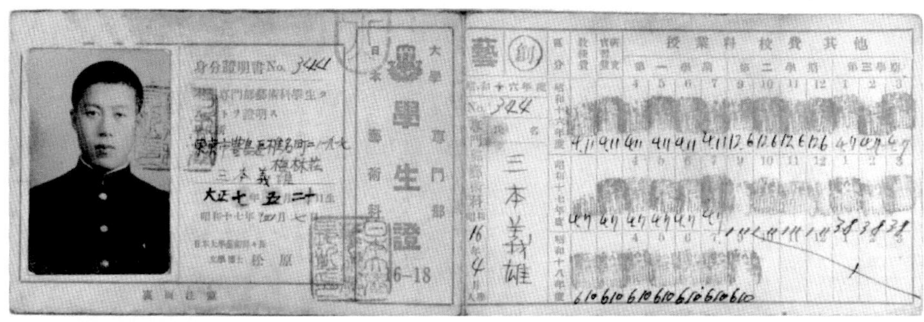

▲ 일본대학 예술과에 다닐 때의 학생증

▲ 일본대학 유학시절의 시인

▲ 일본 유학시절 심창훈 씨와 함께
(앞쪽이 시인)

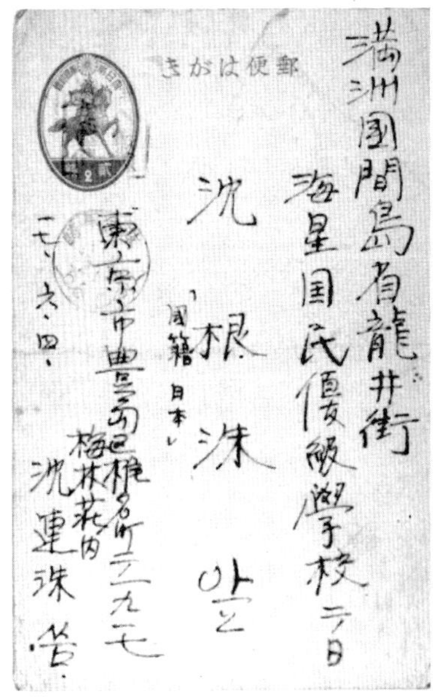

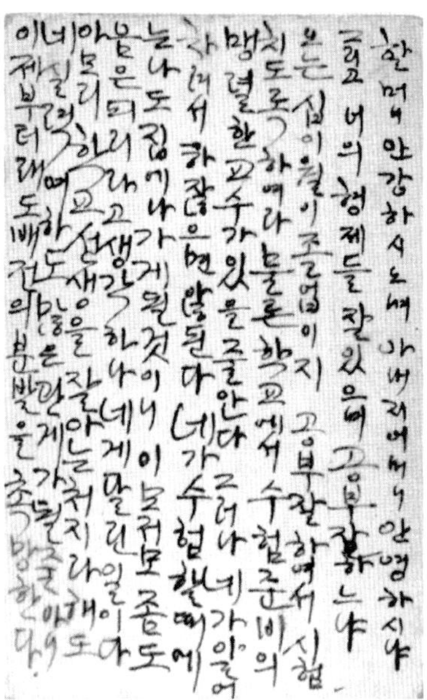

▲ 일본 유학시절 시인이 동생 근수 씨에게 보낸 엽서의 앞뒷면(왼쪽과 오른쪽)

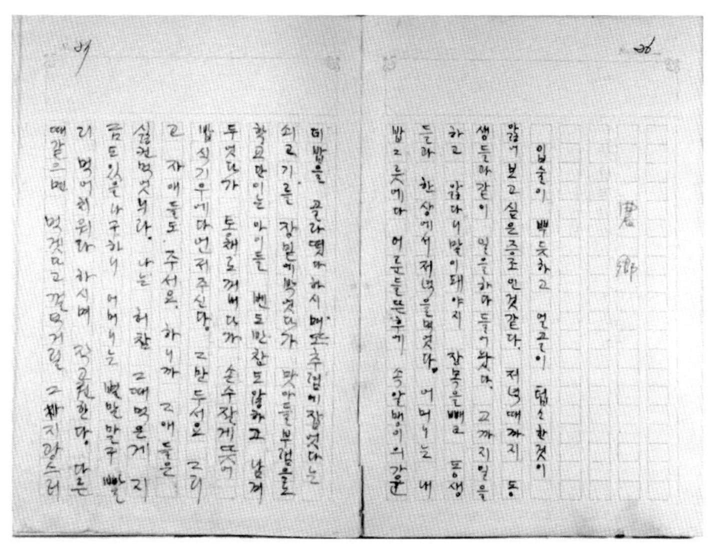

▲ 1942(?)년 10월 11일 쓴 단편 「농향」 앞부분

▲ 영안 성서국민우급학교 교사 재직 시 제8회 졸업기념 사진(1944. 12. 11.)에서의
시인 모습(맨 앞줄 왼쪽에서 7번째)

▲ 1945년 2월 용정 시내 예배당에서 백보배 씨와 결혼

▲ 1987년 심연수의 유복자 상룡 씨를 키워준 동생 호수 씨 부부
(양쪽 끝)와 미망인 백보배 씨(가운데)

▲ 2003년 6월 단장된, 용정 토기동 뒷산 심연수 묘지

▲ 용정시 용정 실험소학교 교정에
　세워진 심연수 시비 「지평선」

▲ 강릉 경포호변 시비·조각 공원에 세워진
　심연수 시비 「눈보라」

　올해는 심연수(沈連洙) 시인이 탄생한 지 90주년이 되는 해다. 그는 1918년 5월 20일 강릉에서 출생하였으나 가난 때문에 고국에서 살지 못하고 이국땅을 떠돌며 살다가, 1945년 8월 8일 광복을 1주일 앞두고, 당시 만주국 왕청현 춘양진의 한 검문소에서 시비가 붙어 다투다 위만군(僞滿軍)에 의해 무참히 피살된 것으로 알려져 있다. 이처럼 일제 강점의 암담한 현실 상황 속에서 비극적 삶을 살다 간 그의 이름이 널리 알려지기 시작한 것은, 지난 2000년 7월『20세기 중국조선족문학사료전집』제1집(심련수 문학편, 연변인민출판사)이 간행되면서부터다. 물론 그도 살아생전에『만선일보(滿鮮日報)』등에 일부 작품을 발표하기는 했지만, 이와 같이 많은 작품이 한꺼번에 공개된 것은 늦게나마 다행스러운 일이었다. 그가 죽은 지 무려 55년 동안 그의 동생 심호수(沈湖洙)에 의해 항아리 속에 깊숙이 묻혀 간직되어 오다가 비로소 공개된 그의 유고 작품은, 흔히 '암흑기' 또는 '공백기'로 지칭되어 온 1940년대의 한국 현대문학사를 풍부히 해 줄 문학의 실체로 여러 논자들의 이목을 집중시키기에 충분했던 것이다. 더욱이 그의 생애의 비극성에서 드러나는, 윤동주 시인과의 유사성은 연변 현지에서만이 아니라 한국 내에서도 그를, 윤동주와 비교하여 일제 말 이국땅에서 민족문학을 지켜낸 대표적 시인 중 한 사람으로 평가하는 데에 주저치 않게 하고 있다. 이와 같은 맥락에서 그의 작품이 공개된 이후 그에 대한 연구 성과는 학위논문으로뿐만 아니라 대학의 일반 학술논문으로도 집적되고 있다. 또한 여러 학술지 또는 문예지 등에서도 다루어지고 있는 것이 눈에 띈다. 그에 대한 논의가 더욱 다양하고 깊이 있게 진행되고 있는 것이다.

　이처럼 2000년 7월 그의 작품이 한꺼번에 처음 공개된 이후 지금까지 그에 대한 논의는 점진적으로 증가되어 왔다. 그의 이름이 널리 알려지기 시작한 기간에 비하면 그에 대한 연구 성과는 그리 적은 편이 아니다. 그럼에도 불구하고 그의 작품이 한국문학사에서 온전히 자리매김되기 위해서는 그에 대한 연구가 앞으로도 끊임없이 진전되어야 할 것이다. 그의 작품을 처음 접하면서 지닐 수밖에 없었던 흥분과 기대감을 이제는 차분히 가라앉히고, 좀 더 냉정하게 그에 대한 논의를 전개해 나가야 하는 것이다. 이러한 점에서 그의 작품에 대한 보다 깊이 있는 논의가 진행되기 위해서는 그에 앞서 원전 확정이 제대로 이루어져야 함은 물론이다. 지금까지 행해진 그의 작품에 대한 논의에서는 원전 확정이 제대로 이루어지지 않은 상태에서 진행됨으로써 잘못된 결론에 도달한 경우가 눈에 띄기 때문이다. 따라서 본 논의가 진행될 수밖에 없는 이유는 바로 여기에 있었다. 필자도 수년 전부터 그에 대해 많은 관심을 갖고 몇 편의 논문을 발표하는가 하면 『심연수 원본대조 시전집』(한국학술정보, 2007)을 간행하기도 하면서, 이에 관해서는 좀 더 체계적이며 깊이 있고 폭넓은 논의가 전개되어야겠다는 필요성을 느끼게 되었던 것이다.

그래서 제2장에서는 먼저, 기존에 간행된 심연수 작품집들을 대상으로 그것들이 지니는 의의와 문제점에 대해 보다 상세하게 살펴보는 것에 논의의 중점을 두고자 하였다. 왜냐하면 이에 대한 검토가 선행될 때 기존의 작품집들에서와 같은 우를 더 이상 범하지 않으면서, 더욱 신빙성 있는 원전 확정을 위한 방안을 모색할 수 있기 때문이다. 이어 제3장에서는 그의 시 작품에 대한 서지 조사 및 정리, 이본의 분석과 비교 검토 과정을 거쳐 최종본을 선정하고자 하였다. 그의 시 원본 끝에 기록된 창작일과 원본의 묶음별 수록 순서 및 그것의 고쳐진 흔적 등을 참조하여 최종본을 결정하고 원전을 확정함으로써 그의 작품에 대한 올바른 이해와 평가의 기본 요건을 갖추어 놓고자 한 것이다. 이와 같은 맥락에서 제4장에서는 이 책에서 진행된 그의 시들에 대한 원전 비평이 지니는 의의와 함께 남긴 과제에 대해 정리해 보고자 하였다. 본서의 이와 같은 논의에서 그 이전보다 진전된 바가 있다면, 이를 더욱 확충시켜 나갈 수 있는 방안도 모색해 보고자 한 것이다.

이렇게 볼 때 이 책에서 행해진 이러한 논의를 바탕으로 해서 남은 과제들이 해결된다면, 그의 작품집도 사진판 및 정본 또는 결정판 등의 형태로까지 간행되어, 그의 작품들에 대한 연구 기반도 더욱 확고히 마련될 수 있을 것이다. 그리고 그렇게 될 때 진정 그의 이름은, '암흑기' 또는 '공백기'로 지칭되어 온 1940년대 한국 문학사를 풍부히 해 준 문인으로 영원히 기억될 수 있을 것이다.

이와 같은 측면에서 본서의 뒷부분에는, 필자가 작성한 '시인 및 시 작품 연보'와 「심연수 시의 원전과 세계 탐구」(『어문연구』134호, 한국어문교육연구회, 2007. 6. 30.)라는 논문, 그리고 시인이 살아생전에 엮어 놓았지만 실제로는 출판하지 못한 '심연수 자선시집 『지평선』'의 원본 사진 등을 부록으로 덧붙여 놓았다. 그럼으로써, 앞으로 이것들이 그에 대한 실증적 연구에 조금이라도 도움이 되는 자료로 활용될 수 있도록, 수록해 놓은 것이다.

결국 이 책이 심연수 연구에 일조가 될 수 있다면, 이는 모두 필자를 알게 모르게 돌보아 주고 계시는 여러분들의 은혜 덕분일 것이다. 먼저 필자가 '좋은 글쓰기'에 힘쓰도록, 늘 격려해 주시는 김재홍(金載弘)·윤영천(尹永川) 두 분 은사님께 거듭 감사드린다. 더욱이 윤영천 선생님께서는 필자에게, '심연수'라는 이름과 그의 작품을 처음 접할 수 있는 소중한 기회를 제공해 주셨다. 또한 필자가 2006년 여름, 심연수 시인의 유고를 보관하고 있는 동생 심호수 씨를 방문하여 자료를 수집하고 면담하는 데에 뜻을 같이해 주신, 중국의 김룡운 선생님과 우상렬(禹尙烈)·임향란(林香蘭) 두 분 교수님께도 고마움의 인사를 드린다. 아울러 지난 '심연수 제7차 학술세미나' 때 참석하시어 필자에게 연구 의욕을 북돋워 주신 엄창섭(嚴昌燮) 관동대 교수님과 오오무라 마스오(大村益夫) 와세다대 명예교수님 내외분께도 감사드린다. 이와 함께 '동산(東山)'의 여러 선생님들의 관심과 배려에 고마운 마음을 전하며, 이 책이 출판될 수 있도록 편의를 제공해 주신 채종준 사장님을 비롯한 한국학술정보(주)의 식구들께도 감사를 표한다.

특히 심연수 시인 탄생 90주년에 간행되는 이 책이 다소 미흡할지라도, 그의 동생 심호수 씨를 비롯하여 유가족들에게 작으나마 위로와 기쁨이 되기를 바란다. 또한 수년간 병마와 싸우시면서도 항상 가족들을 위해 기도하시는, 필자의 어머님께, 그리고 필자가 공부할 수 있도록 성원해 주는 아내 방진화 선생과 두 딸 지윤·지현에게도 본서의 간행이 작은 보답이 되었으면 한다.

2008년 5월 중순
송도(松島) 우거(寓居)에서
지은이 씀

차례

제1장
서 론

1. 연구의 필요성

2008년은 심연수 탄생 90주년, 서거 63주기가 되는 해다. 심연수는 1918년 5월 20일 강릉에서 출생하였으나 가난 때문에 고국에서 살지 못하고 이국땅을 떠돌며 살다가, 1945년 8월 8일 광복을 1주일 앞두고, 당시 만주국 왕청현 춘양진의 한 검문소에서 시비가 붙어 다투다 위만군(僞滿軍)에 의해 무참히 피살되었다.[1] 이처럼 일제 강점의 암담한 현실 상황 속에서 비극적 삶을 살다 간 그의 이름이 널리 알려지기 시작한 것은, 지난 2000년 7월 『20세기 중국조선족문학사료전집』제1집(심련수 문학편)[2]이 간행되면서부터다. 물론 그도 살아생전에 작품을 전혀 발표하지 않은 것은 아니지만,[3] 이와 같이 많은 작품이 한꺼번에 공개[4]된 것은 늦게나마

---

[1] 류연산, 「민족시인 심련수의 흉수는 누구?－시인 심련수의 죽음의 미스테리」, 『인류속의 우리민족』, 요녕민족출판사, 2002, 264~273면. 이 글에서 필자는 심연수가, 추후 국민당 정부 시절 '국민당 동북 정진군(挺進軍) 선견군(先遣軍) 사령'에까지 임명된 바 있는, 비적 마희산(馬喜山)에 의해 피살되었을 가능성이 높음을 다음과 같이 밝힌 바 있다. "직접 흉수는 마희산일 가능성이 많다. 그런데 우리가 심련수의 죽인 흉수는 일본제국주의라고 한다. 그것은 일제가 만주를 침략해서 권력을 행사하던 때였고 만주 산하의 모든 조직과 무장세력은 일본관동군의 직접 지휘를 받기 때문이다. 특히 춘양의 일본경찰서는 춘양 일대의 신선대, 선무반, 협조회, 삼림경찰대 등 모든 조직과 무장의 직접 상급이었다."
[2] 심련수, 『20세기 중국조선족문학사료전집』제1집(심련수 문학편), 연변: 연변인민출판사, 2000. 이후 이 책을 언급할 때는 편의상 간략히 『사료전집』(2000)이라 일컫기로 한다.
[3] 『만선일보(滿鮮日報)』에 발표된 심연수의 작품을 순서대로 열거해 보면 다음과 같다. 먼저 시에 있어서는 「대지의 봄」(1940년 4월 16일)·「여창(旅窓)의 밤」(1940년 4월 29일)·「대지의 모색(暮色)」(1940년 5월 5일)·「길」(1941년 3월 3일)·「인류의 노래」(1941년 12월 3일) 등이 있으며, 기행문에는 「근역(槿域)을 찾아서」(1~3, 1941년 2월 18일~3월 5일)가 있고, 단편소설로는 「농향(農鄕)」(상·하, 1941년 11월 12일·11월 19일)이 있다. 이 외에 『매일신보』에 발표된 그의 평론으로 「문학의 사명」(상·하·속, 1942년 7월 1일·2일·8일) 및 「영화와 연기」(1~4, 1943년 6월 2일~5일) 등도 있다.

다행스러운 일이었다. 그가 죽은 지 무려 55년 동안 그의 동생 심호수에 의해 항아리 속에 깊숙이 묻혀 간직되어 오다가 비로소 공개된 그의 유고 작품은, 흔히 '암흑기'5) 또는 '공백기'6)로 지칭되어 온 1940년대의 한국 현대문학사를 풍부히 해 줄 문학의 실체로 여러 논자들의 이목을 집중시키기에 충분했던 것이다. 더욱이 그의 생애의 비극성에서 드러나는, 윤동주 시인과의 유사성은 연변 현지에서만이 아니라 한국 내에서도 그를, 윤동주와 비교하여 일제 말 이국땅에서 민족문학을 지켜낸 대표적 시인 중 한 사람으로 평가7)하는 데에 주저치 않게 하고 있다. 이와 같은 맥락에서 그의 작품이 공개된 직후 중국 연변 현지에서는, 『문학과 예술』, 『연변문학』, 『도라지』, 『은하수』 등의 잡지에 그의 작품이 발표되고, 『연변일보』와 『흑룡강신문』, 『연변라지오텔레비죤신문』 등의 신문에도 그에 관한 기사가 보도되거나 그의 작품이 발표된 것을 볼 수 있다.8) 국내에서도 『조선일보』 및 『한겨레신문』 등 주요 일간지에, 그의 생애 및 작품이 소개된 바 있다.9) 특히 그의 고향 강릉에서 발행되는 『강원도민일보』에서는 그의 작품이 발굴된 이래 최근까지 그와 관련된 보도를 지속하고 있어,10) 그에 대한 관심과 애정이 일시적인 것이 아님을 보여주고 있

---

4) 『사료전집』(2000)은, 제1부 시편(174편), 제2부 기행시초편(64편), 제3부 소설수필편(단편소설 4편, 만필 4편, 수필 2편, 평론 1편), 제4부 기행문편(1편), 제5부 편지편(26편), 제6부 일기편(310편), 부록<「희생」(전2막), 강영희 작, 심련수 베낌> 등으로 구성되어 있다.
5) 이병기·백철, 『국문학전사』, 신구문화사, 1982, 449~450면.
6) 조연현, 『한국현대문학사』, 성문각, 1973, 585~586면.
7) 이명재, 「민족시인 심연수 문학론」, 『20세기 중국조선족문학사료전집』제1집(심연수 문학편), 서울: 중국조선민족 문화예술출판사, 2004, 572~574면. 이후 이 책을 언급할 때는 편의상 간략히 『사료전집』(2004)이라 지칭하기로 한다.
8) 김성호, 「후기」, 『사료전집』(2000), 645면.
9) 「잊혀진 시인 심연수 발굴······ 연변 흥분」(『조선일보』, 2000. 8. 1.)과 「심련수 존재에 우리 정부도 관심 기울였으면」(『한겨레신문』, 2000. 8. 15.) 등의 신문 기사가 이에 해당되는 것이다.
10) 「8·15 문화 특집, 55년만에 이국땅서 재조명」(『강원도민일보』, 2000. 8. 16.)을 시작으로, 「저항시인 심련수 '생가터 찾았다'」(『강원도민일보』, 2000. 8. 21.), 「내가 본 심연수－원로시인 이기형 옹」(『강원도민일보』, 2000. 11. 30.) 등 심연수와 관련하여 이

다.

　이와 함께 그의 작품이 공개된 직후부터 2007년까지 제7차에 걸쳐 거의 매년 심연수선양사업위원회를 중심으로 '민족시인 심연수 학술세미나'가 꾸준히 개최되어 온 것을 볼 수 있는데,[11] 이로 인해 그의 작품에 대한 연구는 본격적인 단계에 접어들 수 있게 되었다. 한국과 중국의 여러 학자들이 그의 작품에 대해 학문적으로 접근하는 계기가 마련되었을 뿐만 아니라, 그의 선양사업에 대해서도 더욱 많은 사람들이 지속적인 관심을 갖고 참여할 수 있게 하는 밑바탕이 갖추어지게 된 것이다.

　또한 그에 대한 연구 성과는 학위논문[12]으로뿐만 아니라 대학의 일반 학술논문[13]으로도 집적되고 있다. 대학 및 대학원에서도 이제 그의 생애와 작품은 학문

　신문에 보도된 기사를 검색해 보면, 지금까지 이는 수십 건에 이르는 것을 볼 수 있다.

11) 2000년부터 '민족시인 심연수 학술세미나'는 거의 매년 개최되어 왔는데, 그 중심에는 엄창섭 교수가 있어, 그는 심연수에 대한 논문을 지속적으로 발표하면서, 그 연구 성과를 저서『민족시인 심연수의 문학과 삶』(홍익출판사, 2003) 등의 간행을 통해 보여 주고 있다. 그리고 2007년에는 그 세미나에서 그간 발표된 논문들이 집적되어『심연수 학술세미나 논문총서』가 출간된 바 있다.

12) 지금까지 발표된 학위논문으로는, 석사학위 논문 6편과 박사학위 논문 2편이 있다.
　고세환, 「심연수의 시 연구－시의 발전과정과 시의식의 전개를 중심으로」, 관동대 교육대학원 석사학위 논문, 2002. 6.
　김명순, 「심연수 시의 상상력과 모더니티 연구」, 관동대 대학원 석사학위 논문, 2002. 12.
　임향란, 「심연수 시 연구」, 안동대 대학원 석사학위 논문, 2003. 8.
　이장식, 「심연수 시 연구」, 전남대 교육대학원 석사학위 논문, 2004. 2.
　김원장, 「심연수 시조의 특성과 경향에 대한 연구 ― 여행시조를 중심으로 ―」, 관동대 교육대학원 석사학위 논문, 2004. 6.
　박복금, 「심연수 시의 시적 정서와 주제적 특성 연구」, 강릉대 대학원 석사학위 논문, 2004. 12.
　김해응, 「심연수 시문학 연구」, 한국정신문화연구원 한국학대학원 박사학위 논문, 2003. 12.
　최종인, 「심연수 시문학 연구」, 관동대 대학원 박사학위 논문, 2005. 12.

13) 부경대 인문사회과학연구소에서 간행한 논문집『인문사회과학연구』제5권(2005. 2.)에 수록된, 허형만의 「심연수 시의 텍스트 비평」, 조동구의 「심련수 시의 민족시적 위상」, 노철의 「심련수 시에 나타난 시의식 연구」, 김해응의 「심연수의 생애와 시세계 연구」 등의 논문은, 그 대표적 예에 해당되는 것들이다.

적 논의의 대상이 되고 있는 것이다. 그리고 그에 대해서는 여러 학술지 또는 문예지 등에서도 다루어지고 있는 것이 눈에 띈다.14) 그에 대한 논의가 더욱 다양하고 깊이 있게 진행되고 있는 것이다.

이처럼 2000년 7월 그의 작품이 한꺼번에 처음 공개된 이후 지금까지 그에 대한 논의는 점진적으로 증가되어 왔다. 그의 이름이 널리 알려지기 시작한 기간에 비하면 그에 대한 연구 성과는 그리 적은 편이 아니다. 그럼에도 불구하고 그의 작품이 한국문학사에서 온전히 자리매김되기 위해서는 그에 대한 연구가 앞으로도 끊임없이 진전되어야 할 것이다. 그의 작품을 처음 접하면서 지닐 수밖에 없었던 흥분과 기대감을 이제는 차분히 가라앉히고, 좀 더 냉정하게 그에 대한 논의를 전개해 나가야 하는 것이다. 이와 같은 맥락에서 그의 작품에 대한 보다 깊이 있는 논의가 진행되기 위해서는 그에 앞서 원전 확정이 제대로 이루어져야 함은 물론이다. 원전 확정이 제대로 이루어지지 않은 상태에서 논의가 진행됨으로써 잘못된 결론에 도달한 경우를 우리는 어렵지 않게 보아왔기 때문이다.15) 실제로 지금까지 행해진 그의 작품에 대한 논의에서도 원전 확정이 제대로 이루어지지 않은 상태에서 그것이 진행됨으로써 잘못된 결론에 도달한 경우가 눈에 띈다. 따라서 본 논의가 진행될 수밖에 없는 이유도 바로 여기에 있다. 그와 같은 우를 더 이상 범하지 않고 그

---

14) 2000년 그의 작품이 널리 공개된 이래 지금까지 국내의 학술지나 문예지 등에 발표된 그에 대한 논의는 대략 27편 정도에 이르는 것을 볼 수 있다. 그런데 이 중 주목할 만한 것으로는 다음과 같은 글이 있다. 정덕준·김정훈의 「일제강점기 재만 조선인 시인 연구 — 심연수 시의 심미성 연구 —」(『한국문학이론과 비평』제24집, 2004. 9.), 이충섭의 「용정시인 심연수 <여행시조>와의 1940년대 여행」(『시조문학』2005. 여름), 이명재의 「심연수 시인론: 윤동주 시인과 더불어」(『열린문학』통권37호, 2006. 3·4), 엄창섭의 「심연수 시인의 시적 공간 해석」(『문학과비평』제16호, 2006. 봄), 오양호의 「심연수 소설 연구」(『현대소설연구』제34호, 2007. 6.), 황규수의 「심연수 시의 원전과 세계 탐구」(『어문연구』134, 한국어문교육연구회, 2007. 6.), 홍문표의 「민족시인·저항시인·리얼리즘 시인 심연수」(『월간문학』2007. 9.), 황규수의 「심연수 시조 창작과 그 특질」(『한국문예비평연구』제24집, 2007. 12.) 등이 이에 해당되는 것들이다.
15) 김학동의 『원전확정과 작가론의 반성 — 미해결의 문제들』(새문사, 2006)에는, 이와 관련된 내용이 보다 상세하게 기술되어 있다.

에 대한 논의를 진전시키기 위해서는 이와 같은 작업이 반드시 선행되어야 하는 것이다.

2. 기존 논의와 문제점

심연수의 생애의 비극성에서 드러나는, 윤동주 시인과의 유사성은 연변 현지에서만이 아니라 한국 내에서도 그를, 윤동주와 비교하여 일제 말 이국땅에서 민족문학을 지켜낸 대표적 시인 중 한 사람으로 평가하는 데에 주저치 않게 하고 있음은, 앞에서 언급한 바와 같다. 그럼에도 불구하고 비록 제한되기는 했지만 윤동주의 시가 그의 사후 3년 만에 일반에게 공개[16]된 것에 비하면, 같은 해에 사망한 심연수의 작품이 그가 죽고 난 지 50여 년의 세월이 흐른 뒤에야 알려지게 된 것은 때늦은 감이 없지 않다. 광복된 이후에도 국내에서와는 달리 중국에서의 시대 상황은 결과적으로 심연수의 작품 공개를 늦추는 주된 요인이 되었던 것이다. 그래서 윤동주와 심연수의 작품 공개상에 있어 50여 년의 격차는, 그들 시에 대한 연구에 있어서뿐만 아니라 정리에 있어서도 많은 차이를 보이게 되었다. 가장 단적인 예로 윤동주의 경우는 광복 50주년과 함께 그의 서거 50주년을 맞는 기념으로 전집이 이미 간행[17]된 바 있다. 지금으로부터 여러 해 전에 그의 작품에 대한 정리는 어

---

16) 윤동주의 시는 정음사본 유고 시집 『하늘과 바람과 별과 시』 초판본(1948)에 30편이 처음 소개되었다. 이후 그의 시는 증보판(1955)을 거쳐 삼판(1976)에 이르는 동안 여러 편이 추가되어 110편으로 증가되었다. 물론 여기에 그의 자필 시고에는 제목이 없지만 흔히 「서시」라고 일컬어지는 것도 한 편의 시로 포함시킨다면, 그의 시는 111편이 된다. 또한 근자에는 『사진판 윤동주 자필 시고전집』(증보판: 민음사, 2002)이 간행되어 시인 자신이 삭제한 원고까지도 공개된 바 있다. 따라서 이들도 각기 하나의 완성된 시 작품으로 인정할 수 있는가에 대해서는 아직 논란의 여지가 있지만, 이들도 포함된다면 그 수는 더욱 많아질 수 있다.
17) 권영민 편, 『윤동주 전집[1] - 하늘과 바람과 별과 시』와 『윤동주 전집[2] - 윤동주 연구』(문학사상사, 1995)가 이에 해당되는 것이다.

느 정도 이루어졌으며, 그에 대한 연구 성과도 단행본으로 엮어 낼 수 있는 단계에 이르렀던 것이다. 그러면 현재의 상황은 어떠한가? 윤동주의 시는 원고 상태로 사진판 전집[18]이 출판될 뿐만 아니라 원본대조 및 정본 전집[19]이 엮어질 정도로, 그 정리에 있어 진전되고 있다. 그의 시에 대한 연구 바탕이 한층 굳건하게 마련되고 있는 것이다. 이와 함께 그의 시에 대한 학문적 연구 성과도 더욱 집적되고 있음을 확인할 수 있다.[20] 다양한 연구 방법론의 적용으로 그의 시에 대한 논의는 그 폭이 넓어짐과 동시에 깊이도 더해지고 있는 것이다.

이에 비해 심연수의 경우는 어떠한가? 2000년 7월 연변 현지에서 『사료전집』이 간행된 이후 국내에서도, 『소년아 봄은 오려니』[21]를 비롯하여 『사료전집』(2004)[22]·『심연수 시전집』[23]·『심연수 원본대조 시전집』[24] 등의 작품집이 출간된 것을 볼 수 있다.[25] 윤동주의 경우에 비해서 보면, 그의 작품에 대한 학문적 연구 성과에서와 마찬가지로 작품집으로의 정리에 있어서도, 양적인 면에서뿐만 아니라 질적인 면에서도 아직은 미흡한 면을 실감할 수 있는 것이다. 따라서 이에 대해서는 지속적인 보완과 함께 정리가 필요하므로, 이를 위해 지금까지 출판된 그의 작품집이 지니는 문제점에 대해 선행 연구자들이 지적한 내용 중 주요 사항만을 먼저 간략

---

18) 왕신영 외 3명 엮음, 『사진판 윤동주 자필 시고전집』, 증보판: 민음사, 2002.
19) 『원본대조 윤동주 전집』(연세대학교 출판부, 2004)과 홍장학 엮음, 『정본(定本) 윤동주 전집』(문학과지성사, 2004)이 이에 해당되는 것이다.
20) 홍문표, 「심연수 문학의 연구 성과와 과제」, 『심연수 학술세미나 논문총서』(심연수선양사업위원회, 2007), 500면. 이 글에서 논자는 1970년대부터 최근까지 쓰인 윤동주에 관한 논문이, 박사학위 논문은 40편, 석사학위 논문은 230편에 이른다고 밝힌 바 있다.
21) 심연수, 『소년아 봄은 오려니』, 강원도민일보사, 2001. 이는, 그의 유고 발굴을 특집으로 다룬 한 지방 신문사에서 그 1주년을 맞아 2001년 8월 그의 대표작을 모아 시선집 형태로 간행한 것이다.
22) 주7) 참조.
23) 김해응 편, 『심연수 시전집』, 『심연수 시문학 연구』, 한국학술정보, 2006, 229~330면.
24) 황규수 편, 『심연수 원본대조 시전집』, 한국학술정보, 2007.
25) 조성일 편, 『중국조선족명시』(민족출판사, 2004, 37~41면)와 연변대학 조선문학연구소 편, 『중국조선민족문학대계5 현대시집성』(흑룡강조선민족출판사, 2005, 446~487면)에도, 그의 시가 일부 포함되어 있는 것을 볼 수 있다.

히 정리해 보기로 하자.

우선 처음으로 심연수의 유작이 정리된 『사료전집』(2000)의 출판과 관련하여 언급한, 권철의 다음과 같은 견해는 주목을 요한다.

> 이번 발굴된 시인 심련수의 유작은 그 분량이 많고 그 보존상태가 완정하기로 특징적이다. 관계연구자의 소개에 따르면 발굴된 시인의 유작에는 <시 300여 수, 만필과 소설 7편, 기행문 1편, 일기 300여 편, 편지 200여 통>이 포괄되어 있다. 이제 이 발굴된 유작들은 다시 소생되어 우리 시단의 이목을 끌게 될 것이며 중국조선족문학발전사에도 한 페이지를 장식하게 될 것이다. 시인 심련수의 유작이 발굴되자 연변인민출판사에서는 그같이 경제적 여건이 어려운 상황하에서도 자금을 조달하고 거기에 <한국중국조선족문화예술인후원회>의 도움까지 받아가면서 <20세기 중국조선족문학사료전집> 제1집으로 <심련수 문학편>을 간행하였다. 그러나 이 <심련수 문학편>은 그토록 각광을 한 몸에 안으며 출간되었지만 정리자들의 시인에 대한 불경과 주관의지의 개입으로 하여 구경에는 시인 심련수를 여지없이 모독하고 그 유작을 마구 짓밟아 놓는 결과를 빚어내게 되었다. 하여 이 <심련수 문학편>은 문학사료집으로서의 신빙성을 잃었으며 또한 문학자료 정리에서 그 유례를 볼 수 없는 사례를 조성하기까지 하였다.[26]

위의 인용문에 단적으로 잘 나타나 있는 것처럼 심연수의 유작들은, 처음 정리되는 과정에서부터 문제점을 내포하게 됨을 알 수 있게 된다. 문학 자료의 정리에 있어서는 객관적 기록에 충실해야 함에도 불구하고 심연수의 경우에는 그렇지 않은 점이 문제라는 지적이다. 이와 관련하여 그는, 첫째, 정리자들의 주관적인 생각에 따라 원작에 첨삭이 가해진 점과, 둘째, 일부 작품은 빠진 점, 셋째, 임의로 현재 통용되는 표기법이 채용된 점, 넷째, 주해가 달려 있지 않은 점 등을 그 구체적인 예로 꼽고 있다. 그래서 그는 이처럼 이미 간행된 『심련수 문학편』이 학계와 사회에 끼친 악영향을 하루속히 제거하기 위해서는, 그것을 새로 출간하는 것이 바람직

---

26) 권철, 「심련수 유작의 정리와 출판을 두고」, 인터넷 '문화산맥', 중국연변조선족문화발전추진회, http://koreancc.com, 2004. 2., 1면.

한 일임을 덧붙이고 있다.27)

이와 같이 『사료전집』(2000)이 지니는 문제점은 실로 적지 않아 이는, 엄창섭·오오무라 마스오·허형만·김해응 등의 연구자들에 의해서도 거듭 지적된 바 있다. 이 중 먼저 엄창섭은 「심연수 초기시의 사적 고찰」이라는 글에서, 『사료전집』(2000)의 신빙성 자체에 대한 의구심을 나타내면서, 시 선정과 편집상의 문제점을 지적함과 동시에, 여기에 수록된 시편 가운데 육필 원고와 대조하여 잘못된 시행과 제목을 확인하여 바로잡기도 하였다.28) 또한 오오무라 마스오는 「재 '만' 한인문학의 제상(諸相)」이라는 논문에서, 『사료전집』(2000)뿐만 아니라 『소년아 봄은 오려니』도 곤란한 조건 속에서 출판되었다는 점에서는 모두 귀중하지만, 좀 더 정확하게 기록성이 높은 자료집으로 간행되지 못한 것은 아쉽다는 뜻을 나타낸 바 있다.29) 더욱이 허형만은 심연수의 시를 연구하는 데 있어 가장 근본적인 문제는 원전 확정이라는 점에 인식을 같이 하고 그의 육필 원고를 검토한 결과 초고→퇴고→완성의 단계를 거친 중복된 작품들이 상당수 있음을 밝혀 놓았다. 어떤 작품은 하루에도 두세 차례씩 옮겨 쓰면서 언어를 다듬고 행과 연을 조정하고 첨삭, 가필, 정정을 반복함으로써 시인의 치열성을 보여주는 반면 연구자에게는 어떤 작품이 과연 심연수가 채택한 완성본인지 결론짓기 어렵게 만들고 있음을 알았다는 것이다. 그래서 그는 원전 확정에 있어 문제되는 양상을 8가지로 정리하고 그중 일부 작품에 대해 실제로 검토해 제시하기도 하였다.30)

이처럼 첫 출판된 『사료전집』(2000)은 여러 문제점을 지니고 있어, 다시 출판되지 않을 수 없게 되었다. 그래서 2004년 3월 그의 작품집은 『20세기 중국조선족문학사료전집』제1집(심연수 문학편)이라는, 이전과 같은 이름으로 재출판되었다. 물론 펴낸 곳은 연변인민출판사에서 중국조선민족 문화예술출판사로 바뀌었지만 말이다.

---

27) 위의 글, 1~3면.
28) 엄창섭, 「심연수 초기시의 사적 고찰」, 앞의 책, 85~113면.
29) 오오무라 마스오, 「재 '만' 한인문학의 제상」, 『국제언어문학』제9호, 국제언어문학회, 2004. 6., 27~30면.
30) 허형만, 앞의 논문, 1~28면.

그러면 이 책은 어떠한가? 당시 중국조선족문화예술인 후원회 회장직을 맡고 있던 이상규는 이 책의 발간사에서 "일체 교정을 하지 않아 원본에 가깝도록 최선을 다하였다."고 기록하고 있다. 이어서 그는, "그런데 몇 편의 시가 원본의 복사분이 없어 안타깝게도 출간된 첫 작품집 그대로를 옮겨 실었다."고 하여,31) 재출판본은 그래도 웬만큼은 원본에 충실했을 것으로 기대되게 한 바 있다. 그런데 이는 그 의욕에 비한다면 그 결과는 좋지 않은 것으로 평가될 수 있다. 이 또한 첫 출판본이 지닌 여러 문제점들을 여전히 극복하지 못한 것으로 판단되기 때문이다. 이와 같은 맥락에서 재출판본에서도 범해진 오류에 대한, 김해응의 지적은 주목할 만하다.

> 비록 전 작품을 원본 그대로 다 싣는다고 하였으나 시집부분만 보더라도 첫째, 시인이 한 작품을 여러 번 개작하였음에도 불구하고 원전비평을 진행하지 않았기에 작품선정에 있어서 저자의 뜻을 충분히 나타내지 못했다. 둘째, 오기 혹은 잘못된 입력이 존재한다. 셋째, 일부 작품은 육필원고가 아닌 원래 출판본의 것을 그대로 옮겨놓았다. 넷째, 「이상의 나라」와 같은 작품은 누락시켰다.32)

이러한 이유 때문에 그는 두 출판본에 수록된 작품들은 대체로 연구 텍스트로서의 자격을 상실하였다고 보고, 심연수의 육필원고들을 입수해서 최종본을 선정하고 이어 교정본을 확정하여 연구 텍스트로 활용하였다. 그리고 그 확정된 교정본은 그의 연구서에 『심연수 시전집』이라는 이름의 부록으로 덧붙여지게 되었다. 그러면 이는 또한 어떠한가? 이는 그 이전의 출판본들과 달리 원전 확정 과정을 거쳐 제작된 것이라는 점에서 좀 더 신빙성이 확보되었을 것으로 예상될 수 있다. 실제로 여기에 수록된 시들에서는 기존의 출판본들에서 범해졌던 오류가 일정 부분 제거된 것을 확인할 수 있다. 그럼에도 불구하고 여기에도 보완될 부분은 여전히 남아 있다. 이 중에서도 특히, 최종본 선정에 좀 더 신중이 기해졌어야 하지 않았을까

---

31) 이상규, 「발간사」, 『사료전집』(2004), 26~27면.
32) 김해응, 앞의 책, 53~55면.

하는 점과, 작품의 연보 작성에 따라 시들이 수록되었어야 하지 않았을까 하는 점 등과 관련해서는 아쉬움이 남는다. 왜냐하면 최종본 선정과 연보 작성 및 이에 따른 작품 수록은 시인의 개별 작품뿐만 아니라 시세계를 올바로 이해하고 평가하는 데 매우 중요한 역할을 하기 때문이다.

필자가 근자에 『심연수 원본대조 시전집』을 엮어낸 이유가 바로 여기에 있다. 이러한 문제점들을 해결하기 위해 필자는 먼저, 시 원본 끝에 기록된 창작일과 원본의 묶음별 수록 순서 및 그것의 고쳐진 흔적 등을 참조하여 최종본을 선정하였다. 그리고 이를 바탕으로 시 작품 연보를 작성[33]한 후, 이에 근거하여 그의 시들을 창작 연월일순으로 수록해 놓았다. 심연수 시인이 동흥중학교를 졸업하고 일본대학에 입학할 무렵인 1941년을 기준으로 그 이전과 이후의 것들을 구분하여, 현대문으로 바꾼 것을 먼저 싣고, 원문을 가로쓰기하여 옮긴 것을 각각 그 다음에 대비해서 수록해 놓음으로써, 이 책이 일반 독자용으로뿐만 아니라 학술 연구용으로도 활용될 수 있도록 엮은 것이다. 물론 한 논자의 지적처럼 여기서도, 첫째, 시 이외에 소설이나 각본·평론·수필 등 다른 분야의 원문 대조에는 손을 대지 않은 점과, 둘째, 원고의 사진판을 사용하지 않았으며, 오기 및 방언·한어(漢語)·고어 등에 충분한 주석 처리를 안 한 점 등에 대해서는 추후 보완이 되어야 할 것이다.[34]

이와 같이 지금까지 간행된 심연수의 작품집들에 대해 논의된 바를 검토해 보았을 때, 그것들이 지닌 문제점들은 거듭 보완되어 온 것을 확인할 수 있었다. 그럼에도 불구하고 아직 풀어야 할 과제들이 또한 남아 있다는 점에 대해서는 이견이 제시될 수 없을 것이다. 따라서 이러한 문제들에 대한 보다 상세한 재검토와 함께 그 해결 방안 마련을 위한 노력이 더욱 절실히 요청된다 하겠다.

---

33) 황규수 편, 앞의 책, 520~527면.
34) 오오무라 마스오, 「심연수(沈連洙)의 일본관」, 『심연수 학술세미나 논문총서』, 심연수 선양사업위원회, 2007, 470면.

3. 연구 방법 및 범위

원전 비평 이론의 권위자인 프레드슨 바우어즈(Fredson Bowers)는 원전 비평의
목표를 "(현존하는 문헌들을 통하여 가능한 한) 작가의 원본과 수정본이 지니고 있
는 최초의 순수성을 회복하고, 번각(飜刻) 과정에서 흔히 일어나는 와전(訛傳)에도
불구하고, 이러한 순수성을 보존하려는 것"35)이라 하고, 원전을 확정해 내는 과정
을 다음과 같이 설명한 바 있다.

　　㉠ 문서적 증거의 수집 － 현존하는 문서들(원고, 초간본, 수정본, 이본 등)을 근
　거로 하여 가장 순수하고 정확한 형태를 확정한다. 문서들을 총망라하고, 원고가 부
　재하는 경우에는 가능한 한 원고상태에 접근하도록 추정본을 작성하기 위해 교정,
　보완, 종합의 작업을 함으로써 텍스트에서 오류를 제거한다.
　　㉡ 기본 텍스트의 결정 － 많은 이본 또는 사본들 중에서 결정본의 근거가 될
　기본 텍스트를 선정한다.
　　㉢ 상이점들의 대조 조사(collation) － 일정한 기간 동안에 출간된 한 작품의 여
　러 판본들을 모두 대조 조사하여 서로 틀리는 부분들을 확실히 기록해 둔다.
　　㉣ 판본들의 족보 작성 － 판이 거듭됨에 따라 차차 와전율이 증가하는 것이 보
　통이다. 와전율은 판의 연대적 선후 관계, 즉 <족보>를 추정하는 데에 상당히 도움
　이 된다. 간혹 해적판이나 번안판이라는 서자가 끼일 때도 있다. 한 작품의 여러 판
　의 상이점을 체계적으로 다루기 위하여서는 서지학의 도움이 필요하다. 종이의 질,
　인쇄술, 잉크, 활자체에 대한 정밀한 지식이 필요한 것이다. 결정본을 작성키 위한
　기본 텍스트를 하나로 한정할 수 없을 경우도 있다. 한 작품의 원고를 작가가 두
　가지로 작성한 경우가 그렇다. 가장 흔히는 일단 출판된 작품(신문소설처럼)을 작가
　자신이 수정을 가하여 다시 출간할 경우 기본 텍스트는 둘이 되는 것이다.
　　㉤ 결정본(definitive edition) － 취급의 가치가 있는 모든 문서들을 다 검토하고
　나서는 소위 결정판을 준비할 단계에 이른다. 이 단계에서, 첫째로 이본(異本)들을

---

35) 프레드슨 바우어즈, 「원본 비평」, 노드럽 프라이 외, 김인환 역, 『문학의 해석』, 홍성
　사, 1986, 60면.

납득이 가도록 적절히 처리해야 한다. 하나 또는 그 이상의 권위본을 선정한 다음 이본들과의 면밀한 대조 조사를 마치고, 둘째로 그 권위본에 혹시 잘못이 있는가를 검토하여 수정을 가하게 된다. 수정 부분에 대한 타당한 설명이 있어야 한다. 수정의 대상으로는 미스프린트, 틀린 철자 등의 확실한 오류와 의미상 애매한 부분, 또는 탈락된 부분이다.36)

이와 같은 원전 확정 과정에 대한 바우어즈의 설명은, 한 작가의 작품을 원전 비평하는 데에 있어 유용한 방법 중 하나로 활용될 수 있을 것이다. 그럼에도 불구하고 이 방법이 심연수의 시 작품을 원전 비평하는 데에 있어서도 그대로 적용될 수 있으리라고는 판단되지 않는다. 왜냐하면 그의 작품집들은 그가 살아 있을 때 간행된 적이 한 번도 없어서, 위에서 바우어즈가 설명한 경우에 똑같이 해당되지 않기 때문이다. 여느 시인들이 신문이나 잡지에 처음 작품을 발표했다가 그 내용의 일부를 개작하여 그것을 다시 시집에 수록하는 과정도, 심연수는 보여주지 않았던 것이다. 물론 그도 극히 일부 작품을 신문에 발표하기는 했으며,37) 자선시집을 출판할 계획도 갖고 있었던 것으로 보인다.38) 그렇지만 그의 작품집이 공식적으로 처음 출간된 것은 그의 사후 55년이 되는 해였다.39) 이러한 점들을 고려하면 그의 작품에 대한 원전 확정은, 아무래도 그 보존 상태가 양호한 그의 작품 원고에 대한 직접 검토에 주안점이 놓여야 할 것으로 생각된다. 왜냐하면 그가 죽은 후 간행된 작품집에 실린 작품들에서는 편찬 과정에서 와전이 발생되었을 가능성이 높은 것으로 판단되기 때문이다.

따라서 제2장에서는 먼저, 기존에 간행된 심연수 작품집을 대상으로 그것들이 지니는 의의와 문제점에 대해 보다 상세하게 살펴보는 것에 논의의 중점을 두고자

---

36) 이상섭, 『문학연구의 방법』, 탐구당, 1980, 20~22면.
37) 주3) 참조.
38) 심연수 시인의 원본 묶음 중 특히 제3집은, 그가 살아생전에 『지평선(地平線)』이라는 제목 및 목차까지 붙여 시집 형태로 엮어 놓은 것이어서, 그 가능성이 높음을 입증해 주는 근거가 된다.
39) 주2) 참조.

한다. 왜냐하면 이에 대한 검토가 선행될 때 기존의 작품집에서와 같은 우를 더 이상 범하지 않으면서, 더욱 신빙성 있는 원전 확정을 위한 방안을 모색할 수 있기 때문이다. 이어 제3장에서는 그의 작품에 대한 서지 조사 및 정리, 이본의 분석과 비교 검토 과정을 거쳐 최종본을 선정하고자 한다. 그의 시 원본 끝에 기록된 창작일과 원본의 묶음별 수록 순서 및 그것의 고쳐진 흔적 등을 참조하여 최종본을 결정하고 원전을 확정함으로써 그의 작품에 대한 올바른 이해와 평가의 기본 요건을 갖추어 놓고자 하는 것이다. 또한 이를 바탕으로 시 원본 묶음별 목록 및 연보도 작성해 놓음으로써 그의 시세계를 통시적으로 살펴볼 수 있는 기반도 마련코자 한다. 비록 그는 만 27세의 젊은 나이로 이국땅에서 생을 마감하여 창작 시기가 그리 길지는 않았지만, 그의 생애의 중요한 시기에 창작된 작품들은 그의 정신적인 지형(地形)뿐만 아니라 당시의 시대적 상황을 파악하는 데에 중요한 자료로 활용될 수 있는 것이다. 이와 같은 맥락에서 제4장에서는 본고에서 진행된 그의 시들에 대한 원전 비평이 지니는 의의와 함께 남긴 과제에 대해 정리해 보고자 한다. 본고의 이와 같은 논의에서 그 이전보다 진전된 바가 있다면, 이를 더욱 확충시켜 나갈 수 있는 방안도 모색해 보고자 하는 것이다.

제2장
기존 심연수 작품집의
의의와 문제점

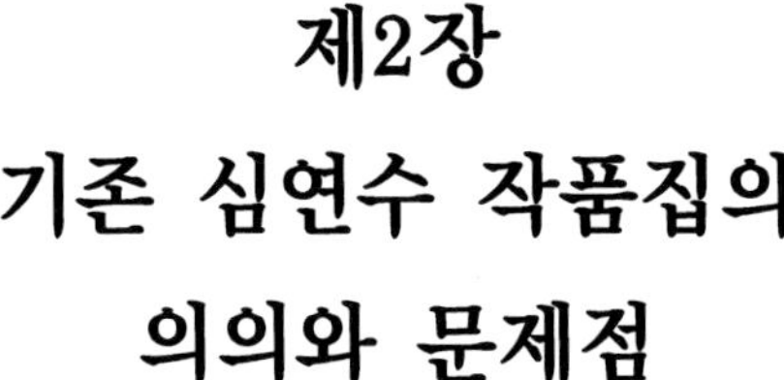

작품세계의 논의에 앞서 해결해야 할 중요한 과제로, 현존의 시전집이나 평전을 비롯하여 기타의 문헌에 나타난 전기 및 서지적 국면의 오류들을 바로잡아야 하는, 원전 비평의 문제가 제기되는 것은 당연하다. 왜냐하면 이와 같은 오류들을 바로잡지 않고서는, 작품에 대한 올바른 이해 및 분석과 해석을 기대할 수 없기 때문이다. 그럼에도 불구하고 우리 나라의 경우 이러한 연구는 너무나 황무한 상태에 놓여 있다는 지적이 최근에도 있었다.[40] 그러면 심연수의 경우는 어떠한가?

2000년 7월 『사료전집』이 간행된 이래로 그의 작품집은, 대략 다섯 차례에 걸쳐 출판되었음은 앞에서 언급한 바와 같다. 『사료전집』(2000)을 비롯하여 『소년아 봄은 오려니』(2001)·『사료전집』(2004)·『심연수 시전집』(2006)·『심연수 원본대조 시전집』(2007) 등이 출간된 것이다. 그래서 이것들이 지니는 의의와 문제점에 대해 좀 더 상세하게 살펴보면 다음과 같다.

---

40) 김학동, 앞의 책, 18~25면.

1. 『20세기 중국조선족문학사료전집』(2000)과『소년아 봄은 오려니』(2001)

심연수와 그의 작품의 존재가 널리 알려질 수 있도록 중요한 계기가 마련된 것은,『사료전집』(2000)이 간행되면서부터다. 그런데 이 책은 그의 작품이 발굴되자마자 곧바로 출판된 것이어서, 그것이 지니는 나름대로의 선구적 의의에도 불구하고 많은 문제점을 또한 지닐 수밖에 없었다. 이러한 측면에서 이것이 지니고 있는 문제점에 대한 몇몇 연구자들의 구체적인 지적[41]은, 앞으로 심연수의 제대로 된 원전시집이 간행되는 데에 좋은 참조가 될 만하다. 특히 심연수의 원고와 비교하여 처음 출판된『사료전집』(2000)이 지니고 있는 근본적인 문제점에 대한, 한 논자의 지적은 주목에 값한다.

> 우선 서문이나 후기 등 어디에도 시전집의 편집에 대한 정책을 언급하지 않고 있다는 점을 말할 수 있다. 예를 들면 띄어쓰기와 원전 시어(詩語)의 명백한 오류는 어떻게 처리했는지, 작품 목록은 어떤 순서로 실었는지 등과 같은 작업과정에 대한 설명이 빠져 있다. 그러므로 독자들은 출판본이 어떠한 기준에서 작업한 것인지, 어디까지가 심연수 본인의 원고를 존중한 것인지, 어디까지가 편집자의 의사인지 알 수 없다. 출판본의 정책에 대해 오직 추론(推論)만 가능할 뿐이다.

이어 그는 출판본의 문제점들을, 실제 작품의 예를 들며 더욱 세세하게 비판하기도 한다. 첫째, 시의 형식을 유지하지 않았다는 점, 둘째, 일부 구절을 누락시키는 등 원문을 손상하였다는 점, 셋째, 여러 편의 이본이 있을 경우 최종본의 선택에 원칙이 없다는 점, 넷째, 일부 작품을 누락하였다는 점, 다섯째, 원문 표기를 임의

---

41) 주26)부터 주30)까지 참조.

로 변경하였다는 점, 여섯째, 작품 연도를 잘못 표기하였다는 점, 일곱째, 작품의 제목과 내용을 잘못 연결하였다는 점, 여덟째, 작품 내용을 임의로 변경하여 원본을 훼손하였다는 점 등42)이 이에 해당되는 항목들이다. 이와 같은 이유로 그는 이 출판본은 연구 텍스트로서의 자격을 상실하였다고 본다.

그 단적인 예로 시 「님의 뜻」의 경우를 들 수 있다.

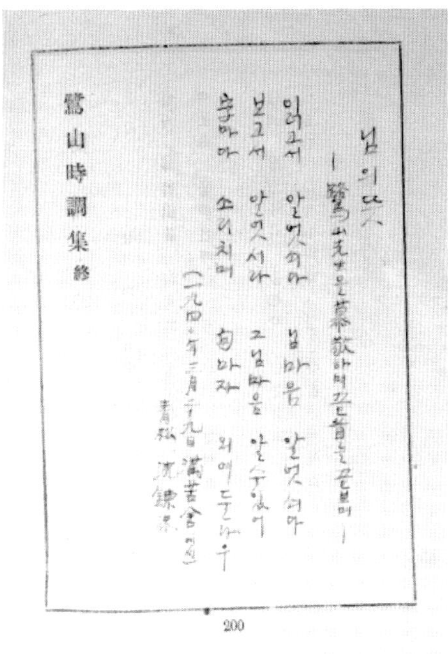

－「님의 뜻」 초고 전문 사진43)

① 읽고서 알엇쇠다 님마음 알엇쇠다
　보고서 알엇쇠다 그님마음 알 수 있어
　字마다 살엇고 句마다 뛰더이다.
－「님의 뜻」 전문44)

② 읽고서 알았쇠다
　님마음 알았쇠다
　보고서 알았쇠다
　님마음 알았쇠다
　글자마다 살았고
　구절마다 뛰더이다.
－「봄의 뜻」 전문45)

---

42) 김해응, 앞의 책, 47~52면.
43) 이은상 저, 심연수 독서, 『노산시조집(鷺山時調集)』, 3판: 한성도서주식회사, 1937, 200면.
44) 원본 묶음 제3집 『지평선』의 99면 수록 ; 황규수 편, 앞의 책, 307면.
45) 『사료전집』(2000), 58면.

앞에 인용한 ①번 시조는, 심연수 시인이 『노산시조집(鷺山時調集)』을 읽으면서 그 여백에 남긴 7편[46] 중 하나를 일부 개작한 것이다. 그런데 그 바로 위 사진에서와 같이 고쳐지기 전 이 작품의 초고에는 본래 "노산 선생을 모경(慕敬)하며 끝 수(首)를 끝 보며"라는 부제(副題)가 쓰여 있어, 이 시조는 그가 이은상의 작품을 읽고 감동을 받아 이를 시조 양식으로 표현한 것이라는 점을 이해할 수 있다. 이렇게 본다면 이 시조에서 '님'은, 다름 아닌 이은상을 뜻한다는 사실도 알 수 있게 된다. 심연수의 시조가 이은상으로부터 받은 영향 관계를 파악할 수 있게 하는 중요한 단서를 제공해 주는 것이다. 그럼에도 불구하고 ②번에서는 어떠한가? 『사료전집』(2000)의 편자(編著)에 의해 이 시는 본디 4음보에서 2음보율로 임의로 고쳐질 뿐만 아니라, 제목도 「님의 뜻」에서 「봄의 뜻」으로 바뀜에 따라, 처음 시인이 이 작품을 창작할 때 표현하고자 의도했던 바로부터 많이 벗어나 있는 점을 확인할 수 있게 된다. 이와 같은 맥락에서 한 논자가, "이 시에서 시인이 말하고자 하는 것 즉, 봄을 뜻으로 풀이하고 있음에 유의해야 한다."[47]고 기술한 내용은 주목을 요한다. 왜냐하면 원전 확정이 제대로 이루어지지 않은 상태에서 논의가 진행됨으로써 작품 본래의 의미가 훼손된 경우를 여기서 파악할 수 있기 때문이다.

『사료전집』(2000)에 수록된 시 「돌아가신 할아버지」도, 원본이 편자 임의로 바뀜에 따라, 그 본래의 순수한 의미로부터 꽤 멀어진 경우의 예로 들 수 있다.

---

46) 황규수 편, 앞의 책, 506~512면 수록.

47) 이재호, 「민족시인 심연수의 대표시 해설」, 『교단문학』29, 2001. 봄, 44~45면. 이와 관련하여 이 글에서 논자는, "여기서 님은 봄이 뜻하는 개화와 해방의 님인 것이다."고 언급하기도 했다.

－「돌아가신 할아버지」원본 앞부분 사진[48]

고(苦)에서 고생으로 돌아가신
가엾은 우리 할아버지
할아버지의 할아버지적부터
물려주신 가난에 싸여 지내시며
자손까지 끼칠가봐 애쓰신 일
나는 차마 눈뜨고 못볼 때가 많았나니
돌아가시던 그날 식전까지
수고를 모르시고 도우시다가
자손을 위하여 길바닥에서 놈들의 총에 맞아
객사하신 나의 할아버지시여
왜 그렇게 총망히 오셨다가
무정히 가시는가요
자손으로 봉양을 제대로 못한 저희들을
부디 용서하여주세요
마지막 눈을 감는 그 시각

---

48) 원본 묶음 제9집의 8번째 수록.

굶주린 수두룩한 자식들을 두고
유언의 말씀도 많으셨겠건만
한마디 말씀 못하시고 못하시고

-「돌아가신 할아버지」 부분49)

위에 인용한 시 「돌아가신 할아버지」 원본 사진과 『사료전집』(2000)에 수록된 것을 대비해 보았을 때, 이들 사이에서는 적지 않은 상이점이 발생되었음을 알 수 있다. 한자가 한글로 바뀐 점, 띄어쓰기가 더 된 점, 행 구분이 달라진 점, 가필(加筆)이 이루어진 점 등이 눈에 띄는 것이다. 그런데 이 중에서도 원본에 첨삭이 가해진 점은, 본래 이 시가 지닌 순수한 의미를 왜곡시킬 수도 있다는 점에서 문제의 심각성을 더해준다. 특히 이 시 원본 10행과 11행의 "子孫을爲하여 길바닥에서/客死하신 나의하라버지시여"라는 시구(詩句)에, "놈들의 총에 맞아"라는 구절이 삽입된 점은 그 대표적인 예에 해당되는 것이다. 실제로 그의 할아버지는 당시 용정역(龍井驛) 근처에서 기차에 치이어 사망한 것으로 확인된 바 있다.50) 이 시 20행과 21행의 "돌아가시다니 돌아가시다니/그現代가낳은魔物때문에"라는 시구는 이를 상징적으로 비유해서 나타낸 것이다. 그럼에도 불구하고 이처럼 원본에는 없는, 이와 같은 구절의 삽입은, 이 시의 주제와도 밀접한 관련이 있는 할아버지의 사망 원인을 달리 해석할 수도 있게 한다. 독자에 따라서는 당시 시대 상황과 관련하여 그것이 일제의 만행과 연관된 것이 아닌가 하는 추측을 할 수도 있기 때문이다. 물론 한 작품의 해석은 읽는 이에 따라 달라질 수도 있다. 그렇지만 사실에 근거하지 않은 시 해석은 그것이 지닌 본래의 의미를 왜곡시키기에 충분한 것이다.

이처럼 첫 출판본이 지닌 여러 문제점들은 그 이후 간행된 그의 시선집 『소년아 봄은 오려니』에서도 크게 개선되어 있지 않음을 볼 수 있다. '일러두기'에서 밝히고 있듯이51) 이 책은 기본적으로 첫 출판본을 저본(底本)으로 삼고 있기 때문에,

---

49) 『사료전집』(2000), 161면.
50) 필자는 최근(2008. 1. 20.) 시인의 아우 심호수와의 전화 통화를 통해 이 같은 사실을 직접 확인한 바 있다.

그중 중요한 작품을 뽑으면서 원본에 충실해 오류를 바로잡았다고는 하지만, 그 한계로부터 많이 벗어날 수 없었던 것으로 판단된다. 이와 같은 맥락에서 이 시선집에 대해 한 논자가 다음과 같이 자신의 견해를 피력한 것은 주목할 만하다.

> 예술가와 예술작품에 대한 사랑과 애정은 철저하게, 엄정하게 방법적이어야 한다. 하루빨리 『시선집』초판의 시판을 과감하게 중단하고, 새 『전집』(『사료전집』(2004) — 필자 주)에 근거하여 수록 시편들의 선정에서부터 수록 방식에 이르기까지 완전히 새로운 시각에 입각한 총체적인 작업을 통해 새 『시선집』을 간행하는 일이 필요할 것이다.52)

위의 인용문에 이어 논자는 이후 간행된 『사료전집』(2004)에 대해, 여기에도 여전히 섬세한 보완과 수정을 기다리고 있는 부분들이 많이 남아 있지만, 원본 확정이 이루어낸 획기적인 결실이라고 평한 바 있다.53) 그런데 이처럼 새 전집이 새로운 시선집을 출판하는 데에 있어 근거로 삼을 만큼 믿을 만한가에 대해서는 좀 더 구체적인 검토가 요망된다.

---

51) 심연수 시선집 『소년아 봄은 오려니』(강원도민일보사, 2001)의 '일러두기'(26면)에서는 이 책의 편집 지침을 다음과 같이 밝힌 바 있다.
　　1. 이 시선집은 중국 연변 인민출판사 <20세기 중국 조선족 문학사료전집> 제1권 <심련수 문학편>을 대본으로 삼아 그중 중요한 작품을 뽑으면서 원본에 충실해 오류를 바로잡았다.
　　2. 선집의 구성은 독자들의 편의를 위해 현대 한국의 표기법에 따라 실었다.
　　3. 되도록 원문을 고치지 않는다는 원칙에서 사투리, 된소리 등 시적인 표현은 그대로 옮겼으며, 띄어쓰기는 의미가 손상되지 않는 범위에서 읽기 좋게 했다.
　　4. 한자는 불필요한 것은 뺀 대신 필요한 것을 넣었다.
　　5. 의미가 애매한 단어들이 있지만 각주는 생략했다.
52) 심재상, 「심연수 시의 형태에 대한 고찰」, 『인문학연구』제9집, 관동대 인문과학연구소, 2005. 2., 151면.
53) 같은 곳.

40

2.『20세기 중국조선족문학사료전집』(2004)

재출판된 『사료전집』(2004)의 경우에는 그 '발간사'에서 펴낸이가, 일체 교정을 하지 않아 원본에 가깝도록 최선을 다하였다고 기술하고 있음에도 불구하고, 실제 수록된 작품들을 살펴보면 여기에도 그렇지 않은 점이 눈에 띈다. 부득이 원본을 구하지 못한 것은 이전 출판본의 것을 그대로 썼다고 같은 자리에서 밝히고 있기는 하지만, 재출판된 『사료전집』에 실린 작품들과 시 원본들 사이에 상이점이 여전히 남아 있음에도 불구하고, 이에 대한 구체적인 해명이 없다는 점은 문제의 심각성을 더해주는 것이다. 따라서 첫 출판본에 비해 재출판본에서 개선된 점뿐만 아니라, 그것에 그대로 남아 있는 문제점도 함께 고찰해 보는 것은, 다시 이의 제대로 된 개편을 진행하는 데에 중요한 참고자료가 될 것이다.

이렇게 볼 때 이 책의 출판으로 초판본에 수록된 시들 중에서 문제가 있다고 판단되는 것이 일부 바로잡힌 점은 그나마 다행이라고 생각된다. 먼저 첫 출판본의 시「지평선」제목이, 재출판본에서「여명」으로 바뀌어 기술된 것은 잘된 사례로 꼽을 수 있다. 왜냐하면 그의 시 원본에는 '지평선'에서 '여명'으로 제목이 고쳐져 있기 때문이다.

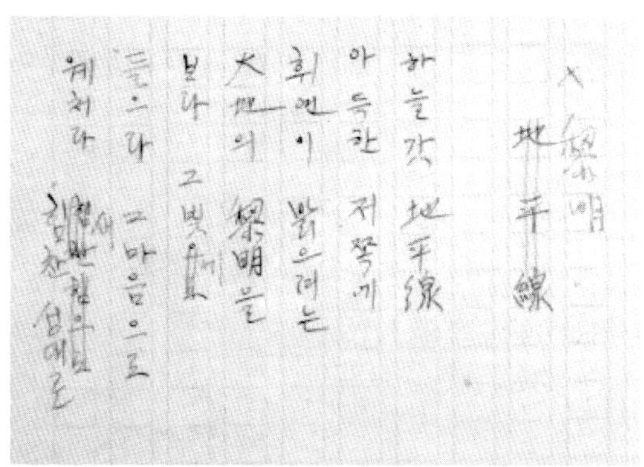

－「여명」원본 앞부분 사진54)

---

54) 원본 묶음 제3집의 1번째 수록.

이와 함께 첫 출판본에서는 「봄의 뜻」으로 그 제목이 오기된 시 「님의 뜻」의 그것이, 재출판본에서는 바로잡혀 있다. 더욱이 원본 시 제목 「야업(夜業)」이, 첫 출판본에서는 「밤 일」과 같이 한글 표기로 풀어서 기술되었던 것이, 재출판본에는 다시 본래대로 적혀 있다. 동시에 빠진 구절이 첨가되기도 했다. 또한 첫 출판본에서는 목차의 제목과 수록된 시의 그것이, 각기 「우리의 부름」과 「세기의 노래」의 차이를 보여 혼란을 야기하는 경우도 있었다. 그런데 재출판본에서는 그것이 「세기(世紀)의 노래」, 하나로 일치를 보이고 있다. 물론 그것이 최종본이냐 하는 문제에 대해서는 더 확인이 필요하지만 말이다. 특히 원본은 있지만 『사료전집』(2000)에는 수록되지 않았던 「경회루」, 「덕수궁」, 「신경(新京)」 등의 시가 재출판본에는 실려 있다.55)

그렇지만 재출판된 『사료전집』에서도 여전히 해결되지 않은 문제의 첫 번째로 꼽을 수 있는 점은, 그의 작품 원본은 있지만 재출판본에는 수록되지 않은 시가 남아 있다는 것이다. 그중에서도 시 「이상(理想)의 나라」가 대표적인 예에 해당되는 작품이다.

> 해돗는 아츰바다/맑고깨끗한 섬땅/섬은섬이나 섬아닌나라/맑은내 흐른곤에대숲이있고/논밭이있는곤에 사람이산다/車中의사람 車外의自然/모다가 처음보는珍景/朝靄에 싸인데는 마을이있고/마을이있는데는 生氣가있다/瀨戶海 고흔물에/松島가 띄여있고/白帆이움직이는데는/하늘이맑게개엿다/自然도그렇고 人力도그렇다/人力이빛나는곤에 理想鄕있나니/沿線에일하는 모든哲士는/理想鄕을建設하는 鬪士들이니/나도내려가팔을걷고 땅을파고싶다.
>
> ―「理想의 나라」 전문(二月九日 車中에서)56)

---

55) 재출판본에는 첫 출판본에 수록되지 않았던, 「초망부악(初望富嶽)」(177면), 「생과 사」(181면), 「가을아침」(182면), 「가을」(182면), 「밤길」(183면), 「용고(龍高)」(185면), 「대지의 젊은이들」(185면), 「경회루」(204면), 「덕수궁」(205면), 「신경(新京)」(216면) 등의 시가 추가되어 있는 것을 볼 수 있다. 그런데 이 중 시 「초망부악」을 제외한 나머지 작품은 시조로 분류되고 있다. 그러나 이들 작품을 모두 시조에 포함시키는 것이 과연 타당한지에 대해서는 이론이 제기될 수 있다. 특히 일문시(日文詩)인 「용고」의 경우는 더욱 그러하다.

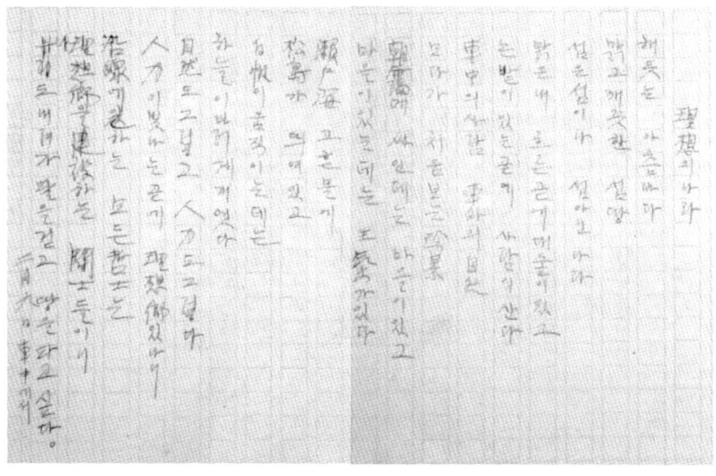

- 「이상의 나라」 원본 전문 사진57)

그런데 이 시가 수록되지 않은 이유가, '친일'시적인 성향을 보이기 때문이라고 한다면 이는, 이 시의 내용에 대해 잘못 이해한 데서 비롯된 결과이기 쉽다. 왜냐하면 이와 관련하여 한 논자는 다음과 같이 언급한 바도 있기 때문이다.

> 시 「이상의 나라」는 일본이 이상의 나라라고 노래하고 있는 것이 아니라, 이상사회 건설을 위해 일하는 외국 서민들의 모습을 엿보고, 그것에 공감하는 마음을 노래하고 있다는 것이다. 「이상의 나라」가, 중국에서 출판된 A(『사료전집』(2000) — 필자 주)에도 한국에서 출판된 B(『소년아 봄은 오려니』(2001) — 필자 주)에도 수록되어 있지 않은 것은 필자에게는 이해하기 어렵다. 「이상의 나라」는 결코 「친일」시가 아니기 때문이다.58)

이러한 맥락에서 본다면 이 시도 당연히 이 책에 수록해 놓음으로써, 이에 대한

---

56) 황규수 편, 앞의 책, 249면.
57) 원본 묶음 제9집의 3번째 수록.
58) 오오무라 마스오, 「재 '만' 한인문학의 제상」, 앞의 책, 32면.

연구자뿐만 아니라 일반 독자들도 이와 같은 시인의 다양한 작품 세계를 직접 접할 수 있도록 기회를 마련해 주는 것이 좀 더 타당했으리라 생각한다.

이 외에 첫 출판본에서와 마찬가지로 재출판본에서도 여전히 원본의 시 제목이 잘못 기술된 채로 있는 경우가 있다. 원본의 「그」라는 제목의 시가, 『사료전집』(2004)에는 「무제(2)」[59]로 달리 기술되어 있다. 또한 「비사문(毘沙門)」·「비로봉(毘盧峰)」·「마하연(摩訶衍)」 등의 시에서는, 시의 제목에서뿐만 아니라 그 내용에서도 원본과 달리 '곤사문(昆沙門)'·'곤로봉(昆盧峰)'·'마사연(摩詞衍)' 등으로 오기되어 있는 것이다. 특히 「노인공동묘지(露人共同墓地)」라는 시조에 있어서는, 기존의 출판본에서 「로천공원묘지(露天共園墓地)」로 그 제목이 잘못 알려짐에 따라, 작품의 의미까지 그릇되게 해석되기도 했다.

－ 「노인공동묘지」 원본 전문 사진[60]

---

59) 『사료전집』(2004), 54면.
60) 원본 묶음 제8집의 57번째 수록.

하르빈 온 사람은 이곧을 다본다니
바쓰에 몸을 싣고 墓地를 찾어갓오
人口에 많은 거지 머리 숙여 경례하더라.

異域에 묻힌 무덤 외롤손 그 靈이
파란과 싸호다가 죽은이 이세상을
남은 일 다 못하고 異域에 묻혀지다.
―「로천공원묘지(露天共園墓地)」 전문(1940. 5. 20.)61)

한 논자는, "「노천공원묘지」에서도 '남은 일 다 못하고 이역에 묻혀진' 우리 동포들의 한 많은 삶을 영위한 그 영들에게 고개를 숙이고 있다."62)고 하여, 이역에 묻힌 사람들이 다름 아닌 우리 동포들이라고 기술한 바 있다. 그러나 실제에 있어서는 그렇지가 않다. 이들은 러시아 사람들을 지칭하는 것이다. 시 제목 「노인공동묘지」에서 '노인(露人)'은 '러시아 사람'을 뜻하기 때문이다. 이렇게 본다면 이 시와 관련된 다른 평자의 다음과 같은 지적이, 오히려 적절하다고 볼 수 있다.

> A(『사료전집』(2000) ― 필자 주)만을 보고 있는 독자는, 하얼빈에 와 러시아인 묘지를 찾은, 이국살이 신세의 심연수가, 이국땅에서 한을 남기고 죽어간 러시아 사람들의 심정을 향해 생각을 달리는 모습을 이해할 수 없을 것이다.63)

또한 재출판본에서마저 원본의 단어 및 구절이 잘못 기술되거나 아예 빠진 점은, 문제점으로 지적되지 않을 수 없다. 그 대표적인 예로, 시 「침묵」64)에서는 "부처처럼 聖스럽고"에서 '부처'가 '붓'으로, 시 「들꽃」65)에서는 "억세일天候를 익이려는

---

61) 『사료전집』(2004), 217~218면.
62) 허형만, 「심연수 시조 연구」, 『민족시인 심연수 제6차 학술세미나』, 심연수선양사업위원회, 2006, 66면.
63) 오오무라 마스오, 「재 '만' 한인문학의 제상」, 앞의 책, 30면.
64) 『사료전집』(2004), 55면.
65) 위의 책, 63면.

힘"이라는 구절에서 '천후(天候)'가 '천사(天使)'로 오기되어 있다. 또한 시 「흩어질무리」의 원본 6·7행에는 "불을안고 돌아갈제/새히망 타올으는"으로 기술되어 있는데, 『사료전집』(2004)에는 "불을안고 타올으는"이라 하여 일부 구절이 빠져 있는 것을 볼 수 있다.66) 더욱이 시 「고독」의 원본에서 끝의 두 행 "峻嶺넘은 기쁨을 가슴에품고/孤獨의 한평생을 맞이려한다."가, 『사료전집』(2004)에 수록된 시 「고독(1)」의 마지막 행에서는 "峻嶺 넘는 한평생을 맞이려 한다."로 바뀌어 있는 것을 볼 수 있다.67) 이 또한 시의 주제와 관련하여 의미 전달에 있어 애매모호함을 발생시키는 주된 요인이 됨을 파악할 수 있게 하는 것이다.

원본과 행 또는 연 구분이 다른 경우도 볼 수 있다. 「여명(黎明)」(31면)을 비롯하여 「대지의 봄」(31~32면)·「여창(旅窓)의 밤」(32~33면)·「대지의 모색(暮色)」(34면)·「어제와 오늘」(59~60면)·「샘물」(64면)·「수명」(65면) 등의 시에서, 이를 목격할 수 있는 것이다.

이와 같이 기존에 출판된 심연수의 『사료전집』(2004)도 적지 않은 오류들을 지니고 있으므로, 여기에 수록된 작품들 또한 연구 대상으로 삼기에는 만족스럽지 못한 것이다.

3. 『심연수 시전집』(2006)

기존에 출판된 심연수의 『사료전집』(2000, 2004)이 모두 문제점들을 지니고 있어 그의 육필 원고들을 입수해서 총 311편의 작품 중 244편의 시를 최종본으로 선정하고 이를 다시 교정하여 『심연수 시전집』으로 엮어낸, 김해응의 연구 성과는 주목에 값한다. 실제로 필자도 육필 원고의 사진본과 한국 내에 반입되어 있는 복사본68)을 비교 검토해 본 결과, 그간 대체로 알려진 그의 작품 수는 311편에 이르

---

66) 위의 책, 46면.
67) 「고독(1)」, 위의 책, 61면.

는 것을 확인할 수 있었다.

그럼에도 불구하고 여기에는 그의 일부 작품이 포함되어 있지 않다. 심연수 시인이 『노산시조집』을 읽으면서 쓴 7편의 시와, 중학생 시절 영어 교재로 사용했던 것으로 추정되는 책에 써 놓은 2편의 시, 그리고 1941년 3월 3일자 『만선일보』(4면)에 발표한 시 「길」 등 총 10편의 시가, 이에 해당되는 것이다.

또한 편자에 의해 최종본으로 선정된 244편 중에는 일부 시가 제외되어 있다. 「북국의 봄맞이」와 「야송(夜頌)」・「해란강」・「맨발」 등 4편의 시가 그것이다. 물론 논자는 그의 저서에서 「추억의 해란강」과 「해란강」, 「침송(寢頌)」과 「야송」을, 제목은 다르지만 내용이 같은 작품으로 구분하여, 이들을 같은 작품의 이본으로 본 듯하다.69) 그러나 이 작품들뿐만 아니라, 「대지의 봄」과 「북국의 봄맞이」, 『심연수 시전집』에 수록된 「맨발」과 여기서 지칭하는 시 「맨발」 사이에는 유사점보다 상이점이 더욱 눈에 띄어, 이들은 각기 별개의 시로 구분하는 것이 오히려 자연스러울 듯싶다.

더욱이 최종본으로 선정된 작품들 가운데 일부는, 그것으로 보기에 적합하지 않은 이본들인 것으로 판단된다. 편자는, 최종본으로 미결정 상태에 있었던 46편 중 42편이, 심연수가 출판을 준비한 듯한 자선시집 수록분이어서, 이를 1차적인 최종본으로 인정하였다. 물론 그는 자선시집이 출판된 것이 아니었기 때문에 최종본 선정을 유보하고 보충적인 작업들을 진행하였다고 덧붙여서 설명하고 있기는 하지만, 이 묶음에 포함된 원본들을 대체로 최종본으로 수긍하고 있는 것이다.70) 그러나 실제 시 원본들을 대비해 보면 자선시집에 수록된 작품들 가운데 16편은 오히려, 다른 묶음의 것이 최종본이라는 판단을 가능케 한다. 따라서 이 중 「현해탄을 건너며」를 대표적인 예로 들어, 그 이본들에 대해 구체적인 검토를 해보기로 하자.

---

68) 필자는 현재 강릉의 삼척 심씨 대종회에 보관되어 있는 복사본을 참조하였다.
69) 김해응, 앞의 책, 57면.
70) 위의 책, 59~60면.

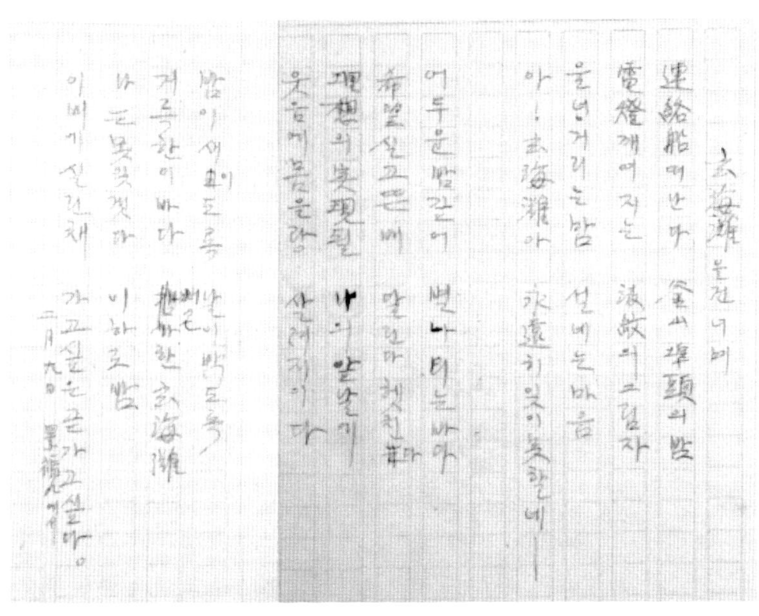

－「현해탄을 건너며」 원본 전문 사진①[71]

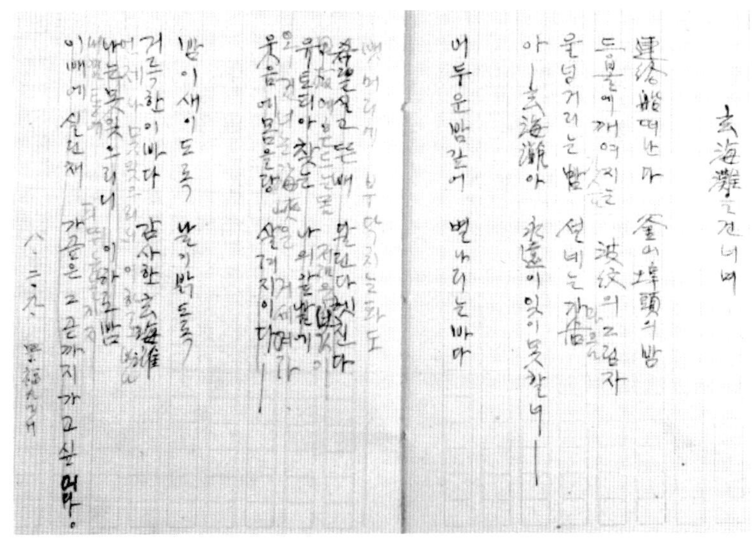

－「현해탄을 건너며」 원본 전문 사진②[72]

71) 원본 묶음 제9집의 2번째 수록.

– 「현해탄을 건너며」 원본 전문 사진③[73]

　　위에서와 같이 시 「현해탄을 건너며」의 원본은, 3가지가 있다. 그래서 최종본 선정을 위해서는 이들 이본에 대한 대조 검토가 필요하다. 그런데 각 이본 끝에 기록된 창작일을 통해서는 어느 것이 최종본인지 구분하기가 어렵다. 왜냐하면 일반적으로는 작자에 의해 나중에 고쳐진 것이 최종본이라 할 수 있지만, 이들 이본의 끝에는 창작일이 똑같이, 그가 일본에 유학 가기 위해 현해탄을 건널 때인 1941년 2월 9일로 기록되어 있기 때문이다. 물론 원본 사진①에는 창작 연도가 생략되어 있기는 하지만, 이들 이본에는 수정이 가해졌다 하더라도 수정된 날짜보다는 처음 창작된 날짜가 모두 기록되어 있어서, 이에 근거한 최종본 판단은 처음부터 기대할 수 없었던 것이다. 그러므로 여기서는 이보다는 고쳐진 흔적을 좀 더 면밀히 조사해 볼 필요가 있다고 생각되는데, 이에 의거해서 살펴보면 이 시는 '원본①→원본

---

72) 원본 묶음 제3집의 25번째 수록.
73) 원본 묶음 제2집의 5번째 수록.

②→원본③'의 순서에 따라 수정되고 다시 정리되는 과정을 거쳤음을 확인할 수 있게 된다. 이와 같은 과정을 거치면서 이 시는 시적 표현을 획득하게 되었다는 사실을 파악할 수 있게 되는 것이다. 이렇게 본다면 이 시의 최종본은 당연히 원본③이다. 그러면 『심연수 시전집』에 수록된 시 「현해탄을 건너며」는 어떠한가?

> 連絡船 떠난다 釜山埠頭의 밤
> 등불에 깨여지는 波紋의 그림자
> 울렁거리는 가슴 설네는 마음
> 아ー 玄海灘아 永遠이 잊지 못할너ー
>
> 어두운 밤 깊어 별 나리는 바다
> 뱃머리에 부닥치는 파도
> 甲板에 흔드는 몸 젊은 넋이
> 오ー 건너는 海峽은 거세여라ー
>
> 밤이 새이도록 날이 밝도록
> 거룩한 이 바다 감사한 玄海灘
> 언제나 못 잊으리니 이 하로밤
> 내 염통에 피 뛰는 날까지

1941. 2. 9. 景福丸에서[74]

위에서와 같이 『심연수 시전집』의 이 시는, 원본②를 저본으로 삼고 있다. 앞에서 언급한 바와 같이 편자는 자선시집 수록분에 좀 더 비중을 두어 이를 최종본으로 인정하여, 그 표기 및 띄어쓰기를 대체로 현대 한글 정서법에 맞게 바꾸어 시전집에 실어 놓은 것이다. 이 때문에 『심연수 시전집』의 시 「현해탄을 건너며」와 실제 이 시의 최종본이라 판단되는 원본③ 사이에는 차이점이 발생될 수밖에 없었다. 시인이 원본②를 수정하여 원본③과 같이 정리하는 과정에서 더 고쳐 놓은 부분이

---

74) 김해응 편, 『심연수 시전집』, 앞의 책, 272면.

50

있는데, 『심연수 시전집』의 이 시에는 이것이 바뀌어 있지 않은 것이다. 위에 인용해 놓은 시전집의 시에서 특히, 1연 4행·5행의 "永遠이 잊지 못할/너—"와, 3연 2행의 "감사한 玄海灘"이라는 시구가 이에 해당되는 것이다. 이들은 원본③의 "永遠이못잊을너—"와 "偉嚴있는여을"이라는 구절처럼 고쳐졌어야 하는 것이다. 이와 같은 맥락에서 본다면, 시 「현해탄을 건너며」와 같이 그의 자선시집에 수록된 작품들 가운데서 시인에 의해 다시 수정 및 정리되어 다른 원고 묶음에 옮겨진 대략 16편의 작품은,[75) 이것들이 최종본이다. 그러므로 『심연수 시전집』에는 이러한 최종본이 수록되었어야 했다. 여기에 수록된 그 이본들은 고쳐졌어야 하는 것이다.

이와 함께 『심연수 시전집』에 최종본으로 선정된 작품들은, 편자 임의대로 편의상 『기행시집』·『지평선』·『수평선』 등 세 부분으로 나뉘어 수록되어 있는데, 이또한 아쉬운 점이라 할 수 있다. 왜냐하면 수집된 작품들은 연보 작성 과정을 거쳐 그 순서에 따라 수록될 때, 작품세계의 통시적 고찰에서 그 변이과정을 살피는 데 도움이 될 수 있기 때문이다.[76)

이 외에 연이나 행 구분이 잘못된 점이나, 오자(誤字) 또는 탈자(脫字)가 발생된 점 등도 확인이 필요한 사항이다. 예를 들어 「구만물상(舊萬物相)」(246면)이나 「모란봉(牡丹峯)」(252면)·「낯익은 품속의 사랑」(258면)·「경포대(鏡浦臺)」(260면) 등은, 본래 연시조 형식으로 쓰인 시이므로 원본에서와 같이 마땅히 연 구분이 되어야 한다. 이에 반해 「들꽃」과 같은 시는 아래 사진에서처럼 본래 단연시(單聯詩)로 창작된 것임에도 불구하고, 『심연수 시전집』(279면)에는 4행 다음에 연 구분이 되어 있다.

---

75) 원본 묶음 제2집에 수록된 총 17편의 작품 중 시 「야송(夜頌)」을 제외한 16편이, 이에 해당되는 것들이다.
76) 김학동, 앞의 책, 173면.

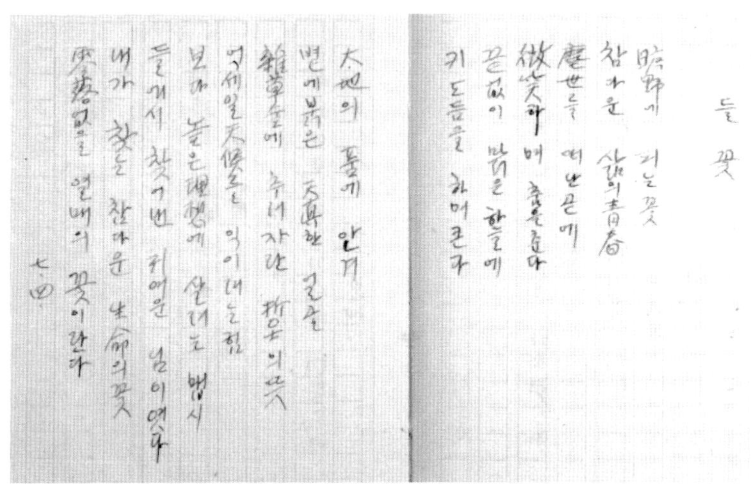

－「들꽃」 원본 전문 사진77)

　또한 앞서 인용한 시 「현해탄을 건너며」의 경우를 보면, 이 시는 원본에서와 같이 본래 한 연이 4행씩으로 이루어진 총 3연 12행의 작품이다. 그런데 『심연수 시전집』(272면)에 수록된 이 시 1연은 5행으로 되어 있는 것을 볼 수 있다. 여기서 5행은 원래 4행 끝에 이어진 부분인데, 행 구분이 되어야 하는 것처럼 인쇄되어 있는 것이다. 물론 좌우 2단의 좁은 지면(紙面)에 시들이 옮겨지다 보니 이와 같은 일이 발생된 것으로 그 요인이 이해되지 않는 바는 아니지만, 앞의 행에 이어지는 부분은 다음 행에서 내어 쓰기가 되어야 하는 것이 상식이다. 그럼에도 불구하고 전체 수록된 시들의 긴 행들이 모두 이렇게 인쇄되어 있다 보니 이는, 본래 행 구분이 그렇게 된 것인지, 아닌지에 대한 의문을 야기할 수 있다.

　그리고 이 시집에 수록된 「비로봉(毘盧峰)」(248면)·「마하연(摩訶衍)」(248~249면) 등의 시에서는, 시의 제목에서뿐만 아니라 그 내용에서도 원본과 달리 '毘勞峰'·'麻訶衍' 등으로 일부 한자가 오기되어 있는 것이 눈에 띈다. 더구나 시 「경회루(慶會樓)」(252면)에서는 '국빈(國賓)'이 '국민(國民)', 「수학여행을 마치고」(259

─────────────────

77) 원본 묶음 제3집의 44번째 수록.

면)에서는 '폐허(廢墟)'와 '우울(憂鬱)'이 '처처(處處)'와 '우수(憂愁)', 「밤이 새도록」(291면)에서는 '구들'이 '그들' 등으로 오기되어 있어, 시 해석상에 오류가 범해질 가능성이 내재되어 있는 것으로 볼 수 있다. 이에 비해 「과오(過誤)」(314면) 같은 시에서는, 13행 다음에 "한 몸이 그처럼 알뜰하던지"라는 구절이 빠져 있어, 이 또한 작품을 올바로 해석하는 데에 저해 요인으로 작용할 수 있다.

더욱이 편자는 그의 논문에서 첫 출판본인 『사료전집』(2000)이 지니고 있는 문제점들 중의 하나로, 여기 수록된 시들 가운데 원고와 달리 임의적으로 시의 형식이 고쳐진 경우가 있다는 점을 지적한 바 있다.[78] 그런데 『심연수 시전집』에 실려 있는 「어대로 갈가」(292면)와 같은 시에서는, 여전히 들여쓰기(indentation)에 의한 시의 구획이 무시되어 있다는 점에서 보완이 요망된다 하겠다.

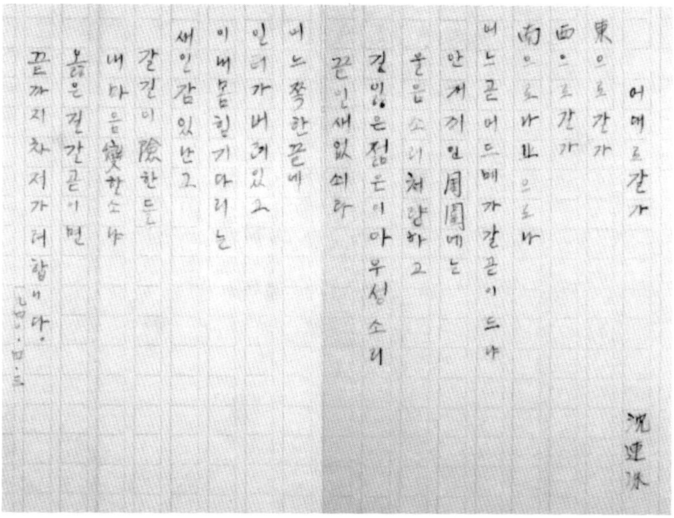

－「어대로 갈가」 원본 전문 사진[79]

---

78) 김해응, 앞의 책, 47~49면.
79) 원본 기타 묶음1의 7번째 수록.

4. 『심연수 원본대조 시전집』(2007)

　　필자가 최근 『심연수 원본대조 시전집』을 엮게 된 동기는, 기존의 심연수 작품집들이 나름대로의 의의를 지니고 있음에도 불구하고, 원본에 대한 충실한 연구가 진행되지 않은 상태에서 간행된 것이 대부분이기 때문이었다. 필자가 위에서뿐만 아니라 이 『심연수 원본대조 시전집』의 뒷부분에 수록해 놓은 논문 「심연수(沈連洙) 시의 원본 연구」[80]에서도 일부 지적한 바와 같이, 이들은 몇 가지 측면에서의 오류를 내포하고 있었던 것이다. 이러한 점에서 필자는 이미 공개된 것뿐만 아니라 다시 발굴된 시들까지를 대상으로, 이에 대한 원전 확정 과정을 거쳐, 일문(日文) 시를 포함하여 총 258편[81]에 대한 연보[82]를 먼저 작성했다. 그의 육필 유고 끝에 기록된 창작 연월일을 근거로 이를 만들었던 것이다. 물론 그것이 구체적으로 밝혀져 있지 않은 경우에는 각 원고의 묶음별 순서 및 전후 정황을 고려했다. 그래서 그가 동흥중학교를 졸업하고 일본대학에 입학할 무렵인 1941년을 기준으로 그 이전과 이후의 것을 제1부(1940년까지의 시)와 제2부(1941~1943년 사이의 시)로 구분하여 창작 연월일 순으로 수록하되, ‘추가 발굴 및 일문(日文) 시편’은 제3부에 따로 실었다. 그런데 이 중 제1부 및 제2부의 시들은 현대문으로 바꾼 것을 먼저 수록하고, 원문을 가로쓰기하여 옮긴 것을 각각 그 다음에 순서대로 실어 놓았다. 그럼으로써 이 책이 일반 독자용으로뿐만 아니라 학술 연구용으로도 활용될 수 있도록, 엮어 놓은 것이다.

---

80) 황규수, 「심연수(沈連洙) 시의 원본 연구」, 『심연수 원본대조 시전집』, 한국학술정보, 2007, 529~563면.

81) 이와 관련하여 『심연수 원본대조 시전집』에는, 필자가 최종본으로 선정한 255편의 시 이외에 3편의 이본이 더 실려 있는 것을 볼 수 있다. 그런데 이는, 시인이 『노산시조집』을 읽으면서 쓴 7편의 시 중 「님의 뜻」을 비롯하여 「청춘」·「참(眞)」 등 3편이 추후 고쳐진 것(「참(眞)」은 「소원」으로 제목도 바뀜)임에도 불구하고 추가로 발굴된 시편이어서, 이 책의 제3부에도 중복해서 수록됐기 때문이다.

82) 황규수 편, 앞의 책, 520~527면.

물론 이 책에 수록된 시는 1943년 7월경까지 창작된 작품들로, 이후 그가 1945년 8월 8일 광복을 1주일 앞두고 27세의 젊은 나이에 사망할 때까지 대략 2년 동안 쓴 것은 빠져 있다. 심연수 시인이 검문소에서 군인들에게 피살될 당시 그는, 트렁크를 갖고 있었다고 하는데, 거기에 있었을 것으로 추정되는 작품들을 실제로 본 이는 아직 없기 때문이다. 또한 이 책에는 지금까지 공개 및 발굴된 그의 시들을 대상으로 필자가 최종본을 선정해서, 그 원문을 현대문으로 바꾼 것과 함께 수록해 놓았는데, 보충할 부분이 있다. 이와 관련하여 이에 대해 평한, 한 논자의 글은 주목할 필요가 있다.

> 우선 텍스트를 확정하는 작업으로부터 출발해야 한다. 심연수론은 그때부터 시작해도 늦지 않다. 그런 의미에서 황규수 씨의 작업은 귀감이 된다. 그런 한편으로 역시 불충하다고 생각되는 점도 있다. 첫째, 왜 시만 하고 소설, 각본, 평론, 수필 등 다른 분야의 원문 대조에는 손을 대지 않았는가. 둘째, 왜 원고의 사진판을 사용하지 않았는가. 사진판이라면, 본인의 필적을 그대로 전해준다. 사진판에는 오기도 있을 터이니, 그것을 정정한다거나 방언, 한어(漢語), 고어에 주를 붙이든가 해서 사진판을 기본으로 원문을 확정한 후에 현대어로 고쳤더라면, 하는 생각이 든다. 셋째, 더 나아가 말한다면, 시 「용고(龍高)」처럼 심연수 작인지 불분명한 것까지 심연수의 작품으로 하고 있다. 「용고」는 기성의 교가(일부 오기가 있다)를 베꼈던가, 학생임에도 불구하고 당시 교가 응모에 내려고 했던 원고일 가능성이 높다. 황규수 씨도 「심호수 씨가 현재 보관하고 있는 원고 묶음 중에 포함되어 있음」이라고 주석에 밝혀 다른 작품일 가능성도 암시하고 있다.[83]

위에서 평자가 먼저 지적한 바와 마찬가지로, 시 이외에 소설 및 수필 등 다른 부문의 원문 대조도 필요하다. 왜냐하면 기존의 출판본에서는 이 부분에서도 잘못 표기된 것이 눈에 띄기 때문이다. 그 단적인 예로 다음과 같은 그의 일기를 보자.

---

83) 오오무라 마스오, 「심연수의 일본관」, 앞의 책, 470면.

文人은 幸福한 사람이다. 自己의 하고 <u>싫은</u>(밑줄-필자) 일을 글로서 다 나타낼 수 있는 것이다. 그들이 쓴 글로서 萬人을 웃기고 울리고 할 큰일을 하니, 無名의 文人이라도 大英雄과 같고 <나파륜>도 다른 前世의 英雄도 文人도 같은가 하노라. 天下는 文人을 우러러 보느냐 낮게 보느냐.84)

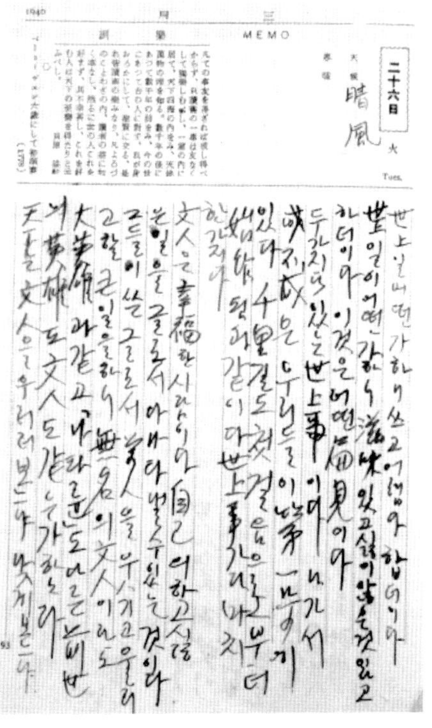

−1940년 3월 26일 심연수 일기 원문 사진

위의 인용문은 1940년 3월 26일 그가 쓴 일기 내용 중 일부분인데, 전체 내용의 흐름상 밑줄 그은 '싫은'은 '싶은'의 오기로 볼 수 있다. 현실 세계에서와는 달리 문학의 세계에서는 글을 이용해서 자신의 소망을 표현할 수 있어 행복감을 느낀다는 것이다. 실제로 원문을 보더라도 인용문 내용 중 '싫'자 대신에, '시'에 'ㅍㅎ' 받침을 한 글자가 쓰여 있어, 이는 '싶은'의 뜻으로 쓰인 것임이 확인된다. 따라서 이와 같은 오류를 바로잡기 위해서라도 시 이외의 다른 부문에 있어서도 원문 대조 및 정리가 필요하지만, 『심연수 원본대조 시전집』에서는 그 지면 및 시간 관계상 이를 다음 기회로 미루기로 하였다.

또한 평자가 언급한 대로 이 책에서는 시 원본을 사진판으로 보여주지 못했으며, 주석 처리에 있어서도 미흡한 면이 있다. 그런데 이는 연구자 한 개인만의 노력으로 단시간 내에 해결될 수 있는 문제가 아니다. 일단 국내의 출판 현실상 그에 필요한 경비가 어느 정도 조성되어야 할 뿐만 아니라, 공동 연구를 위한 기반도 마련

---

84) 심연수, 「삼월 이십육일 화 청(晴) 풍(風)」, 『사료전집』(2004), 276면.

되어야 할 것이다. 따라서 이의 성취를 위해서는 더욱 다양한 측면에서의 지원과
연구가 있어야 할 것으로 판단된다.

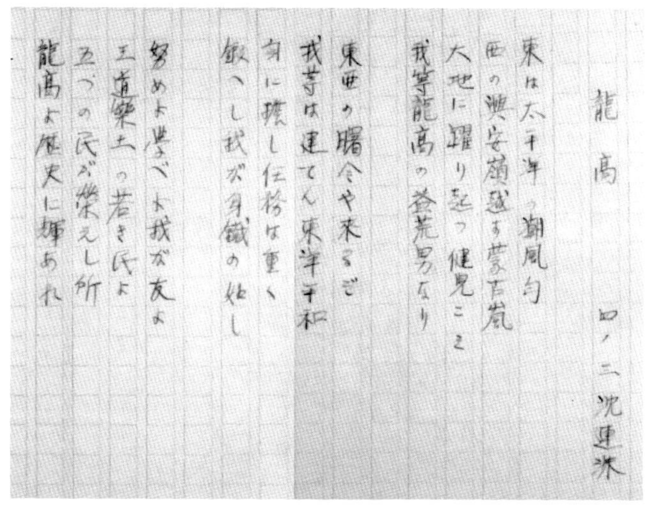

− 「용고(龍高)」 원본 전문 사진85)

마지막으로 평자는, 이 책에서 시 「용고(龍高)」처럼 심연수 작인지 불분명한 것
까지 심연수의 작품으로 하고 있다고 기술하였다. 그러나 이 시의 원본 제목 다음
에는 ‘四／三 沈連洙’라고 쓰여 있어, 시 「용고」를 쓴 사람이 심연수일 가능성이
높음을 보여 준다.

東으로는太平洋의潮香
西으로는興安嶺넘는억센瑞嵐
大地에뛰노는健兒야말로
우리들이땅의새일군일세.

몸바치자우리들은東洋平和에

---

85) 원본 기타 묶음1의 3번째 수록.

東亞의첫동이이제야트는고나
메일任務는많다고하나
鍛鍊된몸마음은鋼鐵같도다.
배호자힘쓰자大地에서
王道樂土의젊은이여
五族協和가빛나는곧에
솜씨야빛나거라歷史에남기자.

—「대지(大地)의 젊은이들」 전문86)

더욱이 위에 인용한 그의 시 「대지의 젊은이들」은 일문시(日文詩) 「용고」와 내용이 아주 흡사하여, 둘 가운데 어느 것이 먼저 쓰였는지까지는 구분되지 않지만, 전자만이 아니라 후자도 그에 의해 지어진 것이라는 점은 믿어 의심치 않게 한다.87)

이렇게 본다면 『심연수 원본대조 시전집』은 앞으로 보완되어야 할 과제를 지니고 있음에도 불구하고, 『사진판 심연수 자필(自筆) 시고전집(詩稿全集)』이나 『심연수 정본 시전집』이 간행되기 어려운 상황에서, 그 준비 과정에서 엮어진 것이라는 점에서 일차적인 의미가 있다 하겠다. 왜냐하면 위에서 언급한 바와 같이 그 이전의 출판본이 나름대로 의의를 지니고 있음에도 불구하고 문제점 또한 내포하고 있어, 여기에 수록된 작품들을 자료로 하여 연구가 진행될 때 발생될 수 있는 오류가, 이 책의 간행으로 어느 정도 극복될 수 있을 것으로 기대되기 때문이다.

---

86) 황규수 편, 앞의 책, 23면. 이 시의 원본에는 시인의 이름이 제목 다음에 적혀 있음.
87) 오오무라 마스오 교수는 추후(2007. 12. 7.) 필자와의 면담에서, 이와 같은 필자의 견해에 동의한 바 있다.

제3장
심연수 시의 원전 확정

앞에서 살펴본 바와 같이 2000년 7월『사료전집』이 처음 간행된 이래, 심연수의 작품집은 대략 다섯 차례에 걸쳐 출판되었다. 초반의 출판본들은 원전 확정이 제대로 이루어지지 않은 상태에서 간행된 것들이어서 여러 문제점들을 지니고 있었지만, 이후 이들은 점차 보완되어 최근에 출간된 작품집에 수록된 시들은, 연구 텍스트로 활용될 수 있는 단계에 이른 것이다. 물론 그의 작품집이, 시뿐만 아니라 소설·수필·평론 등도 포함하여 사진판으로까지 출판된다면, 그의 작품에 대한 연구는 더욱 폭넓고 깊이 있게 진행될 수 있을 것이다. 왜냐하면 그는 시 이외에도 다른 여러 양식으로 자신의 생각을 표현한 바 있기 때문이다. 그러므로 이와 같은 여건이 조성된다면 그의 작품에 대한 연구는 보다 진전이 있을 것이지만, 현재 우리의 연구 및 출판 현실 상황에서 이것이 조만간에 이루어지기를 기대한다는 것이 쉬운 일은 아니다. 따라서 여기서는 우선 그의 시들을 중심으로 작품에 대한 서지조사 및 정리, 이본의 분석과 대조 검토 과정을 거쳐 최종본을 선정하고자 한다. 필자는 앞서『심연수 원본대조 시전집』을 엮기 위해「심연수 시의 원본 연구」라는 논문을 작성하면서, 그의 시 원본 끝에 기록된 창작일과 원본의 묶음별 수록 순서 및 그것의 고쳐진 흔적 등을 참조하여 최종본을 결정하고 원전을 확정한 바 있다. 그런데 이 자리에서는 이를 보다 심화 확대하여, 그의 작품에 대한 올바른 이해와 평가의 기본 요건을 더욱 확충해 놓고자 하는 것이다.

1. 시 작품 서지 조사 및 정리

심연수가 창작한 시 가운데 지금까지 알려진 작품은 총 321편 정도에 이른다. 이 중 그의 동생 심호수에 의해 보관되어 온 작품이 가장 많음은 앞에서 언급한 바와 같다. 2006년 8월 필자가 직접 중국 용정에 가서 확인한 바에 의하면, 당시 심호수가 보관해 온 육필 시고는 304편이었는데, 이는 그의 맏아들(시인의 조카) 심상인에 의해 제1집부터 제10집까지 10개의 묶음과 기타 2개의 묶음으로 정리되어 있는 상태였다. 앞서 김해응이 박사학위 논문을 작성하기 위해 그의 육필 원고를 정리할 때는 모두 311편이라 했는데,[88] 이보다는 7편이 적은 것이었다. 그래서 필자는 그가 작성한 「심연수 시작품 목록」[89]과 비교해 보니, 「대지의 젊은이들」 이외에 「생과 사」·「봉천성 위에서」·「신경(新京)」·「불탄 자리3」[90]·「구우(舊友)를 찾아서」·「눈보라」 등 7편의 시 원본이 여기에 포함되어 있지 않다는 사실을 알 수 있었다. 그러므로 필자는 이들 시 원본을 찾기 위해 여러모로 노력하였는데 아직 그 원본을 직접 볼 수는 없었으나, 2006년 9월 강릉의 삼척 심씨 대종회를 방문하였을 때 그곳에 『사료전집』(2004) 간행을 위해 복사해 두었던 사본이 마침 보관되어 있는 것을 확인할 수 있었다.

한편 2차로 심연수의 시 7편을 발굴하는 데에 공헌한 이는 김룡운이다. 처음으로 심연수의 작품을 발굴해서 정리하여 『사료전집』(2000)을 간행하는 일에도 힘쓴 바 있는 그는, 심연수가 살아생전에 『노산시조집』(3판: 한성도서주식회사, 1937)을

---

88) 김해응, 앞의 책, 57면.
89) 위의 책, 196~209면.
90) 본래의 시 제목은 「불탄자리」다. 그러나 필자는, 그가 쓴 같은 제목의 시 두 편과 구분하기 위해서, 이처럼 3자를 제목에 덧붙이게 되었다.

읽으면서 그 여백에 쓴, 「봄소식」·「책집」·「동경(憧憬)의 금강(金剛)」·「할 일」 등의 시들을 찾아낸 것이다. 필자도 이들 시를 직접 확인해 본 결과, 그 발굴은 나중에 됐어도 이것들이, 심호수의 보관본보다 먼저 쓰인 것들임에는 믿어 의심할 바가 없었다.

이 밖에 2007년 2월 필자에 의해『심연수 원본대조 시전집』이 간행되기 이전에는, 그의 작품집들에 수록되지 않았던 시들도 3편이 더 있다. 이 중 먼저 1941년 3월 3일자『만선일보』에 발표된 그의 시「길」이, 그 이전의 출판본에 실리지 않은 이유가 무엇 때문인지에 대해서는 그 어디에도 언급되어 있지 않다. 그런데 만약 그것이 같은 제목의 시가 거기에 수록되었기 때문이라면, 이는 잘못된 판단이기 쉽다. 왜냐하면 필자가 연세대학교 도서관에 보관되어 있는『만선일보』마이크로필름을 확인해 본 결과, 거기에 발표된 시「길」과, 심호수 보관본의 시「길」은 제목만 같을 뿐 여러 측면에서 상이점을 보이기 때문이다. 따라서 이들 시는, 한 작품의 이본이라기보다는, 각기 별개의 시로 보는 것이 오히려 타당하리라고 생각한다. 또한 심연수가 중학생 시절 영어 교재로 사용했던 것으로 추정되는 책의 여백에도, 두 편의 시가 쓰여 있는 것이 눈에 띈다.91) 한 편은 한글로, 또 다른 한 편은 일본어로 쓰여 있는데, 두 편 모두 제목이 없는 것이 특징이다. 그래서 한편으로는 이들 시를 그의 완성작으로 볼 수 있는지에 대해 의문이 제기될 수도 있다. 그럼에도 불구하고 그의 다른 작품들과 비교해 보았을 때, 필체가 같다는 점과 쓴 날짜가 기록되어 있다는 점, 그리고 시의 전개 방식이나 내용이 유사하다는 점 등은, 이들 시를 그의 초기작으로 판단할 수 있는, 중요한 근거가 된다. 비록 작품의 완성도라는 측면에서는 다소 떨어진다 할지라도 그의 초기시의 특징을 파악하는 데에 긴요한 단서를 제공해 주는 것이다. 이렇게 본다면 이들 시가『심연수 원본대조 시전집』과 같이, 그의 전집 형태의 책에 실리게 된 이유가 무엇 때문인지에 대해서는 어느 정도 해명된 것으로 이해할 수 있겠다.

---

91) 深澤由次郎 · 佐川春水,『ザ · マーキュリ · イングリツジュ · グラマ』, 東京: 帝國書院, 昭和七年 十月 三十一日, 126면, 133면 ; 황규수 편저, 앞의 책, 513면, 515면.

1) 심연수 독서, 『노산시조집』에 기재된 시

1차에 이어 2차로도 심연수의 시를 발굴하게 된 김룡운은, 당시의 상황을 다음과 같이 설명한 바 있다.

> 2001년 9월 평양에서 온 심상룡 씨(57)가 자기 아버지 때문에 고생이 많았다며 두 번이나 필자를 초대한 바 있는데 그때 그의 옛 친구들도 7, 8명 모였었다. 그 후 도문에 갔다가 상룡 씨의 막역지우 윤길복 씨(도문시 공소합작사 주임)를 만나 이런 저런 이야기를 하던 중 가능하게 자기한테 30년 전에 상룡이한테서 선물로 받은 책 한 권이 있는데 혹시 도움이 된다면 찾아주겠다고 했다. 과연 며칠 후에 책을 찾았다는 전화가 왔다. 그런데 유감스럽게도 친필유고가 아니라 리은상시조집이었다. 그래도 기뻤다. 비록 친필유고는 아닐지라도 심련수가 보던 책이 아닌가? 책 이름은 『로산시조집(鷺山時調集)』(李殷相 著). 앞뒤 뚜껑은 검푸른 베천으로 되어 있었고 앞뒤 표지 안은 모두 우중충한 산과 아츨한 벼랑으로 소묘되어 있었다.[92]

필자도 2006년 8월 연변에 갔을 때 김룡운의 도움으로, 이를 실제 확인한 바 있다. 심연수가 읽은 『노산시조집』의 여백에는, 「봄소식」을 비롯하여 「책집」・「동경(憧憬)의 금강(金剛)」・「할 일」・「청춘」・「참(眞)」・「님의 뜻」 등 그의 친필 유고 시조 7편이 기록되어 있었다. 이는, 그가 이 책을 사서 읽으면서 쓴 일기와 함께, 이은상이 그의 생애에 있어서뿐만 아니라 시조 창작에 있어서도 매우 큰 영향을 미쳤음을 입증해 주는 것이다.

> 『노산시조집』을 사다. 그는 최행복자(最幸福者)다. 대대의 마음을 잃지 않고 남긴 사람이다. 나는 그대를 숭경(崇敬)한다. 문인 가운데도 그런 사람을 나는 한 책의 시조를 다 보다. 일후(日後) 두고두고 몇 번이라도 다시 읽고 보련다.[93]

---

92) 김룡운, 「청송 심련수와 그의 시조문학」, 인터넷 '문화산맥', 중국연변조선족문화발전추진회, http://koreancc.com, 2003. 8. 30.
93) 심연수, 「3월 28일 목(木) 청(晴) 석초우(夕初雨)」, 『사료전집』(2004), 277면.

앞에 인용한 글은, 심연수 자신이 『노산시조집』을 산 날 쓴, 일기 내용의 일부다. 그가 이 책을 사서 읽으면서, 노산을 훌륭히 여겨 우러러 공경하는 마음이 생겨났다는 것이다. 노산은 『노산시조집』의 「서(序)」에서, 그가 시조를 가까이 접할 뿐만 아니라 창작의 길에까지 이르게 된 것이 그의 아버지의 영향 때문이었다는 점을 밝힌 바 있다.94) 그런데 그가 이처럼 세대가 바뀜에도 불구하고 대대로 이어져 내려오는 전통 정신을 잃지 않고 계승시켰다는 점이, 심연수로 하여금 감동을 자아내게 했고, 이것이 또한 그에게 자신의 생각과 시적 정서를 시조 양식을 통해 표현할 수 있게 하는 중요한 계기가 되었음을 이해할 수 있는 것이다.

또한 앞에서 언급한 바와 같이 심연수 시인이 『노산시조집』을 읽으면서 그 여백에 남긴 7편의 시조95) 가운데 「님의 뜻」이라는 시조가 있는데, 그 부제(副題)로 "노산 선생을 모경(慕敬)하며 끝 수(首)를 끝 보며"라고 쓰여 있는 점도, 이를 단적으로 증명해 주는 중요한 근거가 된다. 이 시조에서 '님'은, 다름 아닌 이은상을 뜻한다는 사실을 알 수 있는 것이다.

읽고서 알엇쇠다 님마음 알엇쇠다
보고서 알엇서라 그님마음 알수있어
字마다 소리치며 句마자 외여둘라우
  　　　(一九四○年三月二十九日滿苦舍에서)
　　　　　　青松 沈鍊洙
　　　－「님의 뜻 -鷺山先生을慕敬하며끝首를끝보며-」전문96)

『노산시조집』에 쓴 시조 가운데 「봄소식」은, 이은상의 시조가 그의 시조에 미친 영향 관계를 보다 구체적으로 파악할 수 있게 하는 작품이어서 주목된다. 왜냐하면 이 시조는, 『노산시조집』에 수록된 시조 「봄」의 바로 옆에 쓰여 있는데, 몇 가지 측면에서 비교를 가능케 하기 때문이다.

---

94) 이은상, 「서(序)」, 『노산시조집』, 한성도서주식회사, 1933, 1~2면.
95) 황규수 편, 앞의 책, 506~512면 수록.
96) 주43) 참조. 심연수 독서, 『노산시조집』, 200면 ; 황규수 편, 위의 책, 512면.

먼저 두 편의 시조에서는, 제목의 유사함
과 마찬가지로, 시적 발상(發想)에 있어서
도 그러함이 눈에 띈다. 이들 시조는 모두
봄을 소재로 하고 있는데, 자연 현상의 변
화를 통해 봄이 다가왔음을 표현하고 있는
것이다. 물론 심연수의 시조와 달리 이은상
의 시조에는, 자연 현상에 있어서만이 아니
라 인간사에 있어서도 그러함이 함께 표현
되어 있다. 또한 이은상의 시조 「봄」에서는
시조의 특수한 종결 방식98)이 그대로 지켜
지고 있다. 그럼에도 불구하고 시조를 쓴
날짜 및 장소를 기술하는 방식에서까지도
두 편의 시조가 유사함은, 단지 우연의 일
치가 아니다. 이은상의 시조가 심연수의 그

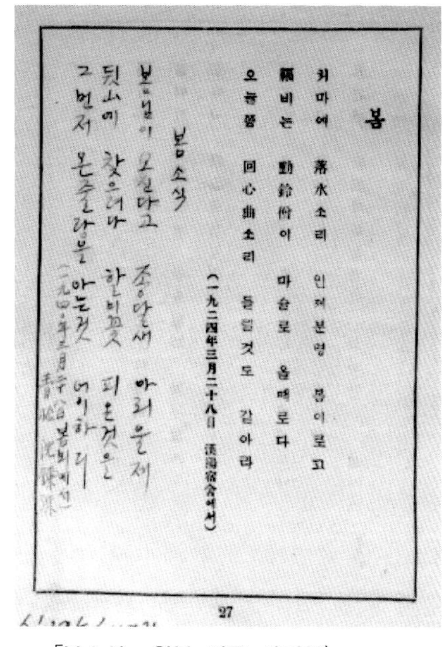

－「봄소식」 원본 전문 사진97)

것에 미친 영향 관계를 입증할 수 있는, 작품 외적인 근거로 볼 수 있는 것이다.

『노산시조집』에 남겨진 심연수의 시조 중, 이은상이 그에 미친 영향 관계를 논
함에 있어 빼놓을 수 없는 작품으로, 「동경(憧憬)의 금강(金剛)」도 있다.

　　金剛이 좋다해도 가지못하니 이름뿐
　　애꾸진 마음만이 金剛을 徘徊한다
　　어즈버 이몸이 못가는곳 金剛인가하노라
　　　　　一九四〇年三月二十八日
　　　　　　　鍊洙 作

　　　　　　　　　　　　　　　　　－「憧憬의金剛」 전문99)

---

97) 심연수 독서, 『노산시조집』, 27면 ; 황규수 편, 위의 책, 506면.
98) 양태순, 『한국고전시가의 종합적 고찰』, 민속원, 2005, 404면. 이와 관련하여 논자는,
　　"종장은 그 특수한 제약으로 인해 양식적으로 시적 완결성을 보장하고 있다."고 언급
　　한 바 있다.

이 시조는 심연수가 읽었던 『노산시조집』의 일곱 번째 소제목 '금강행' 뒷면에서 발견된 작품이다. 그가 '금강행'에 수록된 시조들을 읽고, 그에 대해 동경의 마음이 들게 되었음을 읊은 것이다. 특히 이 시조의 종장 "어즈버 이몸이 못가는곳 金剛인가하노라"라는 구절에는, 이러한 심사가 잘 나타나 있다. 그를 동경하지만 가지 못하는 슬픔이 여기에는 압축적으로 표현되어 있는 것이다. 이와 같은 맥락에서 본다면 그가 이 시조를 쓴 지 1달여 후에, 중학교 졸업을 앞두고 수학여행을 하게 되는데, 이때 여행시조를 남기게 됨은 우연의 소산이 아니라고 생각된다. 왜냐하면 『노산시조집』의 시조들은 여덟 개의 소제목 아래에 나뉘어 실려 있는데, '금강행'뿐만 아니라 '송도 노래'라는 제목 속에 놓여 있는 작품들은 여행시조로서 공통된 특성을 지니고 있기 때문이다. 두 시인의 여행시조들 중에는 현재 그들이 본 자연 풍경과 함께 거기서 느낀 바를 시조로 나타낸 것 이외에, 그들이 여행하며 접하게 된 여러 대상들을 시적 소재로 하여 그와 관련된 다양한 내용을 시조 형식으로 표현해 놓은 작품들도 적지 않은 것이다. 더욱이 「만월대」나 「선죽교」, 그리고 「장안사」, 「비로봉」, 「옥류동」, 「비봉폭」 등의 시조는 제목까지도 똑같다. 그래서 이와 같이 심연수의 여행시조와 이은상의 그것을 대비해서 고찰해 보았을 때, 그 제목에서만이 아니라 표현 방식 및 시적 발상 등에서 파악되는 공통된 특징은, 이은상 시조가 그에 미친 영향이 적지 않았음을 알 수 있게 하는, 또 다른 근거가 된다 하겠다.100)

한편 심연수가 읽었던 『노산시조집』에 남겨진 7편 가운데 「책집」·「할 일」·「청춘」·「참(眞)」 등의 시조에서는, 지금까지 검토된 「님의 뜻」과 「봄소식」·「동경(憧憬)의 금강(金剛)」 등의 작품들에서와 같이, 이은상의 시조가 심연수의 그것에 미친 영향 관계에 대해 보다 직접적인 측면에서 구체적으로 논의하기가 곤란하다. 이

---

99) 심연수 독서, 『노산시조집』, 122면 ; 황규수 편, 앞의 책, 508면.
100) 황규수, 「심연수와 그의 시조」, 김용성 외, 『한국문학연구의 현단계』, 역락, 2005, 107~117면. 이와 관련하여 필자는 앞서, 그의 시조가 이은상 시조와 갖는 관계성에 대해 논의한 바 있다.

들 시조에서는 노산 시조에서와 같은 공통된 특성이 눈에 띄지 않기 때문이다. 그럼에도 불구하고 이들 시조에는 당시 시인의 생각 또는 시적 정서가 시조의 형식으로 표현되어 있어 주목된다. 이들 작품을 통해서도 그의 초기시의 한 유형상의 특징을 엿볼 수 있는 것이다.

이 중에서도 먼저 관심을 끄는 작품은 「책집」이다. 이 시조는 추후 그의 시가 전개될 향방에 대해 미리 짐작할 수 있게 해 주기 때문이다.

더욱이 이 시는 그 끝부분에, "一九四〇年 三月 二十八日 龍井 博文館에서"라고 기록되어 있어, 심연수 시인이 동흥중학교 졸업반이었던 1940년 3월 28일 용정의 박문관이라는 서점에 들렀을 때,[101] 체험한 바를 시조 형식으로 나타낸 것이

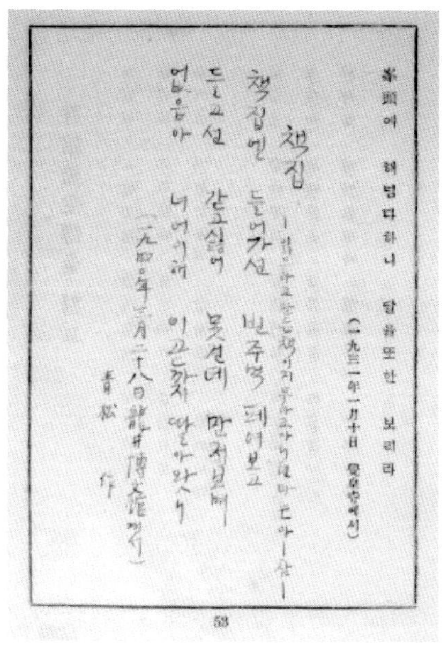

-「책집」 원본 전문 사진[102]

---

101) 당시 심연수가 사서 읽은 『노산시조집』의 출판사항이 인쇄된 면(201면)의 오른쪽 상단에도, '간도용정 도서문구 박문관'이라는 곳의 전화번호가 찍혀 있는 쪽지가 붙여져 있어, 이것이 사실임을 뒷받침해 준다.

라는 점을 알 수 있게 한다. 이 시조에는 당시 궁핍했던 현실 상황 속에서 학창시절을 보내야만 했던 시인[103]의 삶의 고뇌가 꾸밈없이 잘 드러나 있는 것이다. 특히 이와 같은 이 시조의 주된 내용은, "없음아 너어이해 이곧까지 딸아왓니"라고 하는 종장에 압축해서 제시되어 있다. '없음'과 관련하여 초장과 중장에서 병렬된 시상이, 여기서 접속·종결되는 현상을 목격할 수 있는 것이다.[104] 이렇게 볼 때 이 시조는 시인의 초기작 중 한 편으로, 여기에는 그의 작품세계에서 큰 비중을 차지하는 '없음' 또는 가난의 문제가 다루어져 있어 추후 그의 시가 어떠한 방향으로 전개되어 나갈 것인가에 대해 미리 짐작해 볼 수 있게 해 준다는 점에서, 그 나름대로 의미가 있는 작품이라 판단된다.

이 밖에 심연수 시인이 『노산시조집』에 친필로 쓴 작품 중 「청춘」과 「참(眞)」 등의 시조는 최종본이 아니어서, 그의 시가 어떠한 과정을 거쳐 개작되어 가는지를 파악하는 데에 좋은 자료가 된다는 점에서 의미가 있다 하겠다. 이와 같은 측면에서 우선, 『노산시조집』에는 「참(眞)」이라는 제목으로 처음 쓰였지만 이후 3차례의 개작 과정을 거치며 「소원」으로 제목까지 바뀐 이 작품의 이본에 대한 구체적인 고찰은, 심연수 시인이 한 편의 시를 완성하기 위해 얼마나 고뇌했던가를 그대로 보여주는 것이기도 하여 관심을 끈다.

---

102) 심연수 독서, 『노산시조집』, 53면 ; 황규수 편, 앞의 책, 507면.
103) 당시 심연수 시인이 가정 형편이 몹시 좋지 않아 학교로부터 고학증(苦學證)을 발급받아 학업에 임할 수밖에 없었다고 한, 동생 심호수의 증언은, 이를 입증해 주는 단적인 예에 해당되는 것이다.
104) 김대행, 『시조 유형론』, 이화여대 출판부, 1998, 164면 ; 양태순, 앞의 책, 406면. 여기서 논자들은, 이와 관련하여 다소 차이가 있기는 하지만, 시조 3장의 구성 원리를 초장과 중장의 병렬과 종장의 접속·종결 관계로 파악한 바 있다.

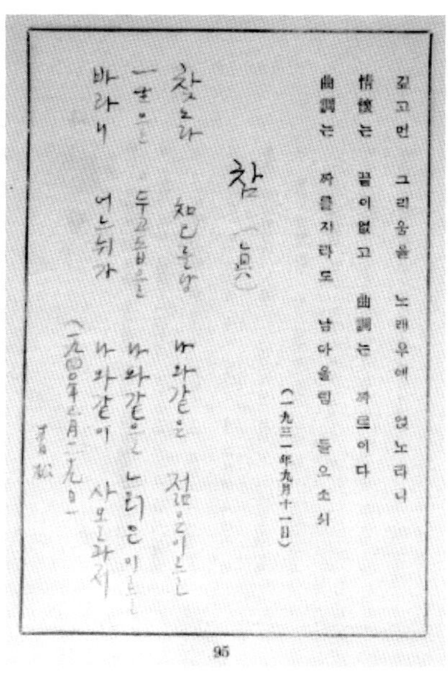

95

- 「참(眞)」 원본 전문 사진105)

① 찾노라 知己를

　　나와같은 젊은이를

　　一生을 두고親할

　　나와같을 늙은이를.106)

② 찾노라 知己를 나와같은 젊은이를

　　一生을 두고사괼 나와같을 늙은이를.107)

③ 찾노라 知己를

　　나와같은 젊은이를,

　　一生을 두고사괼

　　나와같을 늙은이를.108)

---

105) 심연수 독서, 『노산시조집』, 95면 ; 황규수 편, 앞의 책, 511면.
106) 제6집의 9번째 수록.
107) 제3집 『지평선』의 8번째 수록.

이 4편은, 『노산시조집』에 「참(眞)」이라는 제목으로 제일 먼저 쓰인 작품으로부터, 제6집과 제3집·제2집 등의 원본 묶음에 「소원(所願)」이라는 제목으로 고쳐진 작품에 이르기까지, 이 작품의 이본들을 개작된 순서대로 옮겨 놓은 것이다. 『노산시조집』에 기재된 원본 사진에서와 같이 이 시도 처음에는 3장 4음보의 일반적인 시조 형식으로 쓰였지만, 추후 종장이 생략되는가 하면 행 구분이 달라지면서 고쳐진 과정을 보여주는 것이다. 이렇게 볼 때 심연수 시인이 노산으로부터 받은 영향 관계를 논함에 있어, 그의 초기시 가운데 시조의 형식을 취하고 있는 작품이 많다는 점을 그 논거로 제시한다면, 이는 보다 폭넓게 적용될 수 있을 것이다. 시 「소원」의 최종본에서와 같이, 시조의 일반적인 4음보 형식이 변형된 2음보 형식의 시는, 그의 다른 작품들에서도 어렵지 않게 볼 수 있기 때문이다.

또한 『노산시조집』에 처음 쓰였다가 다시 3차례의 개작 과정을 거치면서 정리된 시 「청춘」의 이본들에 대한 검토도, 그의 시가 지닌 특성을 밝히는 데에 중요한 역할을 하여, 이를 좀 더 구체적으로 살펴보면 다음과 같다.

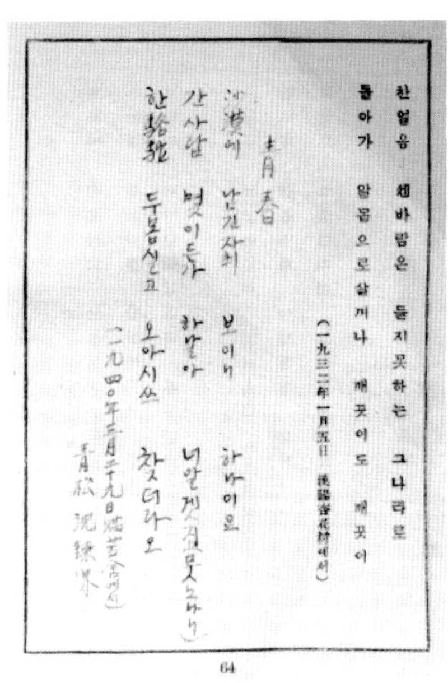

－「청춘(靑春)」 원본 전문 사진109)

---

108) 제2집의 11번째에 수록되어 있는 이 시의 원본에는, 2행 '같은'과 4행 '같을' 위에 점이 찍혀 있다. 황규수 편, 앞의 책, 9면.
109) 심연수 독서, 『노산시조집』, 64면 ; 황규수 편, 앞의 책, 510면.

70

① 沙漠에 남긴자최 뵈이니 하나이요
  간사람 몇이든가 하날아 뭇노나니
  한駱駝 두몸실고 오아시쓰찾더라우.

  낮이면 熱沙漠々 밤이면 冷沙渺々
  온길은 몇千里며 갈길은 몇萬里냐
  헤매다 못찾으면 그일을 어찌한담.110)

② 沙漠에 남긴자최 뵈오니 하나이요
  간사람 몇이든가 하늘아 뭇노나니
  한駱駝 두몸실고 오아시쓰 찾더라우

  낮이면 熱沙漠々 밤이면 冷沙渺々
  온길은 몇千里며 갈길은 몇萬里냐
  헤매다 못찾으면 그일을 어찌한담.111)

③ 沙漠에 남긴자최 뵈노니 하나이요
  간사람 몇이던가 하늘아 뭇노나니
  한駱駝 두몸실고 生命水 찾더라우.

  낮이면 熱沙漠々 밤이면 冷沙渺々
  온길은 몇千里며 갈길은 몇萬里냐
  헤마다 짖어지면 그일을 어찌한담.112)

　앞에 인용한 원본 사진은 『노산시조집』에 처음 쓰인 것이며, ①~③은 추후 고쳐져, 심연수 시인의 원고 묶음에 수록되어 있는 것이다. 그런데 원본 사진과 ①을

---

110) 제6집의 6번째 수록.
111) 제3집 『지평선』의 6번째 수록.
112) 제2집의 14번째 수록 ; 황규수 편, 앞의 책, 29면.

먼저 비교해 보면, 이 시가 처음에는 한 수로 쓰였지만, 이후 다시 한 수가 추가되어 전체 2수로 고쳐졌다는 사실을 알 수 있다. 1수에서는 사막에서 오아시스를 찾아다니는 낙타의 행위에 빗대어 '청춘'의 특성을 시적으로 표현했다면, 이어 2수에서는 이와 같은 시적 상황뿐만 아니라 그곳에서의 화자의 내면 정서까지도 보다 구체화하여 나타내고 있는 것이다. ①의 1수에서도 원본 사진과 달리, 표기 및 표현과 띄어쓰기 등에 있어 고쳐진 면이 눈에 띈다. "뵈이니"·"뭇노나니"·"오아시쓰찾더라우"와 같은 구절이 이에 해당되는 것이다. 그러면 그 다음 이본에서는 어떠한가? 원본①과 ②를 비교해 보면, 1연의 표기 및 띄어쓰기에 있어 다소 달라진 것을 볼 수 있다. "뵈오니"·"하늘아"·"오아시쓰 찾더라우" 등이 그 예다.

그럼에도 불구하고 2연 3행의 "못찾으면"이라는 시구 위에 한 줄이 그어져 있을 뿐만 아니라 그 옆에 "젖어지면"이라고 쓰여 있는 점은, 이 시의 최종본을 결정하

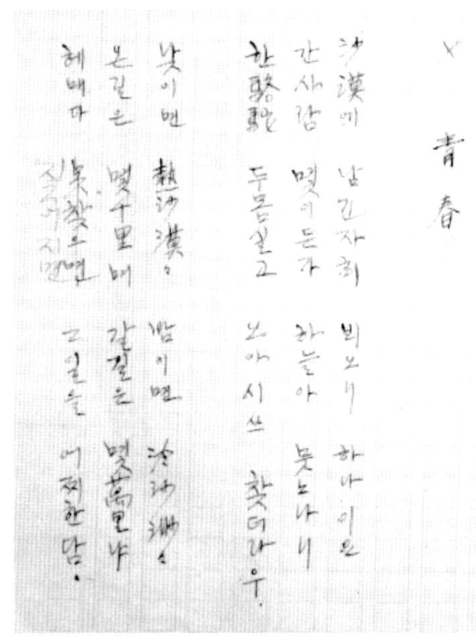

―원본②의 실제 사진

는 데에 중요한 단서를 제공해 주어 주목된다. 왜냐하면 ③번 이본의 2연 3행에는 "젖어지면"이라고 고쳐진 상태로 정리되어 있어, 이것이 최종본이라는 점을 믿어 의심치 않게 하기 때문이다. 이 외에도 ③번 이본의 1연 3행에서는 "오아시쓰"가 "生命水"로 바뀌어 있는 것이 눈에 띄는데, 그럼으로써 시 전개상에 있어 자연스러움이 더해지는 것을 실감할 수 있게 된다.

이처럼 심연수 시인이 『노산시조집』을 사서 읽으면서 거기에 친필로 쓴 시조는 모두 단시조 형식으로 쓰여 있어, 그의 초기시의 한 유형상의 특징을 그대로 보여 주고 있다. 이은상 시조의 직·간접적인 영향 아래 창작된 것으로 보이는 이들 시는, 추후 거듭 개작되는 등 미흡한 부분을 많이 내포하고 있다 할지라도, 작품과 관련된 여러 정보를 지니고 있을 뿐만 아니라 나중에 그의 시가 전개될 향방에 대해 미리 짐작할 수 있게 해 준다는 점에서, 그의 시의 원형과 같은 존재로 파악될 수 있는 것이다.

2) 심호수 보관 육필 시고

심연수가 창작한 시 가운데 지금까지 알려진 작품은 총 321편 정도에 이른다는 점은, 앞에서 언급한 바와 같다. 이 중, 2006년 8월 필자가 직접 중국 용정에 가서 확인한 바에 의하면, 당시 그의 동생 심호수가 보관해 온 육필 시고(詩稿)는 304편이었는데, 이는 그의 맏아들(시인의 조카)인 심상인에 의해 제1집부터 제10집까지 10개의 묶음과 기타 2개의 묶음으로 정리되어 있는 상태였다. 앞서 김해응이 그의 육필 원고를 정리하여 목록을 작성한 것과는 7편의 차이를 보였다. 또한 그 이전까지 출판된 심연수 작품집에 수록된 시 목록 등과도 다른 점이 있었다. 그래서 각 묶음별 작품의 특질을 그 이전에 작성된 목록의 작품들과 대비하여 구체적으로 살펴보면 다음과 같다.

（1）제1집 묶음 시

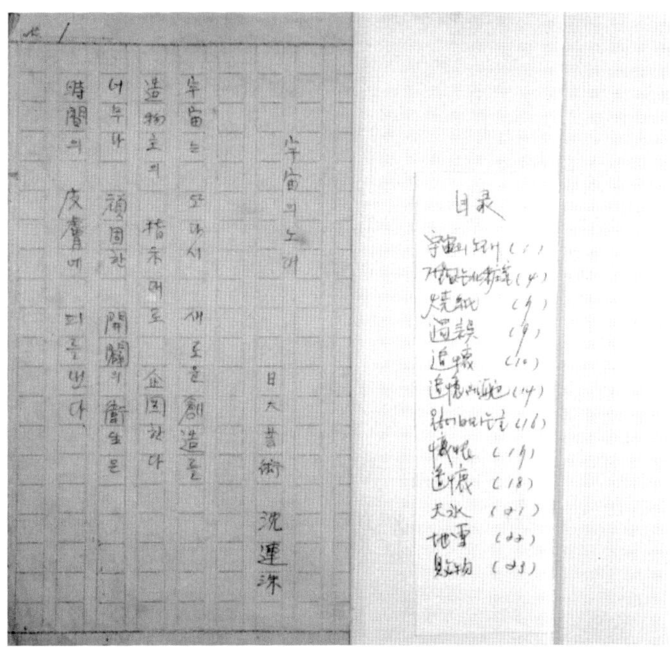

—제1집 목록 및 1번째 수록 시 부분 사진

　앞에서 언급한 바와 같이 위의 사진은, 시인의 조카인 심상인에 의해 정리된 시고 묶음 중 제1집의 표지 뒷면과 첫 번째 수록 작품 1면을 찍은 것이다. 본래 시고 묶음에는 표지가 없었다. 그렇지만 시고가 더 이상 훼손되지 않도록 그가 정리하면서, 표지는 만든 것이다. 또한 목차도 만들어서 앞표지 안쪽에 붙여 놓음으로써 여기에 포함되어 있는 작품 원본에는 어떠한 것들이 있는지를 알 수 있게 해 놓았다. 그래서 이를 보면 여기에는 12편의 시 원본이 묶여 있는 것으로 파악할 수 있게 된다.

　그런데 심연수 시의 원전 확정과 관련해서는 각 원본에 대한 보다 면밀한 검토가 필요하다. 그러므로 먼저 여기에 수록된 시 원본의 제목과 창작 연월일을 실제 파악하여 표를 작성하고, 다음으로 그것이 지니는 특질 중 주요 사항을 각각 정리해 보기로 한다.

<표1> 제1집 묶음 시 목록

순 서	시 제목	창작 연월일	비 고
1	宇宙의노래	1942. 7. 5.(소)	9－28
2	거울없는化粧室	1942. 6. 15.(소)	9－5
3	제목 없음	1942. 7. 10.(소)	9－6
4	燒　紙	1942. 7. 13.(소)	9－7
5	過　誤	1942?. 3. 6.	9－8
6	追　懷	1943. 7. 29.(소)	10－1
7	追憶의海边	1943. 5. 24.(소)	9－1
8	잃어버리는글	1943?. 5. 31.	9－2
9	懷　恨	1943. 6. 1.(소)	9－3
10	追懷－일홈몰을少女－	1943?. 7. 29.<1943. 7. 29.(소)>	9－22
11	天　氷	1943?	9－23
12	地　雪	1943?	9－24
13	敗　物	1942?. 9. 12.	9－27

　물론 시 원본에 모두, 창작 연월일이 기록되어 있지는 않다. 그래서 그것이 전혀 밝혀져 있지 않은 경우에는, 같이 정리된 작품들과의 관계를 고려하여 그 추정 연도만을 물음표(?)와 함께 적었다. 이에 비해 창작 월일은 기록되어 있지만 그 연도가 빠져 있다면, 위의 경우와 같은 방법으로 그 추정 연도를 물음표(?)와 함께 창작 월일 앞에 썼다. 그런데 원본 끝에 창작 연월일이 온전히 기록되어 있지 않지만, 그 이본에는 그것이 모두 밝혀져 있을 때는, 이를 < > 안에 병기(倂記)하기로 했다. 그리고 그의 원본 끝에 창작 연도가 서기 이외에 만주국 연호(年號)인 강덕(康德) 또는 일본 연호인 소화(昭和)로 기록되어 있을 때는, 그 다음에 (강) 혹은 (소)라고 표기해 놓음으로써, 이를 구분해서 나타내고자 했다. 또한 비고란에는 김

해응이 처음 심연수 시고의 묶음별 목록을 작성[113]한 것을 참조하여 해당 작품의 당시 묶음과 순서를 적어 놓음으로써, 이것이 현재의 그것과는 어떠한 차이를 보이는지 대비해서 고찰될 수 있도록 정리해 놓았다.

한편 제1집에 수록된 시고들을 직접 검토해 보면, 우선 여기에는 총 13편의 원본이 묶여 있는 것을 볼 수 있다. 앞의 사진 목록과 비교해 보았을 때 <표1>의 3번째에는, 「제목 없음」이라는 시 제목이 하나 더 쓰여 있는 것을 알 수 있다. 실제로도 원본 중에는 아래 사진과 같이 제목 없는 시 한 편이 포함되어 있다.

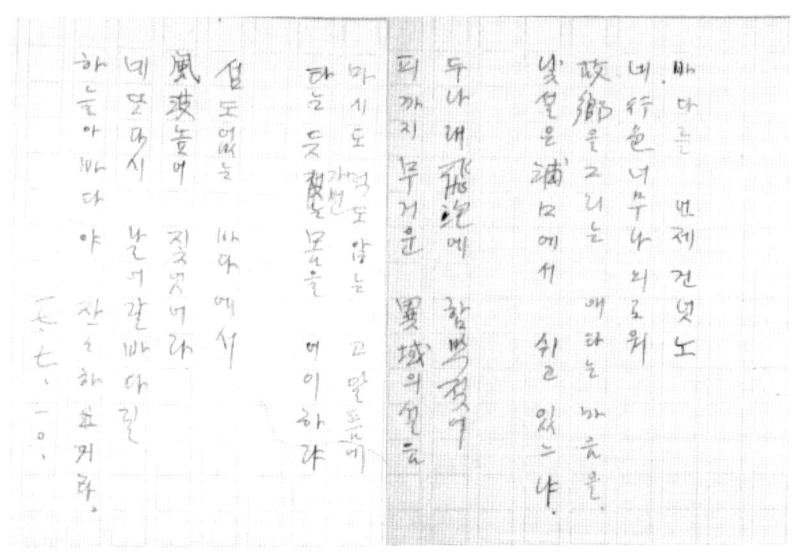

이는, 이전에 간행된 『사료전집』(2000, 215면)과 『소년아 봄은 오려니』(106면)에서는 「갈매기」, 『사료전집』(2004, 44~45면)에서는 「무제(1)」, 『심연수 시전집』(313면)에서는 「무제(C)」, 『심연수 원본대조 시전집』(386면)에서는 「무제3」 등의 제목이 붙여졌던 작품이다. 그런데 같은 시임에도 불구하고 이처럼 여러 이름이 붙여져

---

113) 김해응, 앞의 책, 196~209면.

도 문제가 없겠는가? 혼란을 방지하기 위해서는 하나의 이름으로 불리는 것이 타당하리라고 생각된다. 그러면 심연수의 시에 있어서는 제목이 없는 작품이 몇 편 더 있는데, 이들과 구분하여 이 시를 일컬을 때는 어떤 제목이 적절하겠는가? 필자가 종전에 『심연수 원본대조 시전집』을 엮으면서 이 시에 「무제3」이라는 이름을 붙이게 된 데에는, 이와 같이 제목이 없는 시가 그의 시 원고 묶음에는 두 편이 더 있는데, 그것들보다 이것이 창작일이 더 나중이기 때문이었다.

이처럼 제1집에 묶여 있는 총 13편의 시 원본은, 김해응이 작성한 목록과 비교해 보면, 그 묶음 및 순서상에 있어 다소 차이를 보인다는 점을 알 수 있게 된다. 그가 만든 목록에 있어서는 『원고 묶음 9』의 12편과 『원고 묶음 10』의 1편이, <표1>과 같이 정리된 것이다. 그런데 제1집의 6번째 시 「추회」와 13번째 시 「패물」이 쓰인 원고지 양식은, 여기 수록된 나머지 작품의 그것과 다르다. 특히 시 「패물」은, 칸이 나뉘어 있기는 하지만 보통 원고지와는 다른 종이에 적혀 있다.

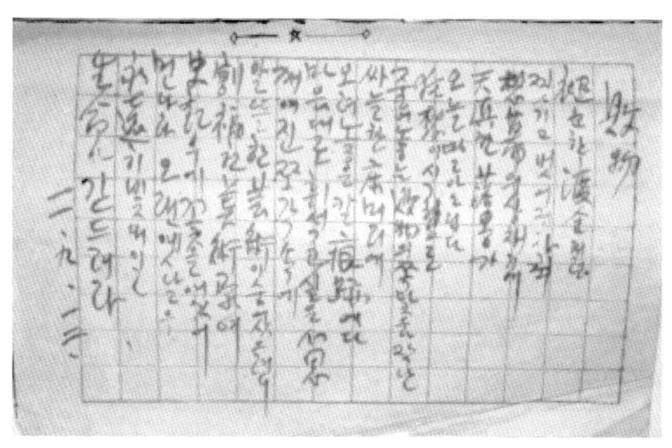

이와 같은 맥락에서 본다면 이 제1집에 수록된 시들은, 모두 애초부터 시인에 의해 계획해서 정리된 것은 아니라는 점을 짐작해 볼 수 있다. 김해응이 앞서 심연수의 육필 원고를 분류하면서 "같은 묶음을 찾을 수 없는 시들은 묶음 9와 10으로

묶었다.”114)고 언급한 바와 같이, 이것들은 본래 한 묶음이 아니었을 가능성이 더 높은 것이다.

그럼에도 불구하고 여기 수록된 원본들의 끝에 보통 기록되어 있는 창작 연월일을 보면, 이들은 대체로 1942년 6월 15일경부터 1943년 7월 29일 무렵까지 사이에 창작된 작품들이어서, 당시 시인의 심사가 어떠했는지를 헤아려 볼 수 있게 하는 작품들이라고 생각된다. 그가 일본에 유학하러 간 지 1년여의 시간이 지난 후부터 졸업할 즈음까지, 그의 생각과 함께 시세계에 있어서는 어떠한 변화가 있었는지를 파악해 볼 수 있게 하는 작품들인 것이다.

물론 여기 수록된 13편의 시들 가운데 「추회」를 제외한 나머지 11편은, 아직 그 이본이 눈에 띄지 않기 때문에, 그 자체가 최종본이다. 그러나 6번째와 10번째 시 「추회」는 모두 제목과 함께 내용이 같으므로, 이들 중에서는 최종본의 선정이 필요하다. 그런데 10번째 시 「추회」의 이본에는 ‘일홈몰을少女’라는 부제가 쓰여 있지만 고쳐진 흔적이 있고, 이에 비해 6번째 같은 제목의 시에는 부제는 없지만 앞서 고쳐진 대로 정서되어 있는 것을 확인할 수 있다. 그러므로 여기서는 6번째 「추회」의 원본을, 이 시의 최종본으로 판단할 수 있다.

---

114) 위의 책, 57면.

（2）제2집 묶음 시

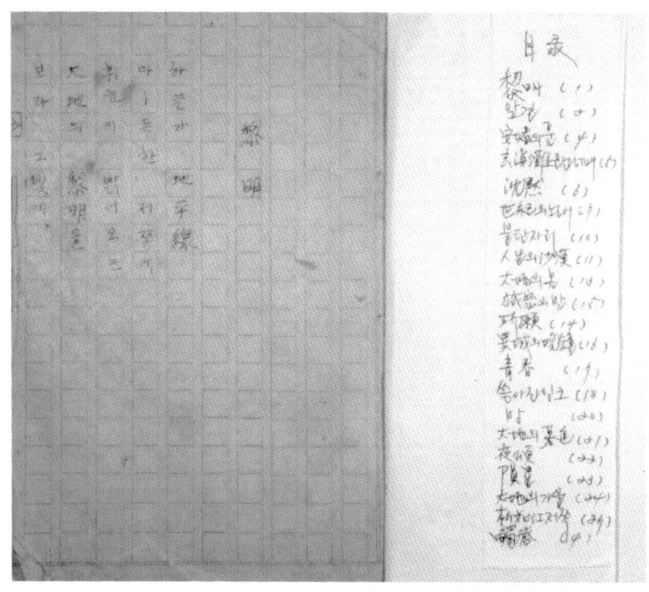

—제2집 목록 및 1번째 수록 시 부분 사진

〈표2〉 제2집 묶음 시 목록

순 서	시 제목	창작 연월일	비 고
1	黎 明	1940?	5-1
2	앞 길	1940. 11. 1.(강)	5-2
3	觸 感	1940?	5-3
4	安堵의품	1940?<「安堵의바다」, 1940. 11. 28.(강)>	5-4
5	玄海灘을건너며	1941. 2. 9.(강)	5-5
6	沈 黙	1941. 4. 24.(강)	5-6
7	世紀의노래	1941. 6. 5.(강)	5-7
8	불탄자리	1940?	5-8
9	人生의沙漠	1941?<1941?. 3. 25.>	5-9

순 서	시 제목	창작 연월일	비 고
10	大地의봄	1940. 4. 1.(강)	5 − 10
11	所 願	1940?<「참(眞)」(1940. 3. 29.)>	5 − 11
12	旅窓의밤	1940?<1940. 4. 20.(강)>	5 − 12
13	異域의晚鐘	1940. 4.(강)<1940. 4. 5.(강)>	5 − 13
14	靑 春	1940?<『鷺山時調集』(1940. 3. 29.)>	5 − 14
15	쏟아진 잉크	1940?<1940. 4. 29.(강)>	5 − 15
16	방	1940?	5 − 16
17	大地의暮色	1940?<1940. 4. 5.(강)>	5 − 17
18	夜 頌	1940?	5 − 18
19	隕 星	1940?<1940. 11. 15.(강)>	5 − 19
20	大地의가을	1940?<1940. 9. 17.(강)>	5 − 20
21	松花江저쪽	1941?<1941?. 7. 31.>	5 − 21

　　제2집에는 앞의 사진 목록 및 <표2>에서와 같이, 총 21편의 시 원본이 묶여 있다. 그런데 여기 수록된 원본들은, 김해응이 작성한 『원고 묶음 5』 작품 목록과 그 수(數)뿐만 아니라 순서에 있어서도 일치를 보여, 그 이전부터 시인에 의해 한 묶음으로 정리되었을 가능성이 높은 것들이다. 특히 이들이 쓰인 원고지 양식이 같다는 점은, 그 가능성을 더욱 높여준다.

　　또한 이들은 그 이본이 여럿 있는 것이 특징이다. 총 21편 중 「촉감」, 「불탄자리」, 「방」, 「야송」 등 4편을 제외한 나머지 17편은, 아래 표에서와 같이 1편에서 3편에 이르기까지 그 이본이 존재하는 양상을 확인할 수 있는 것이다.

〈표2-1〉 제2집 묶음 시의 이본 존재 양상

순 서	시 제목	총 이본 수	제3집	제6집	제9집	노산시조집
1	黎明	2	○			
2	앞길	3	○	○		
3	觸感	·				
4	安堵의품[115]	3	○	○		
5	玄海灘을건너며	3	○		○	
6	沈黙	3	○		○	
7	世紀의노래	3	○		○[116]	
8	불탄자리	·				
9	人生의沙漠	3	○		○	
10	大地의봄	3	○	○		
11	所願	4	○	○		○[117]
12	旅窓의밤	3	○	○		
13	異域의晩鐘	3	○	○		
14	靑春	4	○	○		○
15	쏟아진 잉크	3	○	○		
16	방	·				
17	大地의暮色	3	○	○		
18	夜頌	·				
19	隕星	3	○	○		
20	大地의가을	3	○	○		
21	松花江저쪽	2			○	
계		51	16	11	5	2

    그러면 이와 같이 존재하는 각 작품들의 이본들 가운데서 최종본은 어떻게 선정될 수 있겠는가? 앞서 필자는 시 「현해탄을 건너며」의 이본들[118]을 대상으로 그

---

115) 원본 묶음 제3집과 제6집에 수록되어 있는, 이 시 이본의 제목은 「안도의 바다」임.
116) 원본 묶음 제9집에 수록되어 있는, 이 시 이본의 제목은 「우리의 부름」임.
117) 심연수가 독서한 『노산시조집』에 기재되어 있는, 이 시 이본의 제목은 「참(眞)」임.
118) 주71)부터 주73)까지 참조.

고쳐진 흔적들을 대비 고찰하여, 이 시는 '제9집 원본→제3집 원본→제2집 원본'의 순서에 따라 수정되고 다시 정리되는 과정을 거쳤음을 확인한 바 있다. 제2집에 수록된 원본을 이 시의 최종본으로 선정할 수 있었던 것이다. 그런데 이 작품 이외에 시 「인생의 사막」의 이본들에 대한 검토를 통해서도, 이 시는 이와 같은 순서에 따라 고쳐지고 정리되는 과정을 거쳤음을 확인할 수 있다. 이 시에서도 제2집에 수록된 원본을 이 시의 최종본으로 선정할 수 있는 것이다.

　또한 앞에서 필자는 시조 「청춘」의 이본들[119]에 대해 비교 검토하면서, 『노산시조집』에 1수로 처음 쓰인 이 시조는, 이후 2수로 개작되었다가 다시 고쳐지고 정리되는 과정을 거쳤음을 확인한 바 있다. 이 시조는 '『노산시조집』 원본→제6집 원본→제3집 원본→제2집 원본'의 순서로 수정 및 정리되었던 것이다. 이렇게 본다면 여기서도 제2집에 수록된 원본을 이 시의 최종본으로 선정할 수 있다. 그런데 이와 같이 『노산시조집』의 여백에 처음 쓰인 시는 아니지만, 작품의 이본들이 '제6집 원본→제3집 원본→제2집 원본'의 순서로 수정 및 정리된 사실을 확인할 수 있는 시로는, 「이역의 만종」, 「쏟아진 잉크」, 「대지의 가을」 등이 있다. 이 시들에서도 제2집에 수록된 원본들이 최종본으로 선정될 수 있는 것이다. 그러면 이 작품들 가운데서 시 「대지의 가을」을 대표적인 예로, 그 이본들을 구체적으로 검토해 보자.

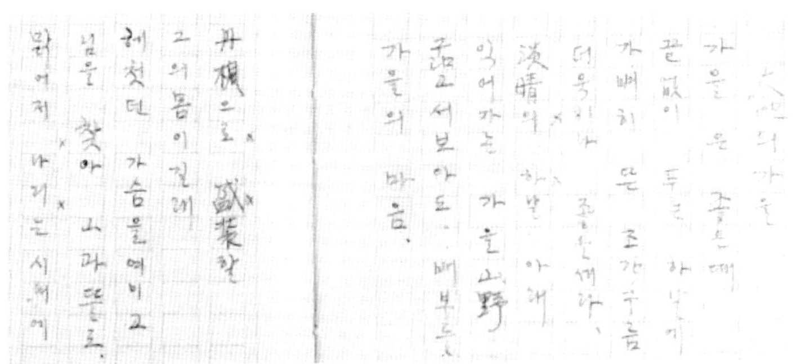

－「대지의 가을」 원본 부분 사진①[120]

---

119) 주109)부터 주112)까지 참조.

82

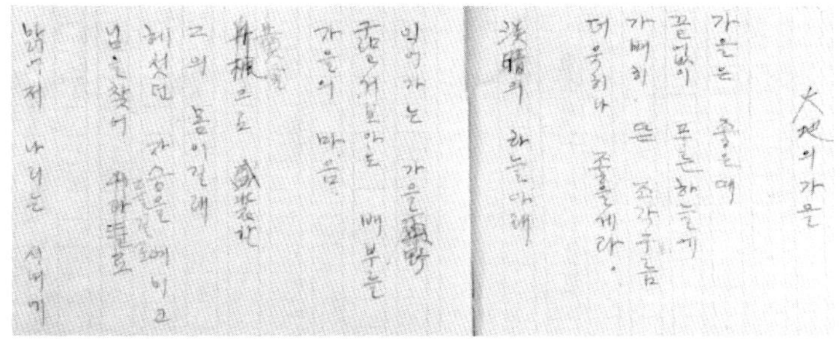

－「대지의 가을」 원본 부분 사진②[121]

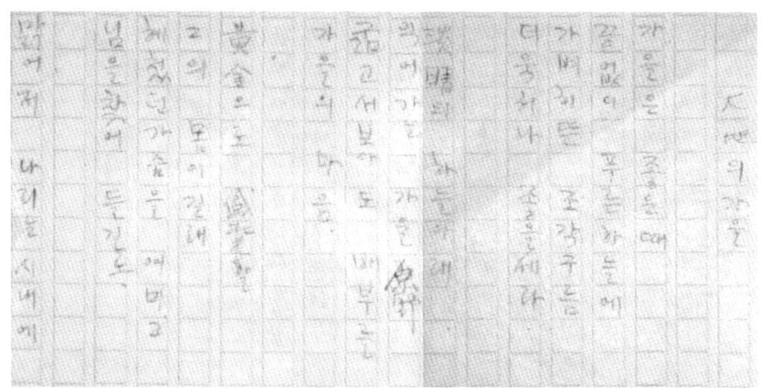

－「대지의 가을」 원본 부분 사진③[122]

　위에서와 같이 시 「대지의 가을」의 원본은, 3가지가 있다. 그래서 이 시에서도 최종본 선정이 필요한데, 이를 위해 그 이본들의 상이점을 면밀히 조사해 보면 다음과 같다. 먼저 원본①과 원본②를 비교해 보면, 원본①에서는 연 구분 표시(× ×)만 되어 있었는데, 원본②에서는 그 표시대로 4행씩 연 구분이 되어 있는 것이 눈에 띈다. 또한 원본①에서는 고친 흔적을 볼 수 없었는데, 원본②에서는 3연의 '단풍(丹楓)'과 '산(山)과 뜰로' 자(字) 위에 두 줄이 그어져 있을 뿐만 아니라 그 옆에 '황금(黃金)'과 '들길로'라고 쓰여 있는 것을 볼 수 있다. 그리고 원본③에서는 원본

---

120) 원본 묶음 제6집의 24번째 수록.
121) 원본 묶음 제3집의 14번째 수록.
122) 원본 묶음 제2집의 20번째 수록.

②에서 고쳐진 대로, 다시 정리된 것을 확인할 수 있다. 이처럼 시 「대지의 가을」 이본들의 상이점에 대한 구체적 고찰은, 이 시가 '제6집 원본→제3집 원본→제2집 원본'의 순서에 따라 수정되고 다시 정리되는 과정을 거쳤음을 알 수 있게 해 준다.

여기서도 제2집에 수록된 원본이 최종본임을 거듭 확인할 수 있는 것이다.

시 「여명(黎明)」의 이본들에 대한 비교 검토는, 제3집 원본보다 제2집 원본이 최종본임을 더욱 확신케 한다.

다음에서와 같이 시 「여명」의 원본은 2가지가 존재하는데, 원본①에서는 제목을 비롯하여 4군데의 단어 및 구절 등에 고쳐진 흔적이 있는데 반해, 원본②에서는 고쳐진 대로 다시 정서된 것을 확인할 수 있다. 그러면서 행 구분에 있어서도 달라진 모습이 눈에 띈다. 이 시에 있어서도 '제3집 원본→제2집 원본'의 순서에 따라 수정되고 정리되는 과정을 거쳤음을 알 수 있게 해 주는 것이다.

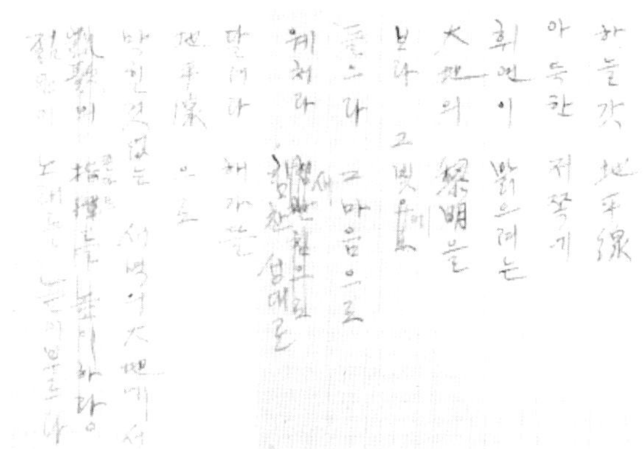

– 「여명」 원본 전문 사진①[123)]

– 「여명」 원본 전문 사진②[124)]

---

123) 원본 묶음 제3집의 1번째 수록.
124) 원본 묶음 제2집의 1번째 수록.

이처럼 한 차례 수정 및 정리된 작품이든 두세 차례에 걸쳐 고쳐지고 정리된 작품이든, '제3집 원본→제2집 원본'의 순서에 따라 수정 및 정리되는 과정을 보여주어 제2집 원본이 최종본이라는 사실을 입증할 수 있게 해 주는 시들이 제2집의 곳곳에 수록되어 있다는 점은, 이 묶음에 실려 있는 다른 원본들도 최종본일 가능성이 높다는 추측을 가능케 한다. 실제로 여기 수록된 다른 작품들의 이본들 중 그 어떠한 것도, 이러한 추측이 그름을 반대로 증명할 만한 근거를 제공하지 못한다. 이렇게 본다면 제3집에 수록된 원본에 비해 제2집의 원본이 최종본이라는 사실은 더 이상 믿어 의심할 바가 없으며, 시인의 작품집에는 이 최종본이 수록되어야 하는 것이 당연한 일이다.

이와 같은 맥락에서 볼 때 이 제2집의 4번째에 수록되어 있는 시 「안도의 품」은, 그 이본에서의 제목 「안도의 바다」가 아니라, 이 최종본에서의 그것 그대로 쓰이는 것이 타당하다고 판단된다. 필자가 최근 엮어 낸 『심연수 원본대조 시전집』(211면)에는, 그 이전에 출판된 작품집[125]에서와 달리, 이 「안도의 품」이 수록되어 있는데, 그 이유는 바로 이 때문인 것이다.

그럼에도 불구하고 시 「송화강 저쪽」의 경우에는 『심연수 원본대조 시전집』(323면)에도 이 제2집의 21번째 원본이 수록되어 있지 않다. 이 시의 이본인 제9집의 30번째 원본이 실려 있는 것이다. 그러면 왜 이 시의 경우에는 최종본이 아닌 그 이본이 거기 수록되어 있겠는가? 왜냐하면 제2집에 포함되어 있는 이 시의 원본에는 그 뒷부분이 생략되어 있는 것처럼 보이기 때문이다.

---

125) 『사료전집』(2000, 29면), 『소년아 봄은 오려니』(2001, 57면), 『사료전집』(2004, 47면), 『심연수 시전집』(2006, 271면) 등에는 모두 「안도의 바다」가 실려 있다.

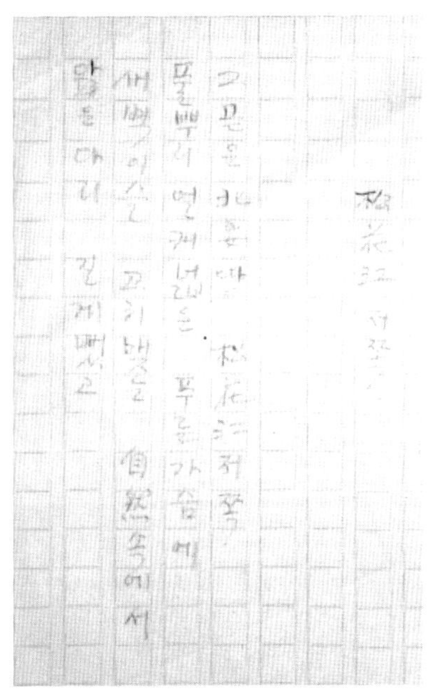

그대는 北安땅 松花江 저쪽
풀뿌리 얼켜진 푸른 가슴에
새벽 이슬 고히조히 망울 지울때
記念의 스텍키로 앞을 털면서
논두렁 좁은길을 헤칠줄 안다.
그대몸이 엇잖어 그곧 간것을
벗 안테서 히미하게 들엇섯나니
들고서 근심되는 그대의 몸
만나보려 떠나는 벗의 마음을
소식과 판 다른 건강한 몸으로
뜨거운 握手를 쥐여주게.

　　　　　　七·三一·逢春 兄에게
　　　　　－「송화강 저쪽」 전문[127]

－「송화강 저쪽」 원본 전문 사진[126]

물론 여기서 생략이 작자 자신에 의한 것인지, 그렇지 않은지에 대해서는 분명히 알 수가 없다. 시인이 이 시를 정리하면서 이와 같이 끝냈는지, 아니면 본래 쓰인 이 시의 뒷부분을 필자가 아직 확인하지 못한 것인지는 불명확하다는 것이다. 그런데 제2집과 제9집의 이 시 이본들을 비교해 보았을 때, 이 시가 제2집의 원본과 같이 끝났으리라고 판단하기는 쉽지 않다. 왜냐하면 그 끝부분의 마무리가 덜된 것처럼 보이기 때문이다. 따라서 이 시의 제2집 원본 뒷부분이 새로 발견되지 않는 한, 그 최종본은 제9집의 그것으로 볼 수밖에 없다.

한편 제2집에 8번째로 수록된 「불탄자리」라는 시와 같은 제목의 원본은, 이것을 포함하여 4가지가 있다. 제3집 및 제6집에 묶여 있는 원본들뿐만 아니라, 이들과 다른 복사본도 눈에 띄는 것이다.

---

126) 원본 묶음 제2집의 21번째 수록.
127) 원본 묶음 제9집의 30번째 수록 ; 황규수 편, 앞의 책, 323면.

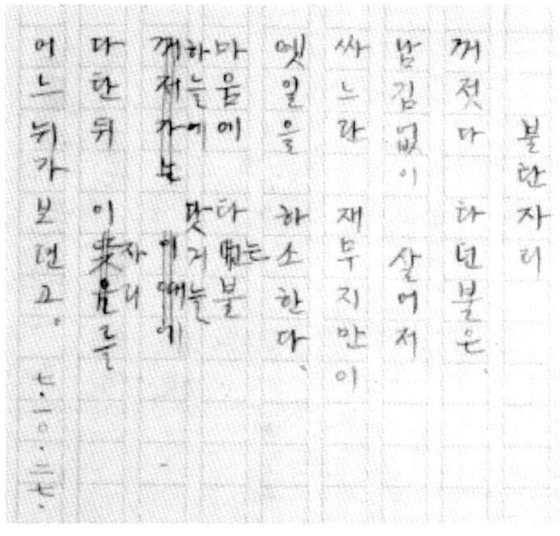

－「불탄 자리」 원본 전문 사진①[128]

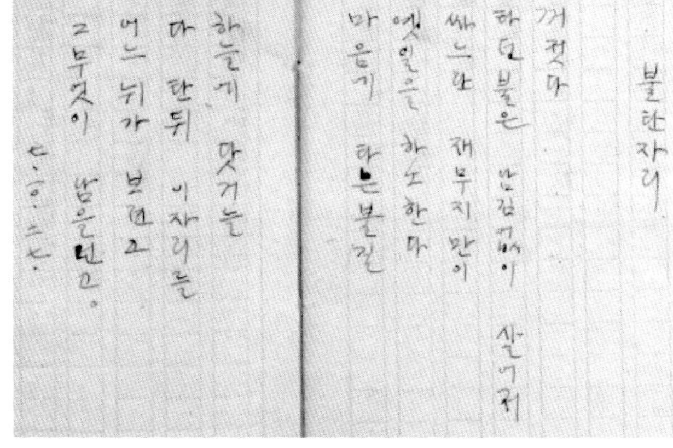

－「불탄 자리」 원본 전문 사진②[129]

사정없이 붙어
남김없게 타버린
재마저 간곤없는
반々한 불탄자리
무슨미련이
남어서 맴도리오!
바람바지에서
탈대로 타버린
불동강하나 않남긴자리
죽엄도 그같으면
무슨근심 남기리오!
　　　－「불탄 자리」 전문①[130]

가슴은 쓰라리나
마음은 앞ㅎ으잖다
터남은 위안때문에.
헤치고본 억개에
질크러진 흔적은
고역을 치른자리.
　　　－「불탄 자리」 전문②[131]

　　그런데 이 원본들을 비교해 보면 제6집의 이본이 수정 및 정리된 것이 제3집의 원본인 데 반하여, 제2집의 원본과 복사본은 이들과 서로 다르다는 점을 알 수 있

---

128) 원본 묶음 제6집의 30번째 수록.

129) 원본 묶음 제3집의 13번째 수록 ; 황규수 편, 앞의 책, 183면.

130) 원본 묶음 제2집의 8번째 수록 ; 위의 책, 185면.

131) 삼척 심씨 대종회 보관 복사본 ; 위의 책, 187면. 이 시 2행의 '앞ㅎ'은, 원본의 '아'
　　에 'ㅍㅎ' 받침을 한 것인데, 이를 현대 표기로 바꾸면 '아프'가 된다.

게 된다. 이들은 별개의 세 작품으로 볼 수 있는 것이다. 따라서 필자가 『심연수 원본대조 시전집』을 엮으면서 이들의 혼동을 방지하기 위해서 각 묶음의 특성을 고려하여, 제3집 작품은 「불탄 자리1」, 제2집 작품은 「불탄 자리2」, 복사본 작품은 「불탄 자리3」 등으로 구분해서 수록하게 된 데에는, 이와 같은 이유가 있다.

이렇게 본다면 이본이 존재하지 않아 그 자체가 최종본인 4편을 포함하여, 총 21편 모두가 최종본으로 판단되는 제2집 수록 시편들은, 시인의 중학교 졸업반 시절로부터 일본 유학 초기까지 그의 초기시의 특징을 잘 나타내 주고 있다 하겠다. 왜냐하면 여기 묶여 있는 원본들뿐만 아니라 그 이본들의 끝에 보통 기록되어 있는 창작 연월일을 보았을 때, 대략 1940년 3월 29일경부터 1941년 7월 31일 무렵까지 사이에 쓰인 이 작품들은, 당시 시인의 심사가 어떠했는지를 헤아려 볼 수 있게 해 주기 때문이다.

(3) 제3집 『지평선』 묶음 시

—자선시집 『지평선』의 시인 사진 및 앞표지 사진

<표3> 제3집 『지평선』 묶음 시 목록

순 서	시 제목	창작 연월일	비 고
1	黎　明	1940?	1－1
2	大地의봄	1940. 4. 1.(강)	1－2
3	旅窓의밤	1940. 4. 20.(강)	1－3
4	異域의晩鐘	1940. 4. 5.(강)	1－4
5	大地의暮色	1940. 4. 5.(강)	1－5
6	靑　春	1940?<『鷺山時調集』(1940. 3. 29.)>	1－6
7	쏟아진잉크	1940. 4. 29.(강)	1－7
8	所　願	1940?<「참(眞)」(1940. 3. 29.)>	1－8
9	寢　頌	1940. 9. 13.(강)	1－9
10	大地의여름	1940?	1－10
11	郊　外	1940. 10. 13.(강)	1－11
12	母　校	1940. 10. 14.(강)	1－12
13	불탄자리	1940. 10. 27.(강)	1－13
14	大地의가을	1940. 9. 17.(강)	1－14
15	들　길	1940. 9. 22.(강)	1－15
16	앞　길	1940. 11. 1.(강)	1－16
17	牧　者	1940. 11. 14.(강)	1－17
18	사　연	1940. 11. 16.(강)	1－18
19	隕　星	1940. 11. 15.(강)	1－19
20	흩어질무리	1940. 11. 26.(강)	1－20
21	安堵의바다	1940. 11. 28.(강)	1－21
22	밤은깊엇으련만	1940?	1－22
23	大地의겨을	1940. 12. 31.(강)	1－23
24	떠나는젊은뜻	1941. 2. 7.(강)	1－24
25	玄海灘을건너며	1941. 2. 9.(강)	1－25
26	異鄕의夜雨	1941?. 3. 3.	1－26
27	자지않는밤	1941?. 3. 13.	1－27
28	追憶의海蘭江	1941?. 3. 17.	1－28
29	한줌의 모래	1941?. 4. 5.	1－29
30	人生의沙漠	1941?. 3. 25.	1－30

순 서	시 제목	창작 연월일	비 고
31	아 츰	1941?. 4. 8.	1－31
32	그	1941?	1－32
33	기다림	1941?. 4. 9.	1－33
34	沈 黙	1941?. 4. 24.	1－34
35	歸 路	1941?. 5. 5.	1－35
36	새 벽	1941?. 5.	1－36
37	安息處	1941?. 5. 19.	1－37
38	맨 발	1941?. 6. 1.	1－38
39	世紀의노래	1941?<1941. 6. 5.(강)>	1－39
40	어제와오늘	1941?. 6. 6.	1－40
41	孤 独	1941?. 5. 7.	1－41
42	님의뜻	1941?<『鷺山時調集』(1940. 3. 29.)>	1－42
43	떠나는설음	1941?. 6. 29.	1－43
44	들 꽃	1941?. 7. 4.	1－44
45	내ㅅ가	1941?. 7. 19.	1－45
46	샘 물	1941?	1－46
47	壽 命	1941?. 7. 21.	1－47
48	오신것을	1941?	1－48

앞의 사진을 통해 알 수 있는 바와 같이 제3집은, 심연수 시인이 살아생전에 『지평선(地平線)』이라는 제목까지 붙여 시집 형태로 엮어 놓은 것이다. 물론 출판사를 통해 공식적으로 간행되지는 않았지만, <표3>의 목록처럼 여기에는 총 48편의 시 원본이 묶여 있다. 김해응이 작성한 작품 목록에 있어서는 『원고 묶음 1』에 해당되는 것으로, 그 수(數)뿐만 아니라 순서에 있어서도 일치됨을 보여 준다. 그래서 필자가 2007년 『심연수 원본대조 시전집』을 엮기 전까지는, 이 묶음에 수록되어 있는 원본들이 최종본인 것처럼 오인되어, 그 이전의 출판본에서는 대체로 이들이 저본으로 삼아진 것을 볼 수 있다. 그러나 이들이 모두 최종본이 아니라는 사실은, 필자가 앞에서 제2집에 묶여 있는 시들의 이본 존재 양상에 대해 검토하는 과

정에서 보다 상세하게 밝힌 바 있다. 제3집에 수록되어 있는 총 48편의 시 가운데 제2집에도 실려 있는 16편은, 이것이 오히려 최종본으로 판단될 수 있는 것이다. 그러면 이 16편 이외의 시 원본들에 있어서는 어떠한가?

<표3-1> 제3집 『지평선』 묶음 시의 이본 존재 양상

순서	시 제목	이본 수	2집	6집	9집	노산 시조집	순서	시 제목	이본 수	2집	6집	9집	노산 시조집
1	여명	2	○				25	현해탄을 건너며	3	○		○	
2	대지의 봄	3	○	○			26	이향의 야우	2			○	
3	여창의 밤	3	○	○			27	자지 않는 밤	2			○	
4	이역의 만종	3	○	○			28	추억의 해란강	2			○	
5	대지의 모색	3	○	○			29	한 줌의 모래	2			○	
6	청춘	4	○	○		○	30	인생의 사막	3	○		○	
7	쏟아진 잉크	3	○	○			31	아침	2			○	
8	소원	4	○	○		○132)	32	그	·				
9	침송	2		○			33	기다림	2			○	
10	대지의 여름	2		○			34	침묵	3	○		○	
11	교외	2		○			35	귀로	2			○	
12	모교	2		○			36	새벽	2			○	
13	불탄 자리	2		○			37	안식처	2			○	
14	대지의 가을	3	○	○			38	맨발	2			○	
15	들길	2		○			39	세기의 노래	3	○		○133)	
16	앞길	3	○	○			40	어제와 오늘	2			○	
17	목자	2		○			41	고독	2			○	
18	사연	2		○134)			42	님의 뜻	2				○
19	운성	3	○	○			43	떠나는 설움	2			○	
20	흩어질 무리	2		○135)			44	들꽃	2			○	
21	안도의 바다	3	○136)	○			45	냇가	2			○137)	
22	밤은 깊었으련만	2		○			46	샘물	·				
23	대지의 겨울	2		○			47	수명	2			○	
24	떠나는 젊은 뜻	2			○		48	오신 것을	·				
소 계		61	12	22	1	2	소 계		46	4	·	20	1
총 계									107	16	22	21	3

앞의 표에서와 같이 「그」, 「샘물」, 「오신 것을」 등 3편의 경우에 있어서는, 그 이본이 존재하지 않아 그 자체를 최종본으로 볼 수 있는 것이다. 그리고 나머지 29편은 제6집과 제9집, 『노산시조집』 등에 그 이본이 있어, 그들 사이의 관계에 대한 검토에 의해 최종본이 파악될 수 있는 것들이다. 그런데 제2집에 수록된 시들과 그 이본들 사이의 관계에 대해 검토하는 과정에서, 제6집이나 제9집, 『노산시조집』 등에 실려 있는 그 이본들보다는, 제3집에 묶여 있는 원본들이 나중에 쓰인 것이라는 사실은 앞에서 밝힌 바 있다. '『노산시조집』 원본→제6집 원본→제3집 원본→제2집 원본', 또는 '제9집 원본→제3집 원본→제2집 원본'의 순서로 수정 및 정리되는 과정을 볼 수 있었던 것이다. 물론 여기 수록된 작품들이 모두, 이와 똑같은 순서로 창작된 것은 아니다. 처음이나 중간 단계의 이본이 없을 때가 있을지라도, 이와 같은 창작 순서에서 벗어난 경우는 없었던 것이다. 그러면 제3집에 묶여 있는 원본들 가운데 그 이본들과의 관계에서 최종본이 아직 확인되지 않은 나머지 29편에 있어서는 과연 어떠한가? 이 중 11편은 제6집, 17편은 제9집, 그리고 1편은 『노산시조집』의 여백에 그 이본이 존재하는데, 여기서도 다시 제2집에까지 실린 작품들에서와 마찬가지로, 제3집의 원본이 나중에 쓰인 것이어서 최종본으로 판단될 수 있겠는가?

---

132) 심연수가 독서한 『노산시조집』에 기재되어 있는, 이 시 이본의 제목은 「참(眞)」임.
133) 원본 묶음 제9집에 수록되어 있는, 이 시 이본의 제목은 「우리의 부름」임.
134) 원본 묶음 제6집에 수록되어 있는, 이 시 이본의 제목은 「편지」임.
135) 원본 묶음 제6집에 수록되어 있는, 이 시 이본의 제목은 「흩어질 무리(二)」임.
136) 원본 묶음 제2집에 수록되어 있는, 이 시 최종본의 제목은 「안도의 품」임.
137) 원본 묶음 제9집에 수록되어 있는, 이 시 이본의 제목은 「고독」임.

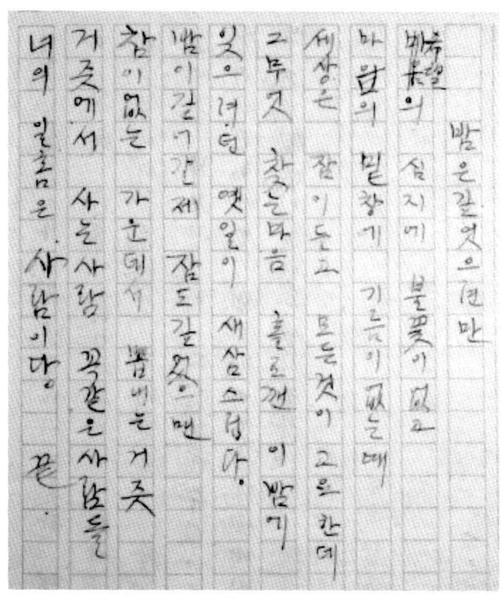

－「밤은깊엇으련만」 원본 전문 사진①[138)

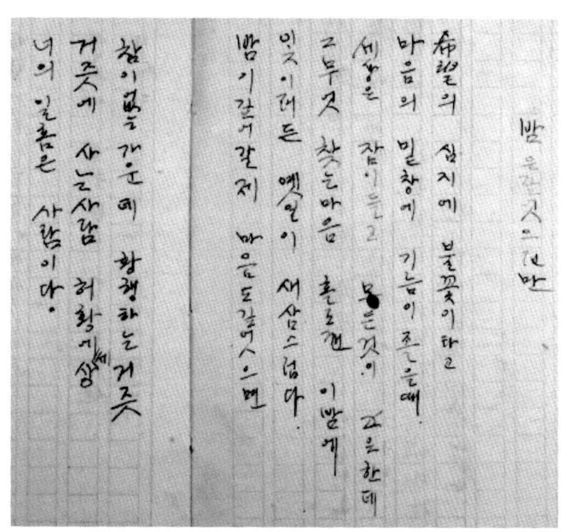

－「밤은깊엇으련만」 원본 전문 사진②[139)

---

138) 원본 묶음 제6집의 47번째 수록.

139) 원본 묶음 제3집의 22번째 수록 ; 황규수 편, 앞의 책, 183면.

앞의 사진에서와 같이 시 「밤은 깊었으련만」의 원본은 제6집과 제3집, 두 곳에 있다. 그런데 여기서 전자를 수정 및 정리한 것이 후자라는 점은, 특히 두 원본의 1행을 비교해 보면 잘 알 수 있다. 원본①의 1행에서는 '마음'이라는 단어 위에 두 줄이 그어져 있고 그 옆에 '희망'이라고 쓰여 있는데, 원본②에서는 고쳐진 대로 다시 정서된 것을 확인할 수 있다. 이를 통해 '제6집 원본→제3집 원본'의 순서에 따라 수정되고 정리되는 과정을 거쳤음을 단적으로 파악할 수 있게 되는 것이다. 이처럼 이 시의 제6집 원본과 대비해 보았을 때 제3집의 원본에서는, 1행의 '불꽃 이타고'를 비롯하여, 2행의 '기름이졸을때', 6행의 '마음도깊엇으면', 7행의 '황행하는거즛', 8행의 '허황에세상' 등의 단어 및 구절에서도 달라진 점이 발견된다. 그럼으로써 그의 시는 더욱 시적인 표현을 획득하게 됨을 목격할 수 있게 되는 것이다.

이와 같이 제6집의 원본에는 고쳐진 흔적이 있어 제3집 원본이 최종본이라는 사실을 입증할 수 있게 해 주는 시들로는, 「모교」·「불탄 자리」·「흩어질 무리」·「대지의 겨울」 등이 더 있다. 이 중에서도 시 「대지의 겨울」의 두 원본을 비교해 보면, 이 시가 처음에는 연 구분이 없는 단연시(單聯詩)로 쓰였으나 추후 8연 시로 고쳐지면서, 일부 구절은 생략되는가 하면 첨가되기도 하며 다듬어졌다는 사실을 알 수 있게 된다. 특히 "얼음에 눌리여넘어진 河水"라는 구절에서 고쳐진, 이 시 2연 1행의 "얼음에 甲옷입고 엎드린大地"라는 시구는, 실제로 그곳에서 체험한 사람이 아니면 만들어 낼 수 없는, 독특한 표현이어서 읽는 이에게 신선함을 더해준다 하겠다.

이처럼 제6집의 원본에 고쳐진 흔적대로 정리되어 제3집의 원본이 최종본이라는 사실을 입증할 수 있게 해 주는 시들이 제3집의 곳곳에 수록되어 있는 점은, 이 묶음에 실려 있는 다른 원본들도 제6집의 원본들보다는 나중에 쓰인 최종본일 가능성이 높다는 추측을 가능케 한다. 실제로 여기 수록된 다른 작품들의 이본들 중 제2집에 다시 실린 시를 제외하고 그 어떠한 것도, 이러한 추측이 그름을 반대로 증명할 만한 근거를 제공하지 못한다. 제6집 원본에 구체적으로 고쳐진 흔적이 없지만, 수정되어 다시 제3집에 실림으로써 최종본으로 판단되는 나머지 「침송」·「대지의 여름」·「교외」·「들길」·「목자」·「사연」 등의 시 원본에 대한 비교 검토를 통해서는 오히려, 그의 시가 창작되는 과정에서 변화된 특징이 어떠한 것인지를 파악할 수 있다. 한글과 한자의 상호 변환, 행의 구분과 연결, 일부 시구의 삽입 또는 생략 등은, 이들 시의 원본들에서 달라진 특질 중 눈에 띄는 것들이다. 이 가운데서도 특히, 시「들길」의 최종본에서 보인 과감한 생략이 주목된다.

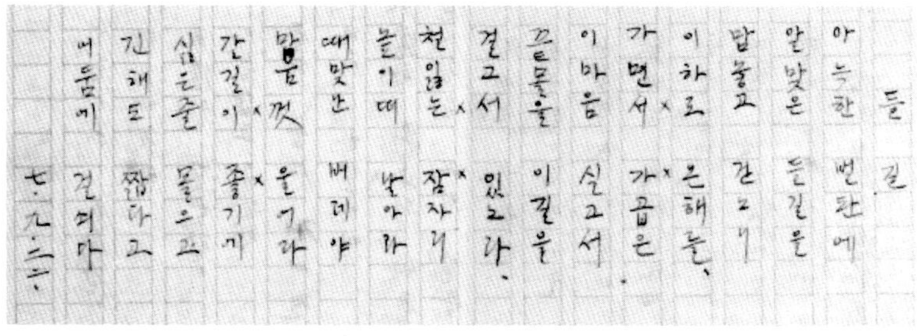

－「들길」 원본 전문 사진①140)

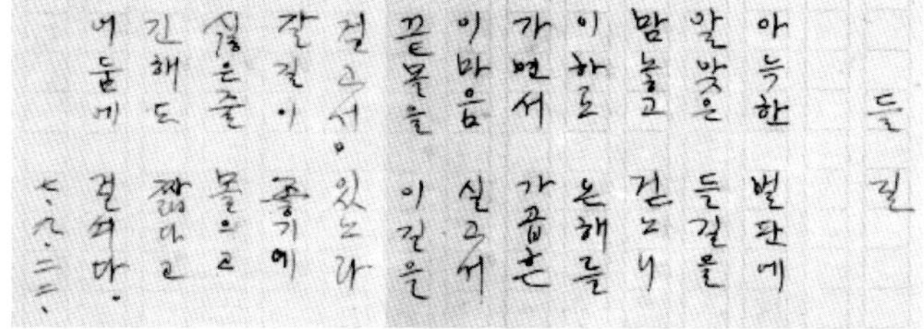

－「들길」 원본 전문 사진②141)

　위의 시「들길」 원본 사진①에서와 같이, 이 작품은 본래 16행으로 쓰였다. 그런데 이 시가 고쳐지면서 원본 사진②에서처럼, 전체 12행으로 압축되었다. 제6집에 수록된 원본의 9~12행에 해당되는 부분이 생략된 것이다. 그럼으로써 제3집에 실려 있는 이 시의 최종본에서는 그 시상(詩想)이, 보다 일관되게 잘 전달되는 것을 실감할 수 있다.

---

140) 원본 묶음 제6집의 25번째 수록.
141) 원본 묶음 제3집의 15번째 수록 ; 황규수 편, 앞의 책, 173면.

그러면 제3집에 묶여 있는 원본들 가운데 그 이본들과의 관계에서 최종본이 확인되지 않은 나머지 18편 중, 제9집에 이본이 존재하는 17편은 어떠한가? 여기서도 다시 제2집에까지 실린 작품들에서와 마찬가지로, 제3집의 원본이 제9집의 그것보다 나중에 쓰인 것이어서 최종본으로 판단될 수 있겠는가? 제3집의 원본 중 「자지 않는 밤」·「추억의 해란강」·「아침」·「기다림」·「귀로」·「새벽」·「맨발」·「어제와 오늘」·「들꽃」 등의 시에서는, 제9집에 실린 그 이본에서 고쳐진 대로 정리되어 있는 것을 확인할 수 있다.

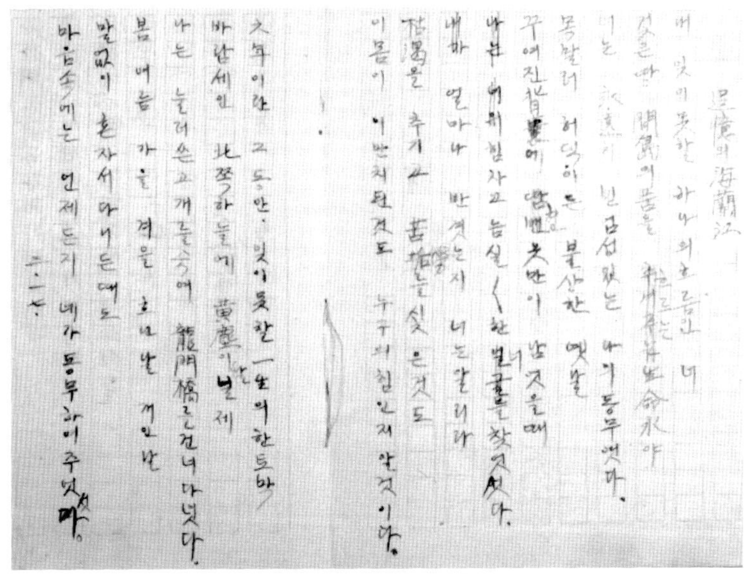

－「추억의 해란강」 원본 전문 사진①[142]

---

142) 원본 묶음 제9집의 7번째 수록.

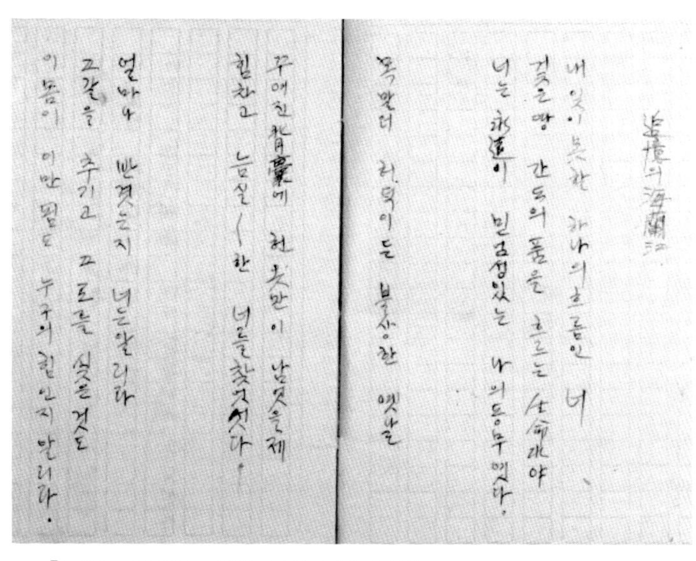

− 「추억의 해란강」 원본 부분 사진②[143]

　위에서와 같이 제9집 및 제3집에 수록된 시 「추억의 해란강」 원본 두 편을 비교해 보면, 전자를 수정 및 정리한 것이 후자라는 점을 쉽게 알 수 있다. 제3집 원본에는 제9집에서 고쳐진 대로 정리되어 있는 점을 확인할 수 있는 것이다. 그러므로 두 편의 원본 중 ①보다는 나중에 쓰인 ②가 최종본이라는 사실은 믿어 의심할 바가 없게 된다. 이와 관련하여 ②의 원본에서는 ①의 이본에서와 달리 5연으로 연 구분이 되어 있는 점이 눈에 띄어, 이 또한 그의 시가 고쳐지면서 변화된 특질 중의 하나로 이해할 수 있다. 그런데 이처럼 그 이본에서 고쳐진 대로 정리될 뿐만 아니라 연 구분까지 이루어진 작품으로는, 이 외에 「자지 않는 밤」·「아침」·「어제와 오늘」 등의 시가 더 있다. 그리고 「떠나는 젊은 뜻」·「이향의 야우」·「고독」·「떠나는 설움」 등의 시에서는 제9집의 이본에 구체적으로 고쳐진 흔적은 없지만, 제3집의 최종본에는 연 구분이 되어 있는 것을 볼 수 있다. 또한 「한 줌의 모래」·

---

143) 원본 묶음 제3집의 28번째 수록 ; 황규수 편, 앞의 책, 261면.

「안식처」・「냇가」・「수명」 등의 시에서도 그 이본에 구체적으로 고쳐진 흔적은 없지만, 제3집의 최종본에서는 일부 단어 또는 구절에 있어 수정되어 있는 것을 파악할 수 있다. 이와 같은 맥락에서 제9집에만 이본이 존재하는 제3집의 원본들에 있어서도, 이것들이 최종본이라는 사실이 실제 입증된 것으로 볼 수 있다. 여기 수록된 이러한 작품들의 이본들 중 제2집에 다시 실린 시를 제외하고 그 어떠한 것도, 이에 대한 반론을 제기할 만한 근거를 제공하지 못하기 때문이다.

이 외에 심연수 시인이 읽은 『노산시조집』의 여백과 제3집에 원본이 존재하는 시 「님의 뜻」에 있어서도, 제3집의 원본이 최종본이라는 점에는 이견이 제기될 수 없다. 왜냐하면 『노산시조집』을 읽으면서 느낀 점을 시조 형식으로 그 여백에 적은 이본[144]보다는, 그것을 수정하여 원고지에 정리해 놓은 원본이 나중에 쓰인 것이라는 견해가 타당하다고 판단되기 때문이다.

이렇게 볼 때 제2집에까지 수록된 원본들에 있어서는 제3집의 이본보다 그것들이 최종본이지만, 제3집에까지 실린 원본들에 있어서는 제6집이나 제9집의 이본보다는 제3집의 그것들이 최종본이라는 결론에 도달할 수 있게 된다. 그리고 이에 대한 반론을 제기하는 데에 타당한 근거를 제시할 수 없는 한, 그의 작품집에는 이 최종본이 수록되어야 한다. 그럼에도 불구하고 지금까지 출판된 그의 작품집들에 실린 일부 시들에 있어서는 그렇지 않은 경우가 있었다는 점은 앞에서 언급한 바와 같다.

제3집에 묶여 있는 원본들 가운데 시 「사연」은, 이에 해당되는 대표적 예 중의 하나로 볼 수 있다.

---

144) 주43) 참조.

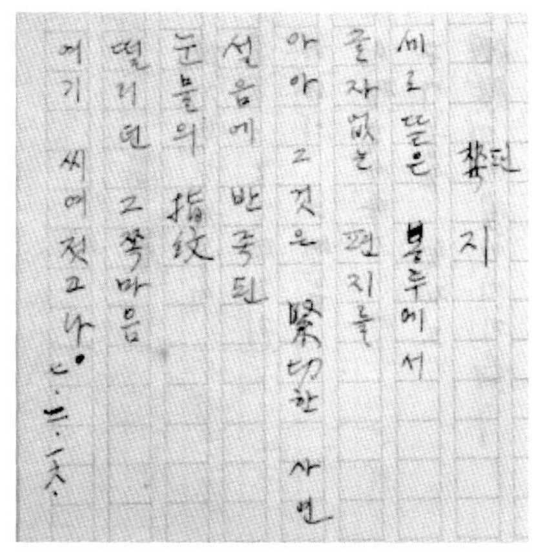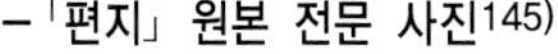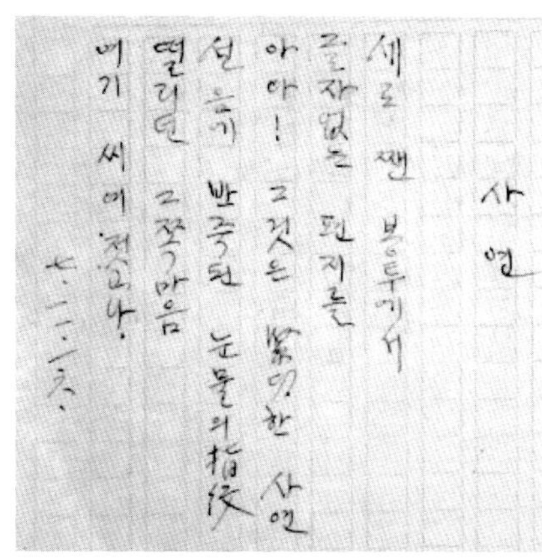

－「편지」 원본 전문 사진145)　　　　　－「사연」 원본 전문 사진146)

위의 두 원본 사진을 비교해 보면 거의 비슷하여, 하나는 다른 것의 이본임을 곧바로 짐작할 수 있다. 시의 제목은 각각 「편지」 또는 「사연」으로 다르지만, 창작일이 '강덕 7년(서기 1940년) 11월 16일'로 같은 점도, 이를 뒷받침해 준다. 그런데 제6집의 이본보다는 제3집의 원본이 최종본이라는 점은, 앞서 그의 두 원본 묶음에 수록된 여러 시들을 비교 검토해 보았을 때 얻은 결론이다. 이에 반론을 제기할 만한 타당한 근거를 아직 찾을 수 없었던 것이다. 또한 실제로 이 시의 두 원본을 대비해 보았을 때도 「사연」의 "짼"(1행)이나 "아아!"(3행), "설음에 반죽된 눈물의指紋"(4행) 등에서와 같이, 단어를 바꾸거나 문장 부호 느낌표를 사용할 뿐만 아니라, 행을 연결시킨 것이 좀 더 세련된 느낌을 준다. 이와 같은 맥락에서 본다면 이 시의 최종본은 제3집에 수록된 「사연」의 원본이며, 이에 따라 그의 작품집에는 이것이 실렸어야 하는 것이 당연한 일이다. 그러면 실제에 있어서는 어떠한가? 『심연수 원본대조 시전집』147)에는 이 최종본이 수록되어 있다. 그러나 『사료전집』(2000)에

---

145) 원본 묶음 제6집의 35번째 수록.
146) 원본 묶음 제3집의 18번째 수록.
147) 황규수 편, 앞의 책, 207면.

는 다음과 같이 편자 임의대로 고쳐진 두 편이 모두 실려 있다.

    세로 짼 봉투에서
    떨어진 종이장
    그것은 편지로되
    글자가 없구나
    오오- 간절한 사연이여
    설음에 반죽된 눈물의 지문이여
    떨리던 그 쪽마음
    여기 씌여졌구나.

-「사연」 전문148)

    새로 뜯은 봉투에서 떨어지는
    글자없는 편지
    아아 그것은 간절한 사연
    설음에 반죽된
    눈물의 지문(指紋)
    떨리던 그 쪽마음
    여기에 씌여졌구나.

-「편지」 전문149)

그런데 위에 인용한 두 편과 그 원본들을 비교해 보았을 때 몇 가지 의문이 떠오른다. 이 중 먼저, 이 둘은 한 시의 이본임에도 불구하고 『사료전집』(2000)에 모두 수록된 이유는 무엇 때문인가? 제목이 다르기 때문에 별개의 시로 생각하여 둘 다 실은 것이라면 이는, 편자의 착각이기 쉽다. 앞에서 언급한 바와 같이 이 둘 사이에는 다른 점보다는 비슷한 점이 더 많기 때문이다. 더욱이 『사료전집』(2000)에

---

148) 『사료전집』(2000), 26면.
149) 위의 책, 100면.

는 한 시의 이본들이 모두 수록된 경우가 거의 없기 때문이다.

또한 두 편이 모두 편자 임의대로 고쳐진 이유는 무엇 때문인가? 특히 『사료전집』(2000)에 실려 있는 시 「사연」에서는 원본과 달리 서술적으로 늘여서 표현되어 있는 것이 특징이다. 2행부터 4행까지의 "떨어진 종이장/그것은 편지로되/글자가 없구나"는, 원본 2행의 "글자없는 편지를"이 고쳐진 것이다. 그리고 5행과 6행의 끝에는 원본에서와 달리 "－이여"와 같이 감탄의 뜻을 나타내는 조사가 붙여져 있다. 그런데 이처럼 그의 원본과 달리 작품집에서 고쳐진 것은, 시인이 그 작품에서 나타내고자 하는 순수한 의도를 왜곡시킬 수 있다는 점에서, 수정이 불가피하다 하겠다. 운율과 압축미를 중시하는 시에 있어서는 더욱 그러하다. 그리고 여기 수록된 시 「편지」에 있어서도 잘못되기는 마찬가지다. 특히 1행의 "새로"나 3행의 "간절한" 등에서와 같이 오기(誤記)가 발생된 점은 문제의 심각성을 더해 준다. 왜냐하면 원본에서 이에 해당되는 "세로"와 "긴절(緊切)한" 등의 단어는, 이들과 의미상 차이를 보이기 때문이다.

이에 비해 『사료전집』(2004)에는 최종본이 아닌 「편지」150)가 실려 있는가 하면, 『심연수 시전집』에는 『사료전집』(2000)의 「사연」이 그대로 수록151)되어 있어, 이들에 대해서도 인용에 주의가 요망된다 하겠다. 왜냐하면 이들 또한 이 시의 최종본이 아니기는 마찬가지이기 때문이다.

이와 같은 맥락에서 제9집의 이본과 제목은 다르지만, 창작일이 같을 뿐만 아니라 시의 내용에 있어서도 매우 흡사하여, 한 작품으로 판단되는 경우에 시 「냇가」도 있다.

---

150) 『사료전집』(2004), 88면.
151) 김해응 편, 『심연수 시전집』, 앞의 책, 270면.

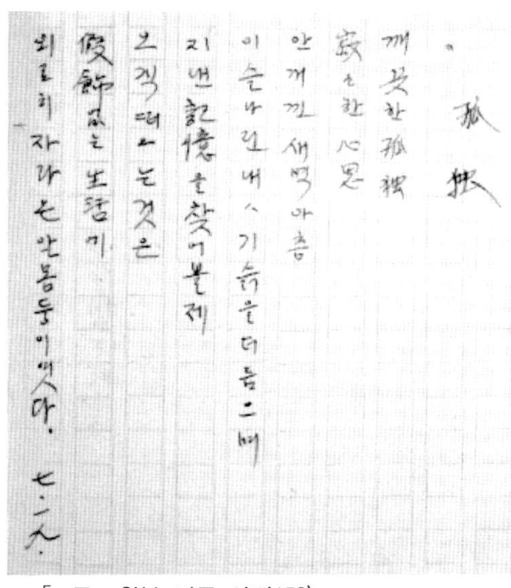

－「고독」 원본 전문 사진152)

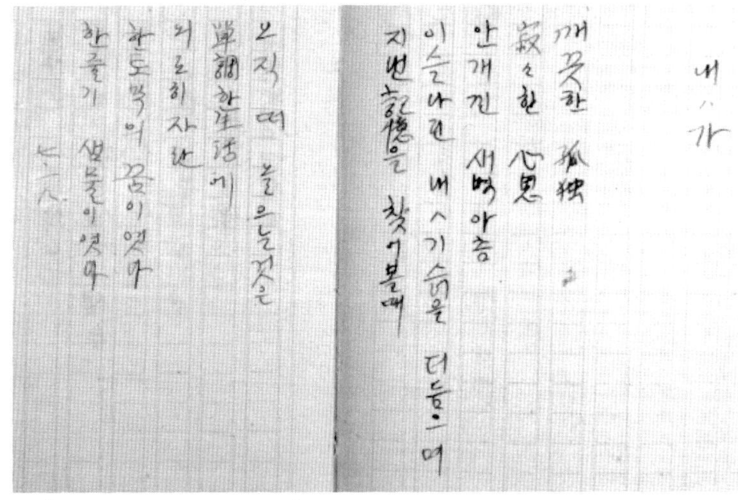

－「냇가」 원본 전문 사진153)

---

152) 원본 묶음 제9집의 27번째 수록.
153) 원본 묶음 제3집의 45번째 수록.

앞의 두 원본 사진을 비교해 보면 시 제목은 각각 「고독」과 「냇가」로 다르지만, 창작일이 '7월 19일'로 같다는 것을 알 수 있다. 또한 두 시의 짜임에 있어서도 7행부터 끝까지 부분에 있어 상이점이 다소 눈에 띄기는 하지만, 6행까지에 있어서는 거의 같은 점을 볼 수 있다. 처음에는 제9집에 수록된 「고독」과 같이 전체 8행으로 쓰였지만, 이후 「냇가」처럼 총 10행으로 수정되면서 이 시는 세련미를 더하게 된 것으로 이해할 수 있다는 말이다. 이렇게 본다면 이 시의 최종본은 「냇가」로 그의 작품집에는, 그 이본인 「고독」이 아닌, 최종본인 「냇가」가 실렸어야 할 것으로 생각한다. 그러므로 『심연수 시전집』과 『심연수 원본대조 시전집』에 이 시의 최종본인 「냇가」가 수록154)된 것은 타당하다고 여겨진다. 그러나 그 이전에 간행된 두 권의 『사료전집』(2000, 2004)에는 「냇가」뿐만 아니라 「고독」도 실려 있어,155) 이에 대해서는 읽는 이의 주의가 요망된다 하겠다. 왜냐하면 이 두 편은 한 작품의 이본 관계에 놓여 있음에도 불구하고, 각각 별개의 시인 것처럼 오인될 수 있기 때문이다.

한편 제3집에 수록된 「새벽」·「맨발」·「고독」 등의 시들에 있어서도, 제9집의 그 이본들보다는 이 원본들이 최종본으로 판단될 수 있다는 점은 위에서와 같다. 그런데 이들 시에 있어서는 같은 제목의 원본들이 다른 묶음들에도 포함되어 있어, 이들 사이의 비교 검토가 요망된다. 그래서 이들 사이의 관계를 파악해 본 결과, 이들은 단지 제목만 같을 뿐이지 각각 같은 작품의 이본들로 보기에는 차이점이 더 많이 발견되었다. 이러한 측면에서 이들 시를 작품집에 수록함에 있어서는 각기 별개의 작품으로 구분하는 것이 필요하다. 이들의 혼동을 방지하기 위해서는 각 시의 창작일 및 원본 묶음의 특성 등을 고려하여, 개별적으로 알아볼 수 있게 책에 싣는 것이 요구된다는 말이다. 이와 같은 맥락에서 필자가 『심연수 원본대조 시전집』을 엮으면서 같은 작품의 이본은 싣지 않고, 제목이 같을지라도 다른 작품으로 판단되는 경우에는 그 이름 뒤에 1·2 등의 번호를 붙여 구분해서 수록하게 된 데에는, 이와 같은 이유가 있다. 이 책에서 제3집의 이 시들은 원본과 달리 「새벽1」·

---

154) 김해응 편, 앞의 책, 279면 ; 황규수 편, 앞의 책, 313면.
155) 『사료전집』(2000), 62면, 77면 ; 『사료전집』(2004), 63·64면, 73면.

「맨발1」・「고독1」 등으로 불리게 되었으며,[156] 이들보다 나중에 창작되어 다른 묶음에 실려 있는 동일 제목의 작품들은 「새벽2」・「맨발2」・「고독2」 등으로 일컬어지게 된 것이다.[157]

　반면에 제3집에 수록된 심연수의 시 「그」 같은 경우에 있어서는, 특별한 이유 없이 기존에 출판된 일부 작품집에서 제목이, 다르게 표기되어 있는 것을 목격할 수 있다.

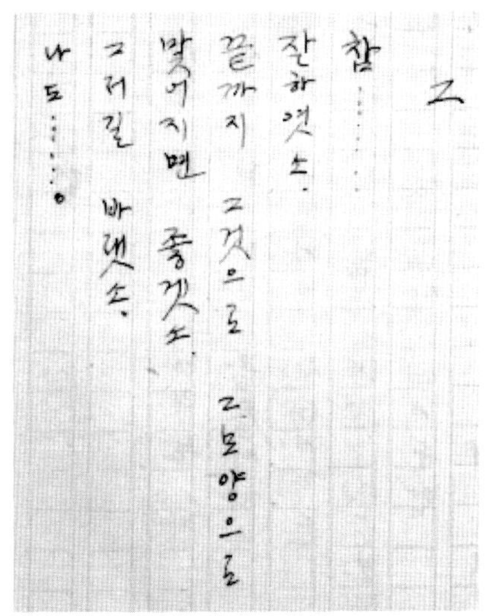

－「그」 원본 전문 사진[158]

　위의 사진에서와 같이 이 시의 제목은 엄연히 '그'로 적혀 있다. 그런데 두 『사료전집』(2000, 2004)에는 그 제목이, 「무제」 또는 「무제(2)」와 같이, 없는 것처럼 오기되어 있다.[159] 그러면 그 이유는 무엇 때문이겠는가? 편자들의 실수 때문에 빚

---

156) 「새벽1」, 「맨발1」, 「고독1」, 황규수 편, 앞의 책, 290면, 298면, 294면.
157) 「새벽2」, 「맨발2」, 「고독2」, 위의 책, 370면, 400면, 410면.
158) 원본 묶음 제3집의 32번째 수록 ; 위의 책, 279면.
159) 「무제」, 『사료전집』(2000), 44면 ; 「무제(2)」, 『사료전집』(2004), 54면.

어진 결과가 아니었겠는가 하는 추측만이 가능할 뿐이다.

　　결국 제3집은, 그 이본이 존재하지 않아 그 자체가 최종본인 「그」, 「샘물」, 「오신 것을」 등 3편의 시와 여기 처음 수록된 시 「여명」을 제외하고, 심연수 시인이 읽은 『노산시조집』 여백과 제6집, 제9집 등에 써 놓은 원본 중 일부를 수정 및 정리하여 자선시집 형태로 엮은 것이다. 이들 시 원본 가운데 다시 고쳐서 제2집에 수록한 「여명」, 「대지의 봄」 등 16편 이외의 나머지 32편은 최종본으로 볼 수 있는 것이다. 이와 같은 맥락에서 제3집이 시인이 살아생전에 『지평선』이라는 제목까지 붙여 시집 형식으로 꾸며 놓은 것이라 하여, 여기 묶여 있는 시 원본들을 모두 최종본이라 판단한다면 이는, 지나친 생각이라 하겠다. 제3집의 원본들은, 이중 일부 시가 다시 수정 및 정리되어 제2집에 실리기에 앞서, 1940년 초반부터 1941년 중반에 이르기까지 그의 초기시의 특징이 어떠한지를 더욱 다양하면서도 풍부하게 이해할 수 있게 해 준다는 점에서 그 의의가 있는 것이다.

　（4） 제4집 『수평선』 묶음 시

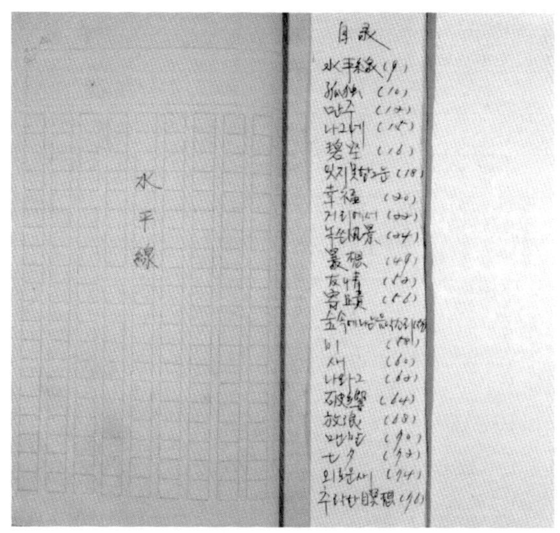

－ 제4집 『수평선』 목록 및 앞표지 사진

<표4> 제4집 『수평선』 묶음 시 목록

순 서	시 제목	창작 연월일	비 고
1	水平線	1942?. 10. 7.	8－1
2	孤 独	1942?. 9. 중순.	8－2
3	만 주	1942?. 9월말.	8－3
4	나그네	1942?. 10. 8.	8－4
5	碧 空	1942?. 10. 9.	8－5
6	잊지못할 그눈	1942?. 10. 9.	8－6
7	幸 福	1942?. 10. 9.	8－7
8	거리에서	1942?. 10. 10.	8－8
9	녹쓴風景	1942. 8. 20.(소)	8－9
10	暴 想	1942?. 10. 13.	4－30
11	友 情	1942?. 10. 13.	8－10
12	奇 蹟	1942?. 10. 15.	8－11
13	숲속에 나는 음악소리	1942?. 10. 15.	8－12
14	비	1942. 6. 23.(소) 밤.	8－13
15	새	1942. 6. 23.(소) 밤.	8－14
16	나와그	1942?. 7. 21.	8－15
17	破 響	1942. 7. 27.(소)	8－16
18	放 浪	1942. 8. 14.(소)	8－17
19	맨 발	1942. 8. 18.(소)	8－18
20	七 夕	1942. 8. 18.(소)	8－20
21	외로운새	1942. 7. 27.(소)	8－19
22	추락한瞑想	1942. 9. 6.(소)	9－26

앞의 사진을 통해 알 수 있는 바와 같이 제4집은 제3집처럼, 심연수 시인이 살아생전에 『수평선(水平線)』이라는 제목까지 붙여 시집 형태로 엮어 놓은 것이다. 물론 이 또한 출판사를 통해 공식적으로 간행되지는 않았지만, <표4>의 목록처럼 여기에는 총 22편의 시 원본이 묶여 있다. 이는, 김해응이 작성한 작품 목록과 비

교해 보았을 때, 『원고 묶음 8』에 수록된 시들과 그 편수 및 순서에 있어서 거의 일치되지만, 2편 가량 차이를 드러내는 것이다. 제4집에는 『원고 묶음 8』 목록에는 없는 「폭상(暴想)」과 「추락한 명상」 등의 시가 더 포함되어 있다. 그런데 실제로 제4집에 실려 있는 작품들을 보다 면밀히 검토해 보면, 여기에는 이들 시만이 아니라, 「농향(農鄕)」과 같은 단편소설도 함께 수록되어 있는 것을 확인할 수 있다. 또한 9번째 「녹슨 풍경」 다음에 「농향」, 그리고 이어서 10번째 「폭상」 순으로 원본이 정리되어 있으며, 「추락한 명상」의 원본은 마지막인 22번째로 묶여 있는 점도 볼 수 있다.

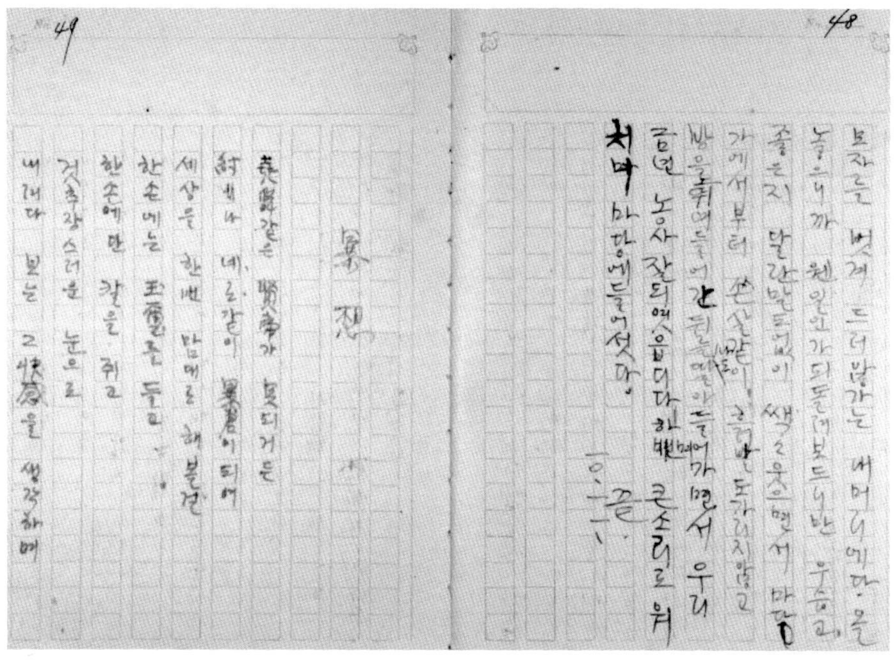

―「농향」의 끝과 「폭상」의 처음 부분 원본 사진

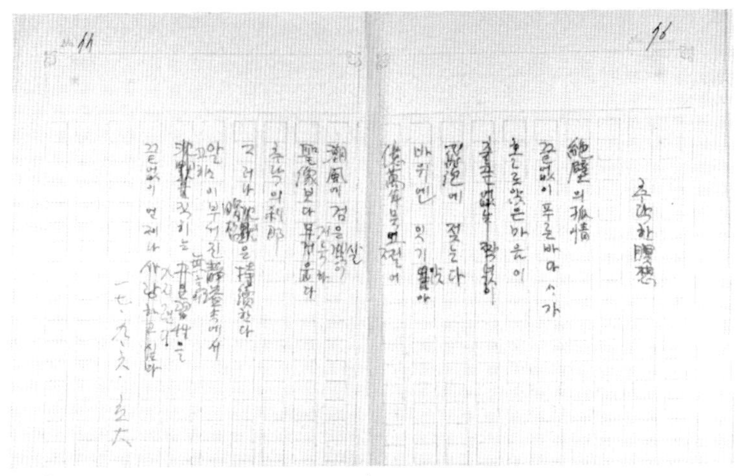

— 「추락한 명상」 원본 전문 사진[160]

　　시 「폭상」이 소설 「농향」 다음에 연이어 쓰여 있다는 사실은, 앞의 사진에서와 같이 그 원본들이 정리되어 있는 원고지의 윗부분에 적혀 있는 페이지를 보면 더욱 명확히 알 수 있다. 시 「녹슨 풍경」은 제4집의 24면부터 25면까지에 수록되어 있는데, 그 다음 소설 「농향」이 26면부터 48면까지에 묶여 있고, 곧이어 시 「폭상」은 49면부터 51면까지에 쓰여 있는 것이다. 그리고 이 원본 묶음의 끝 작품인 「추락한 명상」은 76면부터 77면까지에 정리되어 있는 것이 눈에 띈다. 이 시는, 74면부터 75면까지에 실려 있는 21번째 작품 「외로운 새」 바로 다음에서 볼 수 있는 것이다.

　　한편 제4집의 원본들 가운데 「고독」·「나그네」·「맨발」 등의 시들에 있어서는, 같은 제목의 원본들이 다른 묶음들에도 포함되어 있어, 이들 사이의 비교 검토가 요망된다. 「고독」은 제3집과 9집, 「나그네」는 제10집, 「맨발」은 제3집과 9집 등에도 같은 제목의 원본이 있어, 그러한 것이다. 그래서 이들 사이의 관계를 파악해 보니, 제4집의 원본들은 이외의 원본들과 단지 제목만 같을 뿐이지 각각 같은 작품

---

160) 원본 묶음 제4집의 22번째 수록 ; 황규수 편, 앞의 책, 407면.

108

의 이본들로 보기에는 차이점이 더 많이 발견되었다. 이러한 측면에서 필자가 『심연수 원본대조 시전집』을 엮으면서 제4집에 수록된 시들에 대해서는, 「고독2」・「나그네2」・「맨발2」 등으로 지칭하게 되었다.161) 이들 사이의 혼동을 방지하기 위해 상대적으로 나중에 창작된 것으로 판단되는 제4집의 시들에 대해서는 이렇게 일컫게 된 것이다.

이렇게 볼 때 그 이본이 존재하지 않아 모두 그대로 최종본으로 볼 수 있는 제4집의 시들은, 대체로 1942년 6월 23일경부터 같은 해 10월 15일 무렵까지 쓰인 작품들이어서, 시인이 일본에 유학했을 당시 그의 생각과 시의 특성이 어떠했는지를 파악할 수 있도록 긴요한 역할을 한다는 점에서 의의가 있다 하겠다.

(5) 제5집 묶음 시

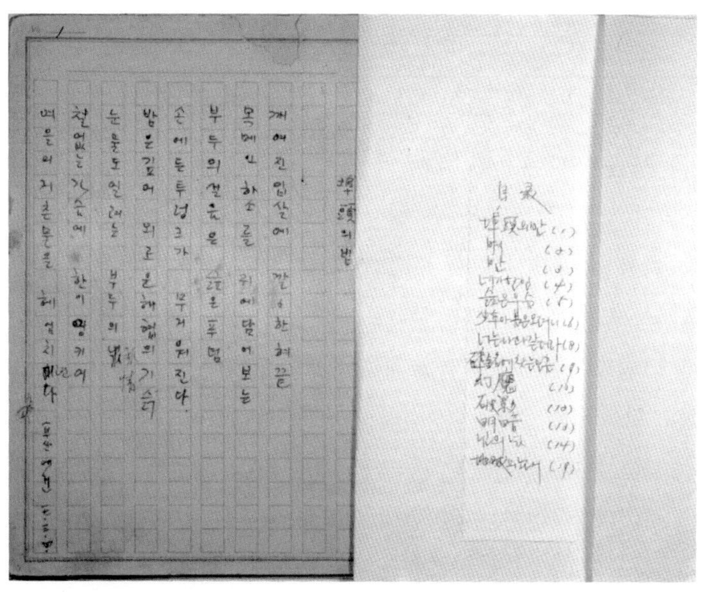

― 제5집 목록 및 1번째 수록 시 부분 사진

---

161) 「고독2」, 「나그네2」, 「맨발2」, 위의 책, 410면, 416면, 400면.

<표5> 제5집 묶음 시 목록

순　서	시　제목	창작　연월일	비　고
1	埠頭의밤	1942. 3. 4.(소)	10－2
2	벽	1943. 1. 18.(소)	9－9
3	밤	1943. 2. 2.(소)	9－11
4	네가할일	1943. 2. 8.(소) 밤.	9－12
5	슯은우슴	1943. 2. 1.(소)	9－13
6	少年아 봄은오려니	1943. 2. 8.(소)	9－14
7	너는나와같더라	1943. 1. 31.(소)	9－10
8	碑銘에찾는일홈	1943. 2. 17.(소)	9－15
9	幻　魔	1943. 2. 19.(소)	9－16
10	破　影	1943?. 2. 25.	9－17
11	明　暗	1943. 2. 3.(소)	9－18
12	님의넋	1943. 2. 27.(소) 야(夜).	9－19
13	地球의노래	1943. 3. 1.(소)	9－20
14	그믐밤 혼자깨여	1943?	9－21

　　앞의 사진을 보았을 때는, 시 「부두의 밤」으로부터 시작되는 제5집에는 총 13편의 시가 수록되어 있다고 생각할 수 있다. 심연수 시인의 조카인 심상인이 시 원본 묶음을 정리하면서 작성한 목록에 따르자면, 전체 13편의 시가 실려 있는 것으로 판단할 수 있다는 말이다. 그러나 실제로 제5집에 묶여 있는 원본들을 구체적으로 검토해 보면, 13번째 시 「지구의 노래」 다음에는 "그믐밤 혼자깨여"로 시작되는 시가 한 편 더 덧붙여져 있다는 사실을 확인할 수 있다. 지금까지 간행된 심연수 작품집을 통해서는 흔히, 「차(次) 그믐밤 혼자 깨여」라는 제목[162]으로 알려져 왔던 시가 더 있는 것이다. 그러면 이와 같이 제5집에는 실제로 전체 14편의 시가 수록되어 있음에도 불구하고, 사진 목록에는 왜 이 시의 제목이 빠져 있겠는가? 이 시의 원본을 보면 알 수 있는 바와 같이, 본래 이 시는 제목이 없는 점이 주된 요인

---

162) 『사료전집』(2000), 147면 ; 『사료전집』(2004), 112면 ; 김해응 편, 앞의 책, 321면.

으로 작용했을 것으로 생각된다.

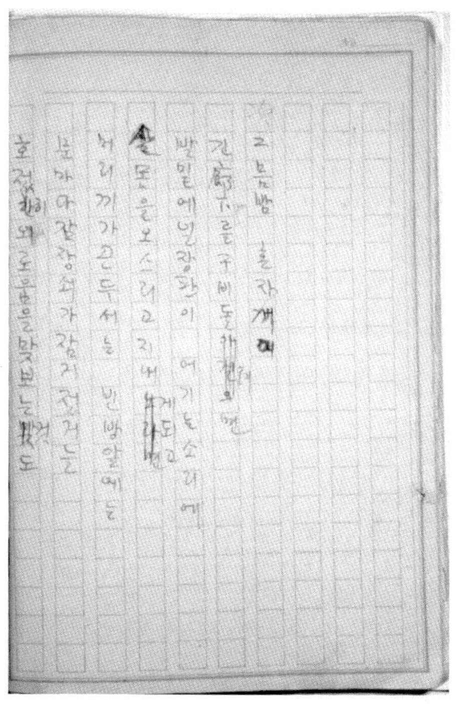

―「그믐밤 혼자 깨어」 원본 앞부분 사진163)

　　이 시가 처음 시작되는 위의 사진에서와 같이, 이 시는 본디 제목 없이 쓰였다. 그러므로 제목 없는 고시조의 경우 첫 구절로 지칭되듯이, 이 시에서도 그렇게 해서 첫 행이 제목처럼 쓰이게 된 것으로 이해할 수 있다. 기존에 간행된 그의 작품집에서는 이 시의 첫 행이 아예 제목으로 쓰여 있는 것을 대체로 볼 수 있다. 그런데 여기서 이 시의 제목을 「차(次) 그믐밤 혼자 깨여」라고 쓰는 것이 타당할지에 대해서는 이견이 제시될 수 있다. 왜냐하면 이 시의 첫 행은 본래 "그믐밤 혼자깨

---

163) 원본 묶음 제5집의 14번째 수록 ; 황규수 편, 앞의 책, 496면.

여”로 쓰여 있기 때문이다. 물론 그 앞에 '차(次)'자가 첨가되어 있기는 하다. 그러나 그것이 어떠한 의미로 쓰인 것인지는 아직 밝혀져 있지 않다. '차'자가 그 다음 단어 '그믐밤'을 꾸며주기 위해 쓰인 것인지, 아니면 이 시의 원본 바로 앞에 정리된 작품과 구분되는 다음 차례의 작품이라는 뜻으로 쓰인 것인지 분명치 않다는 말이다. 따라서 필자가 『심연수 원본대조 시전집』을 엮으면서, 이 시의 제목을 본디 첫 행대로 「그믐밤 혼자 깨어」로 쓴 데에는 이와 같은 이유가 있다.

한편 제5집에 수록된 시들 가운데 9번째 「환마(幻魔)」나 10번째 「파영(破影)」과 같은 작품에 있어서는, 그 제목에서 낯선 느낌을 받지 않을 수 없게 된다. 왜냐하면 제목이, 국어에서는 거의 사용하지 않는 한자어로 되어 있기 때문이다. 그럼에도 불구하고 각 시의 내용과 한자의 뜻을 살펴보면, 시 제목이 의미하는 바를 짐작해 볼 수 있다. 그것은 시인 자신이 만들어낸 조어(造語)적인 성격을 지니는 낱말로, 각 시에서 사용한 '유령(幽靈)' 및 '깨어진 유리쪽' 등과 관련된 뜻을 내포하는 시어로 쓰인 것이라는 추측을 가능케 한다는 말이다.

결국 김해응이 앞서 작성한 목록에 있어서는 『원고 묶음 9』의 13편과 『원고 묶음 10』의 1편 등 총 14편으로 이루어져 있는 제5집의 원본들은 모두, 그 이본이 존재하지 않아 그대로 최종본으로 볼 수 있는 것들이다. 각 원본 끝에 대체로 기록되어 있는 창작일로 보아 주로 1943년 초반에 쓰인 것이라는 사실을 알 수 있는 이 시들을 통해 독자들은, 일본 유학 후반기 심연수 시의 특질을 파악해 볼 수 있다. 창작일에 있어 제1집에 수록된 작품들과 연속성을 지니는 제5집의 원본들은, 시인이 일본에 유학하러 간 지 대략 2년 정도의 시간이 지났을 때, 그의 생각과 시세계에 어떠한 변화가 있었는지를 이해할 수 있게 해준다는 점에서 나름대로 의미가 있는 것이다.

(6) 제6집 묶음 시

<표6> 제6집 묶음 시 목록

순 서	시 제목	창작 연월일	비 고
1	大地의봄	1940. 4. 1.(강)	3－22
2	旅窓의밤	1940. 4. 20.(강)	3－23
3	異域의晩鐘	1940. 4. 5.(강)	3－24
4	大地의暮色	1940. 4. 5.(강)	3－25
5	여 름	1940. 6. 27.(강)	3－26
6	靑 春	1940?<『鷺山時調集』(1940. 3. 29.)>	3－27
7	그러지마세요	1940. 6. 0.(강)	3－12
8	쏟아진잉크	1940. 4. 29.(강)	3－13
9	所 願	1940?<「참(眞)」(1940. 3. 29.)>	3－14
10	검은校服	1940. 1. 27.(강)	3－15
11	사 내	1940?	3－20
12	떠나는길	1940?	3－16
13	빨 래	1940. 7. 24.(강)	3－17
14	正 午	1940. 7. 24.(강)	3－18
15	땀	1940?	3－19
16	밭머리에선男子	1940?	3－21
17	暴 風	1940?	3－8
18	少 女	1940?	3－9
19	寢 頌	1940. 9. 13.(강)	3－10
20	밤 길	1940. 9. 13.(강)	3－11
21	가 을	1940. 9. 13.(강)	3－7
22	가을아침	1940. 9. 13.(강)	3－6
23	大地의여름	1940?	3－5
24	大地의가을	1940. 9. 17.(강)	3－4
25	들 길	1940. 9. 22.(강)	3－3
26	개인하날	1940. 9. 22.(강)	3－2

순 서	시 제목	창작 연월일	비 고
27	日曜日	1940. 9. 22.(강)	3－1
28	郊 外	1940. 10. 13.(강)	4－16
29	母 校	1940. 10. 14.(강)	4－17
30	불탄자리	1940. 10. 27.(강)	4－18
31	앞 길	1940. 11. 1.(강)	4－19
32	등 불	1940. 11. 8.(강)	4－13
33	牧 者	1940. 11. 14.(강)	4－14
34	밤이새도록	1940. 11. 14.(강)	4－15
35	편 지164)	1940. 11. 16.(강)	4－10
36	隕 星	1940. 11. 15.(강)	4－11
37	흩어지는무리(一)	1940?	4－12
38	흩어질무리(二)	1940. 11. 26.(강)	4－29
39	安堵의바다	1940. 11. 28.(강)	4－2
40	海蘭江	1940?	4－3
41	卒 業	1940. 12. 6.(강)	4－4
42	校門을나선다음	1940?	4－5
43	三等車	1940. 12. 27.(강)	4－6
44	大地의겨을	1940. 12. 31.(강)	4－7
45	一九四〇年을보내면서	1940. 12. 31.(강) 제석(除夕).	4－8
46	꿈	1940. 12. 31.(강)	4－9
47	밤은깊엇으련만	1940?	8－21

위의 <표6>에서와 같이 제6집에는 총 47편의 시 원본이 묶여 있다. 김해응이 작성한 목록과 비교해 보았을 때, 『원고 묶음 3』의 전체 27편 모두와 『원고 묶음 4』의 전체 30편 중 19편, 그리고 『원고 묶음 8』 21편 가운데 1편 등이 수록되어 있는 것이다. 그런데 실제로 제6집에 실려 있는 작품 원본들을 세세히 검토해 보면,

---

164) 주)145 참조. 김해응이 작성한 『원본 묶음 4』 작품 목록(『심연수 시문학 연구』, 한국학술정보, 2006, 202면)에는 이 시의 제목이 「사연」, 창작일자가 '1940. 2. 16.'으로 쓰여 있는데, 이는 오기로 판단된다.

여기에는 시뿐만 아니라 수필 이외에 잡문 등도 군데군데 포함되어 있다는 사실을 알 수 있게 된다. 구체적으로 31번째 시 「앞길」 다음의 「신고(辛苦)는 행복(幸福)」, 39번째 시 「안도의 바다」 다음의 「졸업 전날 밤」, 41번째 시 「졸업」 다음의 「송별회에서 받은 감상」, 46번째 시 「꿈」 다음의 「이제 보니」와 「설선(雪線) 너머로」, 「미진(未盡)의 구상(構想)」 등이, 이에 해당되는 것이다. 특히 이 가운데서도 39번째 시 「안도의 바다」 다음에 정리되어 있는 「졸업 전날 밤」은, 기존에 간행된 작품집에는 수록되지 않은 글이다. 아래 사진에서와 같이 「안도의 바다」 다음에 실려 있는 「졸업 전날 밤」은, 시인이 1940년 12월 5일 동흥중학교(제18회, 용정국민고등학교 제2회)를 졸업하기 전날 밤에 쓴 것으로, 당시 그의 심사가 어떠했는지를 잘 짐작해 볼 수 있게 해주어 주목된다.

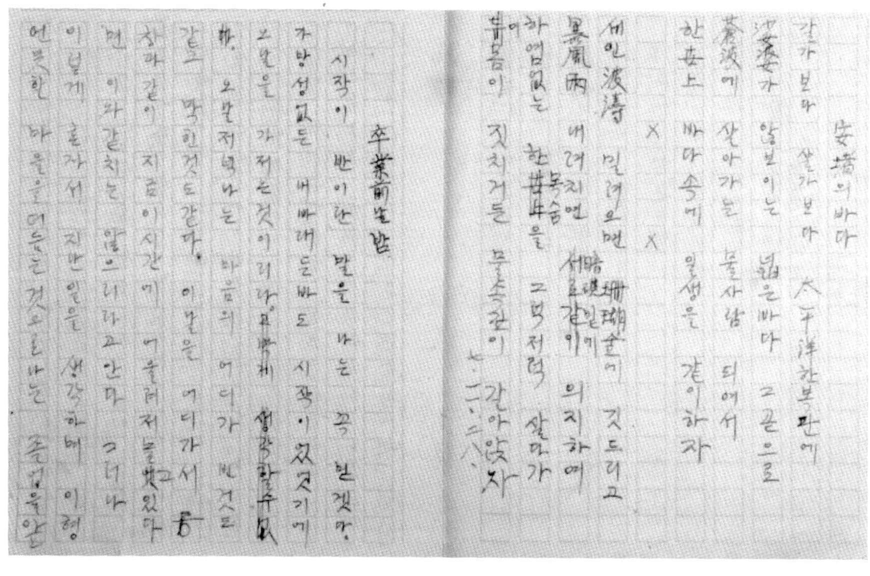

―「안도의 바다」와 「졸업 전날 밤」 처음 부분 사진

더욱이 제6집의 끝 부분에 실려 있는 「꼬리말」이라는 글은, 이 묶음의 특성을 잘 나타내 주고 있어 관심을 끈다.

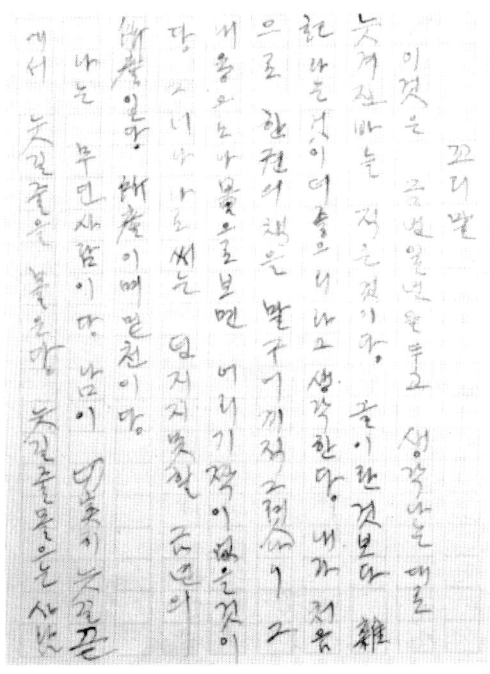

—「꼬리말」의 처음 부분 원본 사진

위의 「꼬리말」 내용 중에서도, 첫째, 이것은 금년 1년을 두고 생각나는 대로 느껴진 바를 적은 것이라는 점과, 둘째, 글쓴이가 처음 한 권의 책으로 엮은 것이라는 점 등은, 이 묶음에 포함되어 있는 여러 시 원본들뿐만 아니라 글들의 특질을 파악하는 데 도움을 제공해 준다. 우선 제6집에 수록된 여러 시 원본과 글들은, 그 끝에 창작일이 따로 기록되어 있지 않다 하더라도 다른 것들과 마찬가지로 1940년 한 해 동안 쓰였다는 사실을 알 수 있게 한다. 또한 이들은 글쓴이에 의해 처음 한 권의 책으로 엮어진 것이므로, 추후 수정되어 다른 묶음에 다시 실릴 가능성이 충

116

분히 있음을 암시해 준다. 실제로 필자는 앞에서 제3집과 제6집 원본들을 비교 검토하면서 그 고쳐진 흔적에 의거하여, 후자를 수정 및 정리한 것이 전자라는 사실을 검증한 바 있다. 그런데 시기상으로도 제6집의 원본들이 그의 다른 원본 묶음들보다 먼저 엮어진 것이라는 점은, 심연수의 시가 '제6집 원본→제3집 원본'의 순서로 수정 및 정리되는 과정을 거쳤다는 이론에 신빙성을 더해주는 것이다.

　한편 심연수가 1940년 『만선일보』에 발표한 시로는 「대지의 봄」(4월 16일)과 「여창(旅窓)의 밤」(4월 29일), 「대지의 모색(暮色)」(5월 5일) 등이 있다는 점은, 앞에서 언급한 바와 같다. 그런데 제6집에 수록된 이들 시 원본 위에는, 당시 이들 시가 인쇄된 신문의 일부가 그대로 붙여져 있거나, 그렇지는 않다 하더라도 그 흔적이 남아 있어 주목된다.

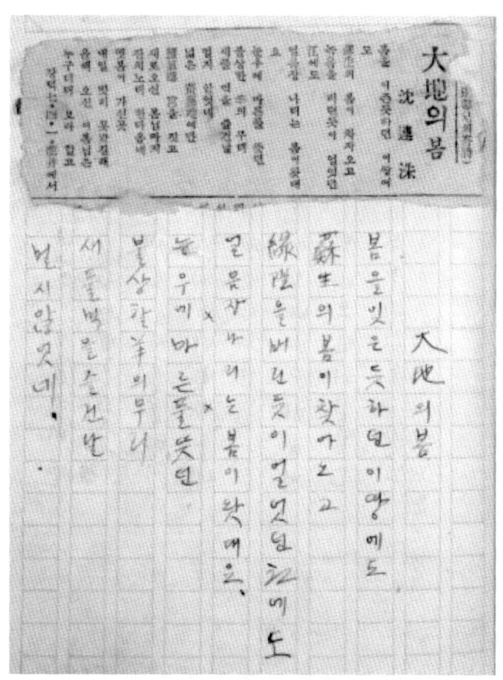

―「대지의 봄」 원본 앞부분 사진

앞의 사진에서와 같이 시 「대지의 봄」 원본 위에는, 이 시가 『만선일보』에 발표 되었던 당시의 지면이 그대로 붙여져 있다. 그래서 이는 두 곳 작품의 자연스러운 비교를 가능케 하는데, 신문에 실린 것은 들여쓰기가 되어 있지 않아 행 구분 여부 가 분명치 않은 데 반하여, 띄어쓰기는 어느 정도 되어 있어 읽기 및 의미 파악을 수월케 하는 특징을 지니고 있다는 점을 알 수 있게 한다. 또한 이 시의 원본 위에 신문 발표 지면이 붙여져 있는 점은, 이 시가 발표된 후에 시인이, 제6집에 원본을 정리했을 것이라는 추정을 가능케 한다. 왜냐하면 시가 신문에 발표되기 전에, 추 후 그것이 실릴 지면의 크기를 시인이 미리 짐작하여 그만큼 원고지 위쪽 부분을 띄워 놓고 원본을 정리한다는 것은, 거의 있을 수 없는 일로 판단되기 때문이다. 신문에 투고하기 전에 우선 원고를 정리하는 것이 일반적이지만, 제6집 원본은 오 히려 시가 신문에 발표된 후 정리된 것이라는 말이다.

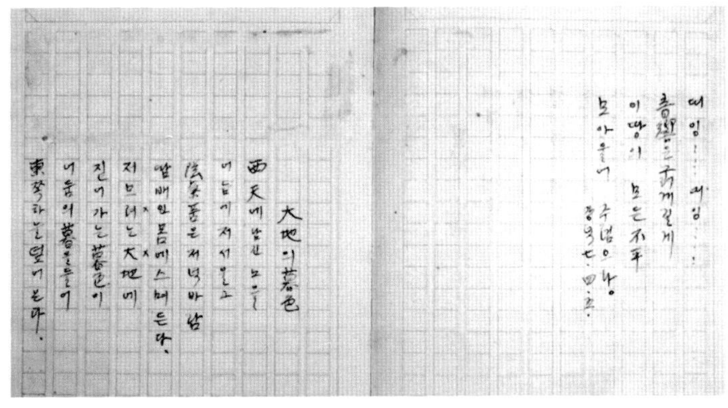

—「대지의 모색」 원본 앞부분 사진

위의 사진에는, 제6집의 3번째 「이역의 만종」 원본 뒷부분과 4번째 「대지의 모 색」 원본 앞부분이 나와 있다. 그런데 원고지에 정리되어 있는 두 원본의 위치를 비교해 보면, 후자가 전자보다 3칸 정도 더 아래에 쓰여 있는 것이 눈에 띈다. 시 「대지의 봄」과 마찬가지로 「대지의 모색」도 제6집에 정리되기 전 『만선일보』에 발표되어, 그 지면이 원본 위쪽에 붙여졌을 것으로 짐작되는데, 그 흔적만 남아 있는 것이다. 시 「여창의 밤」의 경우도 이와 같다. 아래 사진에서처럼 제6집의 2번째에 묶여 있는 이 시의 원본에 있어서도 그 상단에는, 신문에 발표된 이 시 지면이 부착되었던 것으로 추정되는 흔적이 그대로 있다는 말이다.

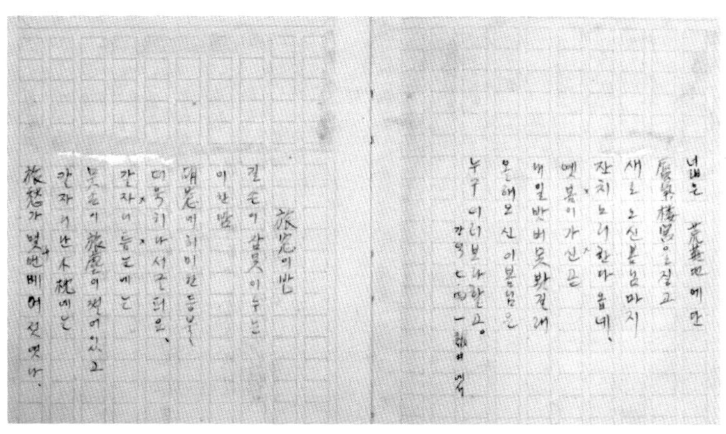

—「대지의 봄」 뒷부분과 「여창의 밤」 앞부분 사진

이렇게 본다면 제6집에 실려 있는 「대지의 봄」과 「여창의 밤」, 「대지의 모색」 등의 시 원본들은, 1940년 『만선일보』에 발표된 후 여기 정리된 것으로 이해할 수 있다. 시인이 본래 『만선일보』에 투고한 원고들이 제6집의 원본들과 거의 일치한다 할지라도, 선후 관계에 있어서는 신문에 발표된 후 다시 정리한 것이 제6집의 원본들이라는 말이다. 그리고 이들은 거듭 수정 및 정리되어 제3집을 거쳐 제2집에도 수록된다. 그러므로 신문에 발표되었다고 하여 이들을 그대로 최종본으로 판단한다면 이는 잘못된 생각이라는 점은 앞에서 지적한 바와 같다. 이 세 작품의 최종본은 모두 제2집에 묶여 있는 원본들인 것이다.

물론 제6집에 30번째로 수록된 「불탄 자리」라는 시와 같은 제목의 원본은, 이것을 포함하여 4가지가 있다. 제3집 및 제2집에 묶여 있는 원본들뿐만 아니라, 이들과 다른 복사본도 눈에 띄는 것이다. 그런데 이 원본들을 비교해 보면 제6집의 이본이 수정 및 정리된 것이 제3집의 원본인데 반하여, 제2집의 원본과 복사본의 경우에는 이들과 서로 다른 점이 더 많이 발견된다.165) 따라서 필자가 『심연수 원본대조 시전집』을 엮으면서 이들의 혼동을 방지하기 위해 각 묶음의 특성을 고려하여, 제3집 작품은 「불탄 자리1」, 제2집 작품은 「불탄 자리2」, 복사본 작품은 「불탄 자리3」 등으로 구분해서 수록하게 되었음은, 앞에서 밝힌 바와 같다.

이와 같은 맥락에서 제6집에 12번째로 수록된 「떠나는 길」과 같은 제목의 원본은 제8집에서도 볼 수 있는데, 이 원본들에서는 서로 다른 점이 더 많이 눈에 띈다. 그래서 필자가 이들 시를 위의 책에 수록하면서 제6집의 이 시 원본은 「떠나는 길2」166)라 지칭하는데 비하여, 제8집의 원본은 「떠나는 길1」167)이라고 일컫게 된 데에는, 이와 같은 이유가 있다.

반면에 제6집의 38번째 「흩어질 무리(이)」와 유사한 제목의 시 「흩어질 무리」가 제3집에도 있다. 이들 원본은 내용에 있어서도 거의 같다. 이들은 같은 작품의 이본으로 볼 수 있는 것이다. 그런데 이와 같은 경우 제6집보다는 제3집의 원본이 대부분 나중에 정리된 것임은, 앞에서 확인한 바와 같다. 그래서 필자가 엮은 『심연수 원본대조 시전집』에는, 이 시의 최종본인 제3집의 「흩어질 무리」 원본이 실리게 된 것이다.

결국 제6집에 수록되어 있는 총 47편의 시들은, 시인이 동흥중학교를 졸업한 때인 1940년 한 해 동안 창작한 것으로, 그의 초기시의 특징을 좀 더 세세하게 잘 나타내 주고 있다는 데에 의의가 있다 하겠다. 일제 강점기에 고국을 떠나 떠돌이 생활을 할 수밖에 없었으므로 22세의 나이에 늦깎이 중학교 졸업생이 된 그에게 당시 만주에서의 삶은, 나름대로 독특한 시인으로서의 작품 세계를 형성하는 주요 계기가 되었던 것으로 보인다는 말이다.

---

165) 주)128부터 주)131까지 참조.
166) 황규수 편, 앞의 책, 134면.
167) 위의 책, 42면.

(7) 제7집 묶음 시

〈표7〉 제7집 묶음 시 목록

순 서	시 제목	창작 연월일	비 고
1	솔밭길을걸으며	1940?. 8. 11.	2 – 68
2	옛터를지내면서	1940?. 8. 10.	2 – 69
3	바다ㅅ가에서	1940?. 8. 14.	2 – 70
4	鏡浦臺	1940?. 8. 14.	2 – 71
5	鏡湖亭	1940. 8. 15.(소)	2 – 72
6	兄弟岩	1940. 8. 15.(소)	2 – 73
7	새바위	1940. 8. 16.(소)	2 – 74
8	竹 島	1940. 8. 17.(소)	2 – 75
9	海邊一日	1940?	2 – 76
10	生	1941. 1. 8.(강)	·
11	死	1941. 1. 8.(강)	·

위의 <표7>에서와 같이 제7집에는 총 11편의 시가 수록되어 있다. 김해응이 작성한 목록과 비교해 보면, 『원고 묶음 2』 수록 작품 9편과 거기에는 빠져 있지만 추후 그의 시로 인정된 2편[168]이 실려 있는 것이다. 그런데 실제로 제7집의 작품 원본들을 세세히 검토해 보면, 여기에는 시뿐만 아니라 흔히 만필(漫筆)이라 일컬어지는 「원단(元旦)」과 「직업 생활 만태」 등의 글[169]도 포함되어 있다는 사실을 알 수 있게 된다. 제7집의 9번째 수록 시 「해변 일일」 다음에는 「원단」이 실려 있고, 이어 시 「생」과 「사」와 함께 「직업 생활 만태」도 쓰여 있는 점이 눈에 띄는 것이다.

---

168) 김해응, 앞의 책, 58면. 논자는 이와 관련하여 다음과 같이 언급한 바 있다. "필자의 박사논문에서는 심연수의 수필 속에 들어 있는 「생」과 「死」를 수필의 내용으로 판단하여 전체 작품 수에서 제외하였기에 총 편수는 309편, 종수는 242편으로 계산하였었다. 그러나 이 두 작품이 대체적으로 시적 구조를 갖추고 있다는 재판단하에 본 책에서는 다시 보충한다."
169) 「원단」·「직업 생활 만태」, 『사료전집』(2004), 471~472면·463~469면.

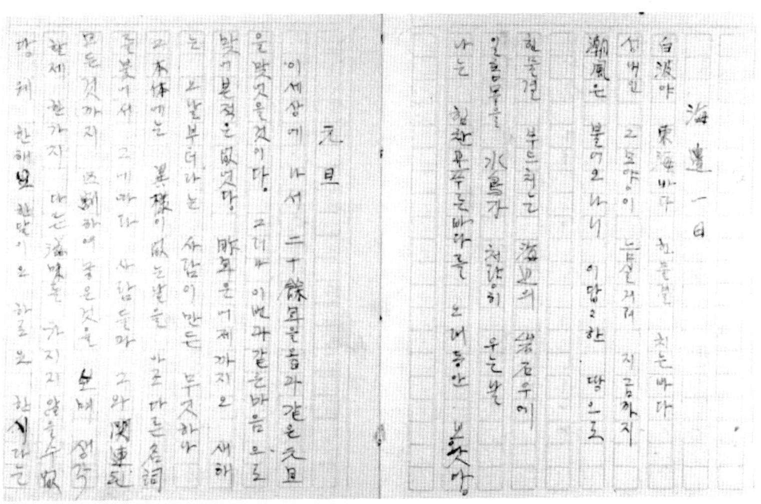

—「해변 일일」전문과 「원단」처음부분 사진

—「원단」끝부분과 「생」전문 사진

결국 그 이본이 존재하지 않아 그대로 최종본으로 볼 수 있는 제7집의 시 원본들은, 각 작품 끝에 대체로 기록되어 있는 창작일로 보아 1940년 8월 15일을 전후

한 며칠 사이에 주로 쓰인 것들이라는 사실을 파악할 수 있다. 창작일이 1941년 1월 8일로 기록되어 있는 시 「생」과 「사」를 제외한 나머지 9편은, 그 일부 작품 끝에 쓰여 있는 창작 장소 및 시 제목을 통해, 당시 그가 고향 강릉을 방문하여 남긴 시들이라는 점도 알 수 있게 한다. 이처럼 시조 형식을 취하고 있는 이 시들은, 시인이 어릴 때 떠난 고향에 다시 돌아와 보게 된 풍물과 함께 그로부터 느끼게 된 회포가 어떠했던가를 이해할 수 있게 해준다는 점에서 나름대로 의미가 있다 하겠다.

(8) 제8집 묶음 시

<표8> 제8집 묶음 시 목록

순 서	시 제목	창작 연월일	비 고
1	떠나는길	1940. 5. 5.	2-1
2	國境의하로밤	1940. 5. 5.	2-2
3	東　海	1940. 5. 6.	2-3
4	元山埠頭에서	1940. 5. 7.	2-4
5	東海北部線車안에서	1940. 5. 7.	2-5
6	外金剛驛	1940. 5. 7.	2-6
7	溫井里	1940. 5. 7.	2-7
8	舊萬物相	1940. 5. 7.	2-8
9	溫井里의하로밤	1940. 5. 7.	2-9
10	神溪寺	1940. 5. 8.	2-10
11	金剛門	1940. 5. 8.	2-11
12	飛鳳瀑	1940. 5. 8.	2-12
13	玉流洞	1940. 5. 8.	2-13
14	九龍淵	1940. 5. 8.	2-14
15	毘沙門	1940. 5. 8.	2-15
16	麻衣太子陵	1940. 5. 8.	2-16
17	毘盧峰	1940. 5. 8.	2-17
18	銀梯와金梯	1940. 5. 8.	2-18

순 서	시 제목	창작 연월일	비 고
19	妙吉祥	1940. 5. 8.	2－19
20	摩訶衍	1940. 5. 8.	2－20
21	萬瀑洞	1940. 5. 8.	2－21
22	長安寺	1940. 5. 8.	2－22
23	長安寺村에서	1940. 5. 8.	2－23
24	三佛岩	1940. 5. 9.	2－24
25	西山大師와四冥堂碑	1940. 5. 9.	2－25
26	望軍台	1940. 5. 9.	2－26
27	面鏡台	1940. 5. 9.	2－27
28	金剛山을떠나면서	1940. 5. 10.	2－28
29	金剛山電鉄을따고서	1940. 5. 10.	2－29
30	漢　江	1940. 5 .10.	2－30
31	南大門	1940. 5. 11.	2－33
32	北岳山	1940. 5. 11.	2－34
33	서울의밤	1940. 5. 11.	2－31
34	景福宮	1940. 5. 11.	2－32
35	慶會樓	1940. 5. 11.	2－35
36	德壽宮	1940. 5. 11.	2－36
37	松　都	1940. 5. 12.	2－37
38	滿月台	1940. 5. 12.	2－38
39	善竹橋	1940. 5. 12.	2－39
40	松都를떠나며	1940. 5. 12.	2－40
41	牡丹峯	1940. 5. 13.	2－41
42	牡丹台	1940. 5. 13.	2－42
43	乙密台	1940. 5. 13.	2－43
44	浮碧樓	1940. 5. 13.	2－44
45	大同江	1940. 5. 13.	2－45
46	箕子陵	1940. 5. 13.	2－46
47	淸川江	1940. 5. 14.	2－47
48	鴨綠江	1940. 5. 14.	2－48

순 서	시 제목	창작 연월일	비 고
49	大連港市	1940. 5. 15.	2－49
50	旅順	1940. 5. 16.	2－50
51	遼東半島의하로	1940. 5. 16.	2－51
52	黃海	1940. 5. 16.	2－52
53	連京線밤車	1940. 5. 16.	2－53
54	奉天	1940. 5. 17.	2－54
55	北陵	1940. 5. 17.	2－55
56	哈爾浜駅頭에서	1940. 5. 20.	2－58
57	露人共同墓地	1940. 5. 20.	2－59
58	松花江	1940. 5. 20.	2－60
59	끼다야쓰카의밤	1940. 5. 20.	2－61
60	濱綏線車中에서	1940. 5. 21.	2－62
61	牡丹江	1940. 5. 21.	2－63
62	旅行은오날이끝이다	1940. 5. 22.	2－64
63	낯익은품속의사랑	1940. 5. 22.	2－65
64	龍井駅頭에서	1940. 5. 22.	2－66
65	修學旅行을맞이고	1940. 5. 22.	2－67

위의 <표8>에서와 같이 제8집에는 총 65편의 시가 수록되어 있다. 이는 김해응이 작성한 『원고 묶음 2』 작품 목록과 비교해 보았을 때, 대체로 일치되지만 11편의 시에 있어 차이를 보이는 것이다. 2－56 및 2－57, 그리고 2－68부터 2－76까지에 해당되는 시들이, 『원고 묶음 2』 작품 목록에는 있지만 제8집 묶음 시 목록에는 없는 것이다. 그런데 여기서 2－68부터 2－76까지에 해당되는 9편의 시가 제7집에 수록되어 있다는 점은, 앞에 제시된 <표7>을 보면 알 수 있다. 지금은 제7집과 제8집으로 구분되어 있지만 이전에는 이들이 한 묶음이었을지도 모른다는 추측을 가능케 하는 것이다. 물론 제7집 원고지와 제8집의 그것은 다소 차이를 보여, 그 가능성은 그리 높지 않은 것으로 판단되지만 말이다. 반면에 2－56 및 2－57에 해당되는 시 「봉천성(奉天城) 위에서」와 「신경(新京)」 원본이 제8집에는 포함되어

있지 않은 점은, 의아심을 가지게 한다.

―「북릉」 전문과 「하얼빈 역두에서」 앞부분 사진

위의 사진에서와 같이 제8집의 55번째 시 「북릉」 다음에는 「하얼빈 역두에서」가 수록되어 있다. 김해응이 작성한 『원고 묶음 2』 작품 목록에는 포함되어 있는, 시 「봉천성 위에서」와 「신경」 원본이 여기에는 빠져 있는 것이다. 그런데 위의 사진을 좀 더 자세히 보면 두 원본 사이에는 원고지가 뜯긴 흔적이 남아 있는 것이 눈에 띈다. 이는 그 원고지가 누군가에 의해 찢어졌다는 점을 입증해 주는 단적인 근거가 되는 것이다. 그러면 이처럼 처음에는 있던 두 원본이 나중에는 왜 사라지게 되었겠는가? 이는 아마도 시 「신경」이 처음 간행된 『사료전집』(2000)에는 수록되지 않았다가, 재출판된 『사료전집』(2004)에는 실리게 된 것과 같은 이유 때문이 아닌가 하는 추측을 가능케 한다. 왜냐하면 「신경」 등 일련의 시에서는 만주국의 국가이념을 나타내는 '오족협화', '왕도낙토' 등의 단어가 눈에 띄는데, 이것이 그의 시 전체를 왜곡되게 해석하는 주요인으로 작용할 수 있으므로, 이를 미연에 방지하기 위해 그의 시를 초반에 정리하는 과정에서 이러한 일이 발생된 것이 아닌가 하는 생각이 들기 때문이다.

> 國都의 얼골에는 웃음이 넘엇어라
> 街頭에 가고오는 五族의 우슴소리
> 이아니 王道樂土 다른데 없으이다
>
>
> 大同街 아스팔트 南으로 뻣엇으니
> 南方 瑞祥들어 옵시사 이나라서울
> 大滿洲 도읍터에 吉祥이 나리소서。

—「신경(新京)」전문[170]

실제로 추후 그의 이와 같은 시들은, 항일의식을 나타낸 시인의 다른 작품들과는 정반대의 관점에서 언급된 바 있기도 하다.[171] 물론 그의 시들을 바라보는 이런 태도가 과연 적절한지에 대해서는 좀 더 숙고가 필요하기는 하지만 말이다. 왜냐하면 그의 일부 시에서 '오족협화'나 '왕도낙토' 등의 단어가 보인다고 해서 이를 그대로 일제의 구호와 동일시하는 것은, 꼭 알맞다고 보기 어렵기 때문이다. 당시 그가 역사적인 인식이 부족했다는 점까지도 부인될 수는 없다 하더라도, 이들 시에서 그는 오히려 진실로 민족 간의 차별[172]이 없는 살기 좋은 곳에서 살았으면 하는 순진한 바람을 이렇게 표현한 것은 아닌가 하는 추정이 가능할 수도 있는 것이다.[173]

---

170) 황규수 편, 앞의 책, 103면.
171) 정덕준·김정훈, 「일제강점기 재만 조선인 시인 연구-심연수 시의 심미성 연구-」, 『한국문학이론과 비평』제24집, 2004. 9., 152면.
172) 심연수, 「구월(九月) 십이일(十二日) 목(木) 청(晴)」, 『사료전집』(2004), 336면. 다음과 같이 1940년 9월 12일에 그가 쓴 일기의 한 부분을 보면, 당시 그가 살던 곳에서도 조선인에 대한 차별이 심했음을 어렵지 않게 짐작할 수 있다. "오날은 조회시간에 상급학교 지망자에 대하여 주의가 있엇다. 1인 1고 지망이란 제도가 생기엇다. 입학률을 낼 수 없는 조선 사람들에게 또 이런 제한까지 내리고 보니 대타격이 아니랄 수 없다."
173) 황규수, 「심연수 문학의 연구 동향과 전망」, 『심연수 학술세미나 논문총서』, 심연수선양사업위원회, 2007, 529~533면.

한편 제8집에 1번째로 수록된 「떠나는 길」과 같은 제목의 원본을 제6집에서도 볼 수 있다. 그런데 이 원본들에서는 서로 다른 점이 더 많이 눈에 띄어 필자가 『심연수 원본대조 시전집』을 엮으면서 이들의 혼동을 방지하기 위해 각 묶음의 특성을 고려하여, 제8집의 원본은 「떠나는 길1」[174]이라고 지칭하는데 비하여 제6집의 원본은 「떠나는 길2」[175]라 일컫게 되었다는 점은 앞에서 언급한 바와 같다.

또한 제8집에 묶여 있는 원본들 가운데 그 제목이 지명(地名)과 관련된 시들에 있어서는, 기존에 간행된 그의 작품집에서 잘못 표기되는 경우가 있었다.[176] 특히 「노인공동묘지(露人共同墓地)」[177]와 같은 시에 있어서는 「로천공원묘지(露天共園墓地)」[178] 또는 「로천 공동묘지(露天 共同墓地)」[179] 등으로 그 제목이 잘못 알려짐에 따라, 작품의 의미까지 그릇되게 해석되기도 했다는 점은 앞서 지적한 바 있다. 현지 지명 및 원본의 확인이 제대로 이루어지지 않은 상태에서 작품집이 엮어짐으로써, 이와 같은 결과가 빚어졌다고 판단되는 것이다.

결국 그 이본이 존재하지 않아 그대로 최종본으로 볼 수 있는 제8집의 시 원본들은, 그 끝에 모두 기록되어 있는 창작일로 보아 1940년 5월 5일부터 같은 해 5월 22일까지 쓰인 것들임을 알 수 있다. 시인이 동흥중학교 졸업반 시절 17박 18일 동안 수학여행을 하면서 시조 형식으로 쓴 이 시들은, 당시 그가 여행길에서 접한 대상들과 그것들로부터 느낀 바를 파악할 수 있게 해준다는 점에서 나름대로 의미가 있는 것이다. 더욱이 그가 그 기간 동안 무려 67편의 시조를 남긴 점은, 우선 그 양적인 면에서 보더라도 당시 그의 시 창작 의욕 또는 능력이 적지 않았음을 판단할 수 있게 하는, 한 근거가 되기도 한다.

---

174) 황규수 편, 앞의 책, 42면.
175) 위의 책, 134면.
176) 이에 해당되는 대표작으로 「비로봉」과 「마하연」 등이 있다는 점은, 앞에서 지적한 바와 같다.
177) 주60) 참조.
178) 『사료전집』(2000), 300면 ; 『사료전집』(2004), 217~218면.
179) 김해응 편, 앞의 책, 257면.

(9) 제9집 묶음 시

〈표9〉 제9집 묶음 시 목록

순 서	시 제목	창작 연월일	비 고
1	떠나는젊은뜻	1941?. 2. 7.<1941. 2. 7.(강)>	6-1
2	玄海灘을건너며	1941?. 2. 9.<1941. 2. 9.(강)>	6-2
3	理想의나라	1941?. 2. 9.	6-3
4	異鄕의夜雨	1941?. 3. 3.	6-4
5	電 車	1941?. 3. 13.	6-5
6	자지않는밤	1941?. 3. 13.	6-6
7	追憶의海蘭江	1941?. 3. 17.	6-7
8	돌아가신하라버지	1941?. 3. 21.	9-25
9	人生의砂漠	1941?. 3. 25.	6-8
10	한줌의모래	1941?. 4. 5.	6-9
11	좁은門	1941?. 4. 5.	6-10
12	아 츰	1941?. 4. 8.	6-11
13	기다림	1941?. 4. 9.	6-12
14	心 紋	1941?. 4. 22.	6-13
15	가난한거리	1941?. 4. 24.	6-14
16	沈 黙	1941?. 4. 24.<1941. 4. 24.(강)>	6-15
17	死의美	1941?. 4. 28.	6-16
18	歸 路	1941?. 5. 5.	6-17
19	새 벽	1941? .5.	6-18
20	安息處	1941?. 5. 19.	6-21
21	맨 발	1941?. 6. 1.	6-22
22	우리의부름	1941?. 6. 5.<1941. 6. 5.(강)>	6-23
23	어제와오늘	1941?. 6. 6.	6-24
24	孤 独	1941?. 5. 7.	6-19
25	떠나는설음	1941?. 6. 29.	6-20
26	들 꽃	1941?. 7. 4.	6-25
27	孤 独	1941?. 7. 19.	6-29
28	壽 命	1941?. 7. 21.	6-26
29	故 鄕	1941. 7. 30.(강)	6-27
30	松花江 저쪽	1941?. 7. 31.	6-28

앞의 <표9>에서와 같이 제9집에는 총 30편의 시 원본이 묶여 있다. 김해응이 작성한 목록과 비교해 보았을 때,『원고 묶음 6』의 전체 29편 모두와『원고 묶음 9』의 전체 28편 중 1편이 수록되어 있는 것이다. 그런데 실제로 제9집의 작품 원본들을 세세히 검토해 보았을 때 이들이 같은 원고지 양식에 쓰여 있다는 점은, 처음부터 한 묶음이었을 것이라는 추측을 가능케 한다. 더욱이 각 원본 끝에 거의 다 기록되어 있는 창작일을 보면 그것이 1941년 2월 7일부터 같은 해 7월 31일 무렵까지의 기간 중 하루라는 것을 알 수 있게 되는데, 대체로 그 순서대로 원본들이 정리되어 있는 점은, 그 신빙성을 한층 높여준다.

또한 제9집의 22번째 「우리의 부름」과 27번째 「고독」 원본 제목이, 김해응이 작성한 『원고 묶음 6』 목록에는 「세기(世紀)의 노래」와 「냇가」로 기록되어 있는 것이 눈에 띈다. 그러나 실제에 있어서는 그렇지 않다는 점은 원본을 보면 어렵지 않게 확인할 수 있다.

아래 사진에서처럼 제9집의 22번째 원본 제목은 「우리의 부름」이다. 추후 그것이 「세기의 노래」로 바뀌기는 했지만, 이 시가 처음 정리될 당시의 이름은 이와 같았던 것이다. 이러한 사정은 시 「냇가」의 경우도 마찬가지다. 본래 제목이 「고독」이었다는 사실은, 앞에서 원본 사진의 비교 검토를 통해 확인한 바와 같은 것이다.[180]

이와 같이 제9집에 묶여 있는 총 30편의 원본 중, 그 이본이 존재하는 시는 22편이다. 물론 「우리의 부름」이나 「고독」에서처럼 제목까지 고쳐진 것은 아니라 할지라도 이들은, 다른 원본 묶음에 다시 정리되었던 것이다. 그래서 이들 시의 이본이 제2집 또

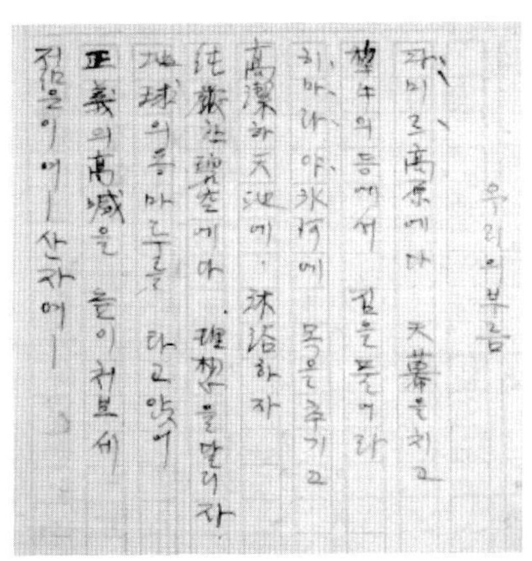

—「우리의 부름」 앞부분 사진

---

180) 주152)・주153) 참조.

는 제3집에 수록되어 있다는 사실은 앞에서 밝힌 바와 같다. 이본이 존재하는 전체 22편 가운데 「떠나는 젊은 뜻」을 비롯하여 21편은, 제3집 『지평선』에 다시 수정 및 정리되어 있는 것을 볼 수 있다. 제2집에도 실린 「송화강 저쪽」을 제외한 나머지 작품은 모두, 제3집에도 수록되어 있는 것이다. 물론 이 중 「현해탄을 건너며」, 「인생의 사막」, 「침묵」, 「고독」(「냇가」) 등 4편은 또다시 제2집에도 실려, 이 원본들이 오히려 최종본이지만 말이다.181)

반면에 「이상의 나라」, 「전차」, 「돌아가신 할아버지」, 「좁은 문」, 「심문」, 「가난한 거리」, 「사의 미」, 「고향」 등 8편은, 그 이본이 존재하지 않아 그대로 최종본으로 판단할 수 있는 것들이다. 그런데 여기서 「사의 미」 같은 경우는, 똑같은 제목의 원본을 제10집에서도 볼 수 있다. 그러므로 이 원본들에서는 서로 다른 점이 더 많이 눈에 띄어 필자가 『심연수 원본대조 시전집』을 엮으면서 이들의 혼동을 방지하기 위해 각 묶음의 특성을 고려하여, 제9집의 원본은 「사의 미1」182)이라고 지칭하는데 비하여 제10집의 원본은 「사의 미2」183)라 일컫게 되었다.

결국 1941년 2월 7일부터 같은 해 7월 31일 무렵까지 대략 6개월의 기간 동안에 쓰인 제9집의 시들은, 시인이 동흥중학교를 졸업하고 용정을 떠나 일본에서 유학 생활을 하기 시작한 시기의 작품들로, 당시 그의 변화된 환경과 함께 달라진 시의 특성을 보다 구체적으로 파악할 수 있게 해준다는 점에서 의의가 있다 하겠다. 연 구분과 띄어쓰기가 덜 되어 있다는 점과 한자(漢字)가 더 많이 쓰였다는 점 등은, 다시 수정 및 정리되어 다른 묶음에 실리기 전, 여기 수록된 원본들에서 보다 눈에 띄는 특징들인 것이다.

---

181) 앞의 <표3-1> 참조.
182) 황규수 편, 앞의 책, 288면.
183) 위의 책, 358면.

（10）제10집 묶음 시

〈표10〉 제10집 묶음 시 목록

순　서	시 제목	창작 연월일	비　고
1	夜　業	1941. 10. 17.(소)	7－1
2	검은사람	1941. 10. 21.(소)	7－2
3	저녁의埠頭	1941. 10. 21.(소)	7－3
4	東京三題	1941?	7－4
5	나그네	1941. 2. 26.(소)	7－5
6	人類의노래	1941?<『만선일보』(1941. 12. 3.)>	7－6
7	들　불	1941?	7－7
8	턴　넬	1942. 1. 3.(소)	7－8
9	회파람	1941. 1. 5.(소)	7－19
10	元　旦	1941. 1.(소)	7－15
11	벙어리	1942. 1. 8.(소)	7－16
12	星　座	1942?. 1. 12.	7－20
13	初望富嶽	1942?. 1. 14.	7－21
14	固　執	1942?. 1. 15.	7－17
15	음　울	1942?. 1. 16.	7－18
16	寒夜記	1942?. 1. 17. 야(夜).	7－22
17	길　손	1942?. 1. 20.	7－13
18	人間의노래	1942?. 1. 21.	7－12
19	死의美	1942?. 2. 5.	7－9
20	제목 없음	1942?. 2. 9.	7－10
21	候　鳥	1942?. 2. 9.	7－11
22	찬　물	1942. 2. 20.(소)	7－14
23	새　벽	1942. 5. 26.(소)	7－23

위의 <표10>에서와 같이 제10집에는 총 23편의 시 원본이 묶여 있다. 김해응이 작성한 목록과 비교해 보면, 『원고 묶음 7』의 전체 23편이 모두 실려 있는 점을 알 수 있는 것이다. 물론 그 수록 순서에 있어서는 차이가 발생되었다는 사실을 파

악할 수 있다. 또한 실제로 제10집의 작품 원본들을 세세히 검토해 보면, 여기에는 시뿐만 아니라 흔히 만필(漫筆)이라 일컬어지는 「돈」(1942. 4. 18.)[184]도 포함되어 있는 점이 눈에 띈다. 제10집의 22번째 수록 시 「찬물」 다음에 이것이 쓰여 있는 것이다.

이와 같이 제10집에 묶여 있는 총 23편의 시 원본은, 그 이본이 존재하지 않아 그대로 최종본으로 볼 수 있는 것들이다. 물론 이 가운데 5번째 「나그네」와 19번째 「사의 미」, 23번째 「새벽」 같은 경우는, 똑같은 제목의 원본이 다른 묶음에도 실려 있다. 그런데 이 원본들에서는 서로 다른 점이 더 많이 눈에 띄어서 필자가 『심연수 원본대조 시전집』을 엮으면서 이들의 혼동을 방지하기 위해 각 묶음의 특성을 고려하여, 제10집의 이 시들은 각각 「나그네1」, 「사의 미2」, 「새벽2」 등으로 일컫게 되었음은 앞에서 밝힌 바와 같다.[185] 또한 제10집의 20번째에도 제목이 없는 원본이 수록되어 있다. 그런데 이 시도 그의 다른 제목 없는 시들과 차이점을 많이 보여, 위의 책에서는 이를 구분하여 「무제2」로 지칭하게 되었다.[186]

결국 대체로 작품 끝에 기록되어 있는 창작일로 보아, 특히 1941년 10월경부터 1942년 5월 무렵까지 대략 8개월 동안 쓰인 시로 판단되는 제10집의 원본들은, 시인이 일본에서 유학 생활한 지 1학기 정도 지난 후의 시적 소산이다. 그러므로 당시 그의 생활상이 더욱 잘 반영되어 있는 이들 작품은, 그때 그의 시 특성을 보다 세세하게 파악할 수 있게 해준다는 점에서 가치가 있다 하겠다.

---

184) 「돈」, 『사료전집』(2004), 471면.
185) 「나그네1」, 「사의 미2」, 「새벽2」, 황규수 편, 앞의 책, 250면, 358면, 370면.
186) 「무제2」, 위의 책, 360면.

(11) 기타 묶음1 시

위에서 살펴본 바와 같이 심연수의 시 원본들은 제1집부터 제10집까지에 주로 묶여 있다. 그러나 그렇다고 해서 그것들이 거기에만 있는 것은 아니다. 이 외에 다른 두 묶음 속에도 더 포함되어 있는 점이 눈에 띄는 것이다. 그래서 이들 중 더 많은 시 원본이 수록되어 있는 묶음부터 먼저 살펴보면 다음과 같다.

<표11> 기타 묶음1 시 목록

순　서	시 제목	창작 연월일	비　고
1	肉　華	1940?	4 - 20
2	어대로갈가	1940. 4. 3.	4 - 21
3	龍　高	1940?	4 - 22
4	北國의봄마지	1940. 4. 3.	4 - 23
5	길	1940?	4 - 24
6	貴한그들	1940?	4 - 25
7	어대로갈가	1940. 4. 3.	4 - 27
8	제목 없음	1940. 5. 3.(강)	4 - 28

위의 <표11>에서처럼 이 묶음에는 8편의 시 원본이 실려 있다. 김해응이 작성한 목록과 비교해 보면, 『원고 묶음 4』의 전체 30편 중 8편이 여기 묶여 있는 점을 알 수 있는 것이다. 그런데 실제로 이 묶음에는 그 앞표지에 쓰인 바와 같이, 시뿐만 아니라 흔히 수필로 분류되는 「농가(農家)」와 함께 「본 대로 들은 대로 느낀 대로」도 포함[187]되어 있는 것이 눈에 띈다.

---

187) 「농가」, 「본 대로 들은 대로 느낀 대로」, 『사료전집』(2004), 484~491면.

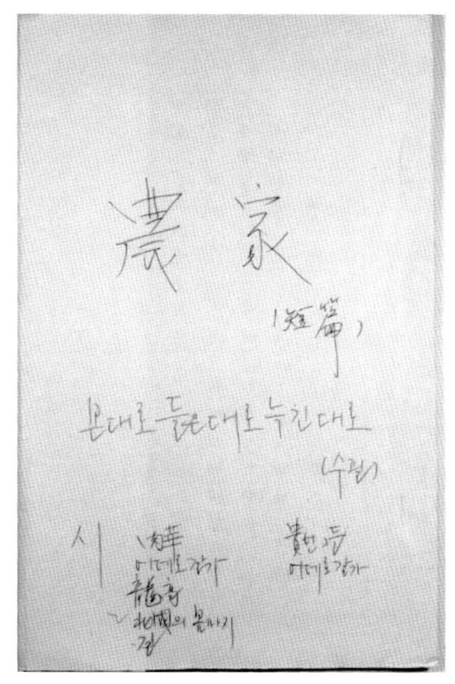

―기타 묶음1 표지 사진

위의 사진에서처럼 이 묶음에는 수필 2편이 먼저 수록되어 있고, 이어서 시 8편이 실려 있다. 물론 여기서 시 「육화」가 쓰인 원고지 양식이 나머지 다른 작품들의 그것과 다르다는 점은, 이 원본들이 본래는 한 묶음이 아니었을 것이라는 추측을 가능케 한다.

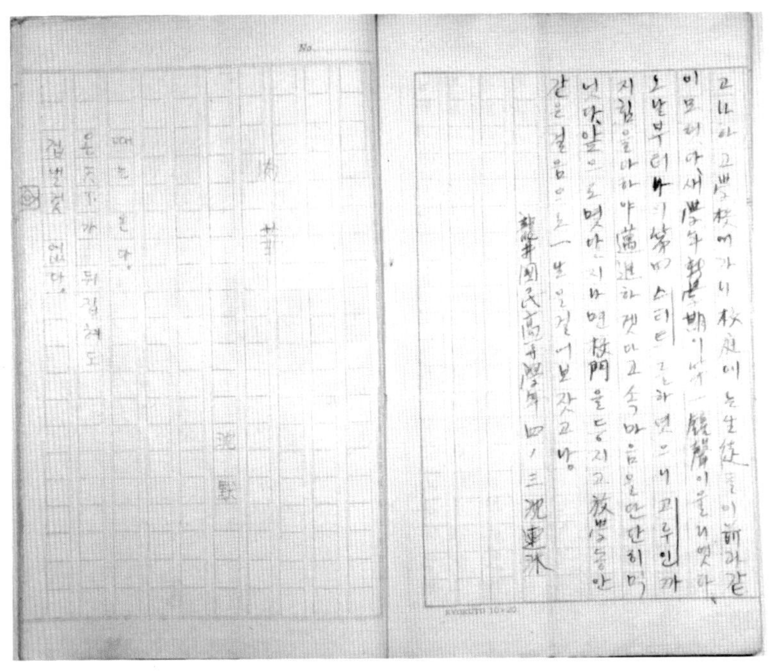

—「본 대로 들은 대로 느낀 대로」 끝부분과 「육화」 앞부분 사진

위의 사진에서와 같이 두 작품이 쓰인 원고지 사이에서는 차이점이 발견된다. 나머지 다른 작품들에서와 달리 시 「육화」가 쓰인 원고지 양식은, 제2집에서의 그것과 마찬가지로 왼쪽 가장자리의 위로부터 다섯 번째 칸 되는 곳에 꽃무늬가 있는 점이 눈에 띄는 것이다. 이러한 점에서는 시 「육화」가, 제2집의 시 원본들과 비슷한 시기에 함께 정리된 것이 아닌가 하는 추정을 가능케 한다. 물론 그렇다고 해서 시 「육화」가, 기타 묶음1의 다른 작품들과 비교해 보았을 때, 그 창작일에 있어 크게 차이가 날 수 있는 것만은 아니다. 왜냐하면 제2집에 수록된 시 원본들이 대략 1940년 3월 29일경부터 1941년 7월 31일 무렵 사이에 쓰인 작품들이라는 점은 앞에서 검토한 바와 같기 때문이다.

이렇게 볼 때 대략 1940년도 전반기에 쓰인 것으로 판단되는 이 묶음의 총 8편 중 6편의 시 원본은, 그 이본이 존재하지 않아 그대로 최종본으로 볼 수 있는 것들이다. 2번째와 7번째 수록된 「어디로 갈까」는 시 제목이 같을 뿐만 아니라 여러 모로 유사한 점이 많아 한 작품의 이본으로 판단되지만, 나머지 시들은 그렇지 않아 별개의 작품으로 이해되는 것이다. 그러므로 시 「어디로 갈까」의 경우에 있어서는 최종본 선정이 필요한데, 필자는 아래 사진에서와 같은 2번째보다는 7번째 원본188)을 최종본으로 보았다. 왜냐하면 제목 다음에 시인의 성명이 적혀 있을 뿐만 아니라 각 연이 4행씩으로 잘 정돈되어 있는 후자가, 그렇지 않은 전자보다는 최종본으로 판단하기에 적합했기 때문이다.

—2번째 수록 「어대로갈가」 전문 사진

반면에 이 기타 묶음1의 5번째 원본 「길」의 경우는, 똑같은 제목의 시가 『만선일보』에도 발표된 바 있다. 그런데 이들 사이에서는 서로 다른 점이 더 많이 눈에 띈다.

---

188) 주79) 참조.

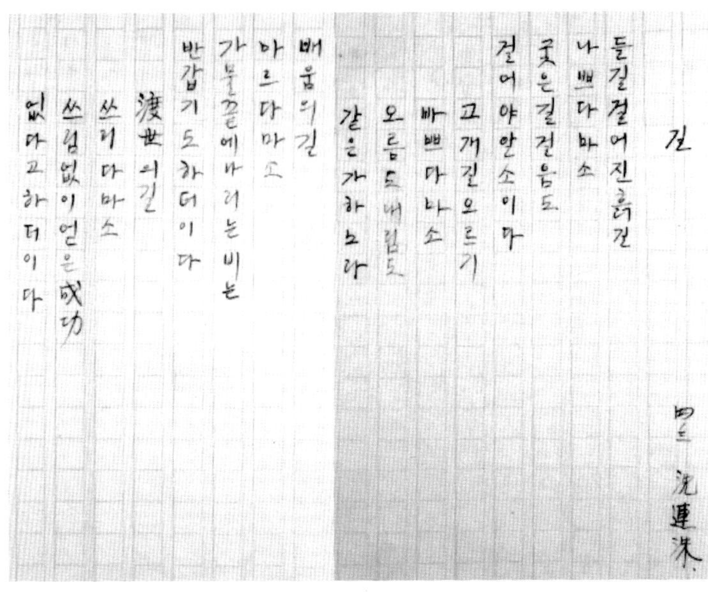

—5번째 수록 「길」 전문 사진

온길에 남긴자최
보이느냐 그넷날
낫선곳 오는동안
한사람도 못보앗네.

압길이 험한줄
먼저부터 알엇서도
지난길 그가틀줄은
처음에는 몰랏서라.

가더냐 이길로
어썬사람 멋이나
자최마저 히미하니
더알바 업더라.

온길은 멋천리며
갈길은 멋만리냐
가다가 다진해도
쉬여말진 안으리라.

-「길」 전문189)

위에서와 같이 두 시에서는 상이점이 더 많이 발견된다. 그러므로 필자가 『심연수 원본대조 시전집』을 엮으면서 이들의 혼동을 방지하기 위해 각 작품의 창작일을 고려하여, 이 기타 묶음1의 시는 「길1」, 그리고 『만선일보』에 발표된 시는 「길2」로 일컫게 되었다.

또한 이 묶음의 8번째에도 제목 없는 원본이 수록되어 있다. 그런데 이 시도 그의 다른 제목 없는 시들과 차이점을 많이 보인다. 그래서 필자가 위의 책에서는 이를 구분하여 「무제1」로 지칭하게 되었다.190)

결국 시인이 동흥중학교 졸업반 시절인 1940년도의 전반기에 주로 창작한 이 묶음의 시들은, 당시 그의 시 정신과 작품 형태상 특성을 잘 파악할 수 있게 해준다는 점에서 나름대로 의의가 있다 하겠다. 일제 강점기 만주에서 늦은 나이로 중학생 생활을 해야 했던 시인의 심사가, 이 작품들에는 잘 나타나 있는 것이다.

(12) 기타 묶음2 시

〈표12〉 기타 묶음2 시 목록

순 서	시 제목	창작 연월일	비 고
1	心 星	1943?	10-4
2	제목 없음	1943?	10-3

---

189) 「길」, 『만선일보』(1941. 3. 3.) ; 황규수 편, 앞의 책, 253면.
190) 「무제1」, 위의 책, 40면.

앞의 <표12>에서처럼 심연수의 시 원본은, 기타 묶음2에도 실려 있다. 김해응이 작성한 목록과 비교해 보면, 『원고 묶음 10』의 전체 6편 중 2편이 여기 묶여 있는 점을 알 수 있는 것이다. 그런데 실제로 이 묶음에는 그 앞표지에 쓰인 바와 같이, 시뿐만 아니라 흔히 소설로 분류되는 「석마(石磨)」[191]도 포함되어 있는 것이 눈에 띈다.

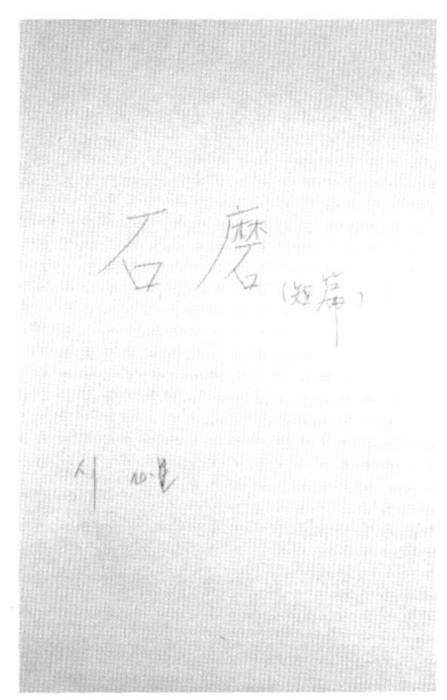

—기타 묶음2 표지 사진

위의 사진에서처럼 이 묶음에는 소설 「석마」가 먼저 수록되어 있고, 이어 시 「심성(心星)」이 실려 있다. 물론 「심성」이라는 시 제목이, 앞의 시 원본에만 쓰여 있고 뒤의 시 원본에는 없다. 그럼에도 불구하고 이들을 비교해 보면 앞의 것이 최종본이라는 사실을 알 수 있게 된다. 여기에는 수정된 흔적이 보이기 때문이다.

---

191) 「석마(石磨)」, 『사료전집』(2004), 428~439면. 그런데 이 책에는 「석마(石馬)」로 그 제목의 한자가 오기되어 있다.

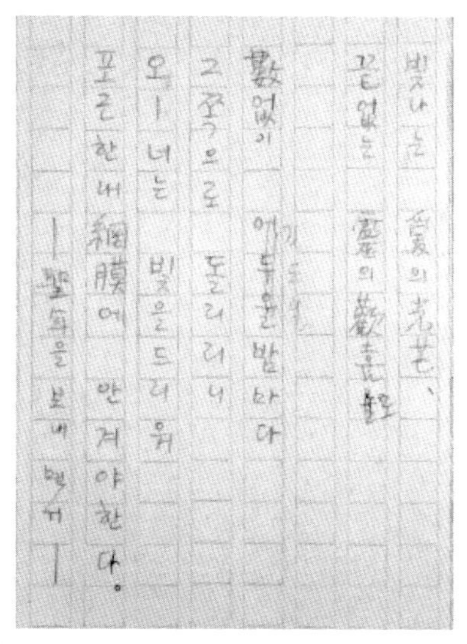 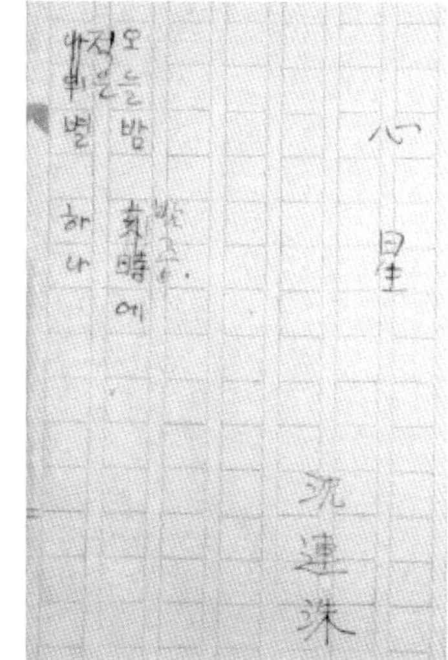

―「심성」끝부분 사진　　　　　　　　―「심성」처음 부분 사진

　이와 같이 수정의 흔적이 있을 뿐만 아니라 연 구분까지 되어 있어, 시 「심성」의 최종본으로 판단되는 이 원본의 끝에는 "－聖年을보내면서－"라는 구절도 덧붙여져 있다. 이 시가 언제 창작되었는지를 추정할 수 있게 하는, 한 단서를 제공해 주는 것이다. 물론 여기서 '성년'이 어느 때를 나타내는지, 그 참의미를 아직은 알 수 없다. 그러므로 단지 이 시 중간 부분이 쓰인 원고지 왼쪽 아랫부분에 인쇄되어 있는 '동경제(東京製)'라는 단어로 보았을 때, 시인이 일본 동경에 유학하러 간 이후 창작된 것으로 짐작되는 이 시에는, 당시 그의 외로운 심사가 잘 나타나 있는 듯하여, 주목된다 하겠다.

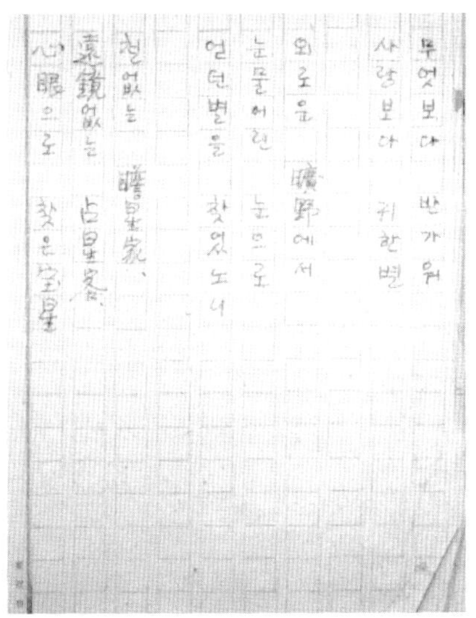

—「심성」중간 부분 사진

3) 복사본 및 기타 시

현재까지 심호수가 보관해 온 원본과 김해응이 앞서 작성한 시 목록을 비교해 보면 7편의 차이를 보인다는 점은, 앞에서 언급한 바와 같다.

〈표13〉복사본 목록

시 제목	창작 연월일	비 고
奉天城우에서	1940. 5. 18.	2－56
新京	1940. 5. 19.	2－57
舊友를차저서(鄕土를밟으며)	1940?	4－1
大地의젊은이들	1940?	4－26
눈보라	1942?	9－4
生과死	1940. 4. 17.(강)	10－5
불탄자리	1940?	10－6

앞의 <표13>에서처럼 「봉천성 위에서」 이외에 「신경」·「구우를 찾아서」·「대지의 젊은이들」·「눈보라」·「생과 사」·「불탄 자리3」[192] 등의 시 원본이 심호수 보관본에는 빠져 있다. 그러므로 지금까지 필자는 그 원본들을 직접 볼 수는 없었다. 그럼에도 불구하고 『사료전집』(2004)을 간행하기 위해 이전에 복사해 두었던 사본이, 강릉의 삼척 심씨 대종회에 보관되어 있는 점은 그나마 다행이다. 왜냐하면 원본이 없는 상태에서는, 사본을 대상으로 한 연구 성과를 어느 정도 기대할 수 있기 때문이다.

그러면 이처럼 본래는 심호수에 의해 보관되어 왔던 7편의 원본들이 지금은 사라지고, 그 사본만이 남아 있는 이유는 무엇 때문이겠는가? 그렇게 없어진 것이 누군가의 고의에 의한 것이냐, 아니면 실수에 의한 것이냐에 따라, 그 이유는 크게 두 가지로 나누어서 생각해 볼 수 있다. 「신경」과 「대지의 젊은이들」 같은 경우는, 전자와 관련해서 그 이유를 찾아볼 수 있다는 점은 앞에서 언급한 바와 같다. 이들 시에서는 만주국의 국가이념을 나타내는 '오족협화', '왕도낙토' 등의 단어가 눈에 띄는데, 이것이 그의 시 전체를 왜곡되게 해석하는 주요인으로 작용할 수 있으므로, 이를 미연에 방지하기 위해 그의 시를 초반에 정리하는 과정에서 이러한 일이 발생된 것이 아닌가 하는 생각이 든다는 말이다. 특히 시 「대지의 젊은이들」의 복사본을 보면 이 시의 원본이 본래는, 시 「귀한 그들」과 「어디로 갈까」의 사이에 묶이어 있었다는 사실을 확인할 수 있어, 그에 대한 믿음을 더욱 가질 수 있다.

---

192) 본래의 시 제목은 「불탄자리」다. 그러나 필자는, 그가 쓴 같은 제목의 시 두 편과 구분하기 위해서, 이처럼 3자를 제목에 덧붙이게 되었다.

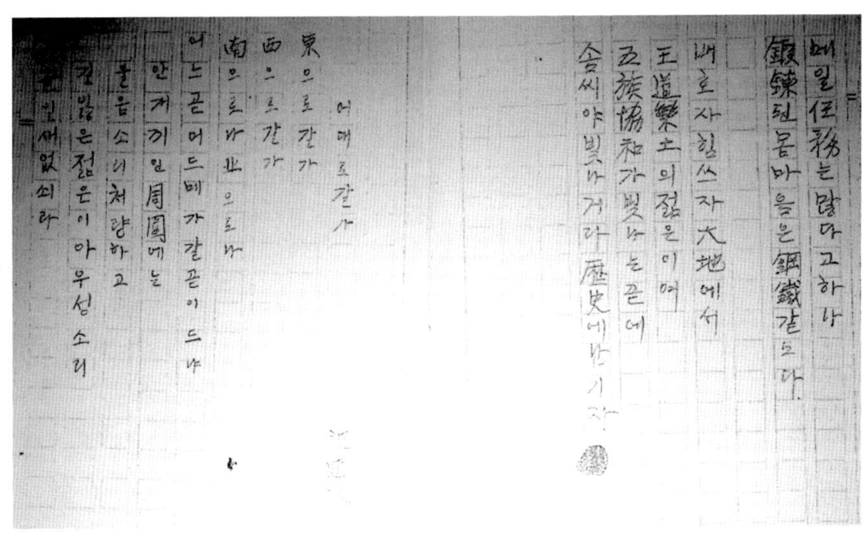

—「대지의 젊은이들」 뒷부분과 「어디로 갈까」 앞부분 사진

　물론 시 「봉천성 위에서」는 이와 무관하지만, 「신경」의 앞면에 쓰여 있다 보니 부득이 이와 함께 빠져 버리게 된 것으로 이해할 수 있다. 반면에 나머지 4편의 시는 후자의 측면에서 그 이유를 찾아볼 수 있다. 그의 작품집 간행을 위해 시 원본을 정리하는 과정에서, 말 그대로 실수로 빠트리게 된 것으로 이해할 수 있다는 말이다. 특히 「생과 사」의 복사본을 보면, 이 시가 본래 원고지가 아닌 편지지 같은 종이에 정리되어 있었다는 사실을 알 수 있게 되는데, 이처럼 낱장으로 되어 있는 경우에는 그럴 가능성이 더욱 높았던 것으로 판단된다.

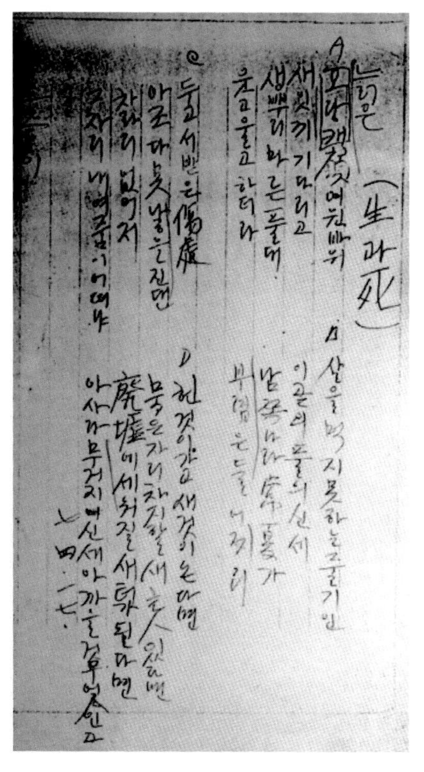

—「생과 사」원본 사진

　한편 심연수 시인이 살아생전에 『만선일보』(1941. 3. 3.)에 발표한 시 「길」193)이, 심호수 보관본뿐만 아니라 기존의 간행본에도 거의 포함되어 있지 않다는 점은 앞에서 언급한 바와 같다. 그런데 이 작품은, 심호수가 보관하고 있는 시 「길」의 원본과 비교해 보았을 때, 단지 제목만 같을 뿐이지 여러 측면에서 상이점을 보인다. 그러므로 필자가 『심연수 원본대조 시전집』을 엮으면서 이들의 혼동을 방지하기 위해 각 작품의 창작일을 고려하여, 심호수 보관본은 「길1」이라 일컫는데 비하여, 『만선일보』에 발표된 시는 「길2」로 지칭하게 된 데에는 이와 같은 이유가 있었다.

---

193) 주189) 참조.

또한 심연수가 중학생 시절 영어 교재로 사용했던 것으로 추정되는 책의 여백에도, 두 편의 시가 쓰여 있는 것이 눈에 띈다.194)

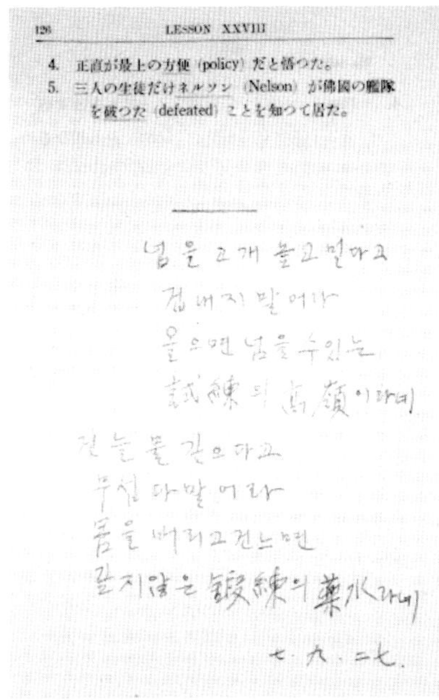

—영어 교재에 쓰인 시①

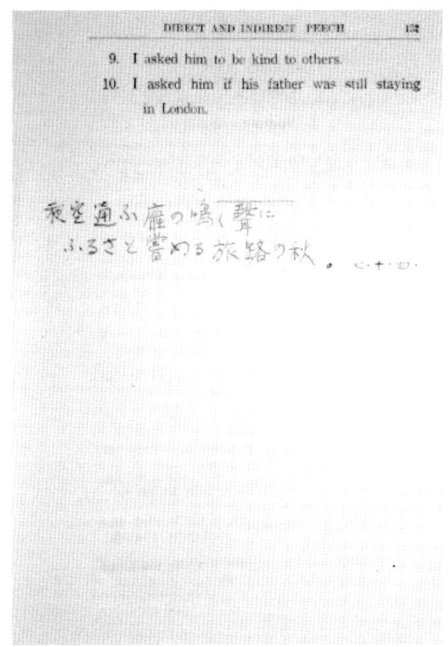

—영어 교재에 쓰인 시②

위의 사진에서와 같이 시①은 한글로, 시②는 일본어로 쓰여 있는데, 두 편 모두 제목이 없는 것이 특징이다. 그래서 한편으로는 이들 시를 그의 완성작으로 볼 수 있는지에 대해 의문이 제기될 수도 있다. 그럼에도 불구하고 그의 다른 작품들과 비교해 보았을 때, 필체가 같다는 점과 쓴 날짜가 기록되어 있다는 점, 그리고 시의 전개 방식이나 내용이 유사하다는 점 등은, 이들 시를 그의 초기작으로 판단할 수 있는, 중요한 근거가 된다. 비록 작품의 완성도라는 측면에서는 다소 떨어진다

---

194) 深澤由次郎・佐川春水, 『ザ・マーキュリ・イングリツジュ・グラマ』, 東京: 帝國書院, 昭和七年 十月 三十一日, 126면, 133면 ; 황규수 편, 앞의 책, 513면, 515면.

할지라도 이 두 편의 시는, 그의 초기시의 특징을 파악하는 데에 긴요한 단서를 제공해 주는 것이다. 이러한 점에서 이들 시가 『심연수 원본대조 시전집』에 실리게 되었다는 것은, 앞에서 언급한 바와 같다.

이 밖에도 현재 오오무라 마스오 교수에 의해 심연수의 작품인지에 대해 검토 중에 있는 시는, 아래 사진에서와 같이 몇 편 더 있는 것으로 이야기된 바 있다.[195]

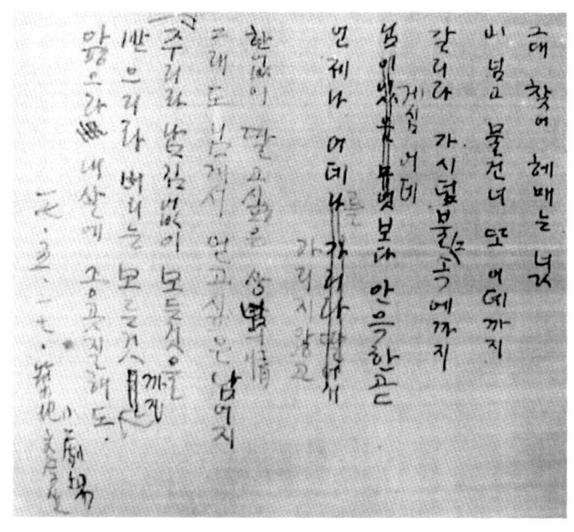

—학창 시절에 읽던 서적에 쓰인 시

오오무라 마스오 교수는, 시인이 학창 시절에 읽던 서적이나, 당시 그가 다니던 학교에서 간행된 책 등을 대상으로 하여, 그가 남긴 작품이 더 있는지에 대한 연구를 지속하고 있는 것이다. 이렇게 볼 때 이 가운데 몇 편이라도 그의 작품으로 판명된다면, 그 연구 대상은 더욱 폭넓어질 수 있을 것으로 생각된다.

---

195) 오오무라 마스오 교수는, 제7차 심연수 학술세미나(2007. 12. 4., 서울 프레스센터) 참석 후 필자와의 면담(2007. 12. 7.)에서, 이와 같은 사실에 대해 언급하고 그와 관련된 자료 일부를 제공해 준 바 있다. 이에 이 자리를 빌려 감사의 뜻을 전한다.

2. 이본의 분석과 비교 검토

필자가 지금까지 조사한 바에 의하면 심연수의 시 작품 수는 총 321편에 이르는 것을 확인할 수 있었다. 심연수 시인이 독서한 『노산시조집』에 기재된 시 7편을 비롯하여, 심호수 보관본 304편과 삼척 심씨 대종회 복사본 7편, 『만선일보』(1941. 3. 3.)에 발표된 시 「길」 1편, 시인이 중학생 시절 영어 교재로 사용했던 것으로 추정되는 책의 여백에 쓰인 시 2편 등이, 이에 해당되는 것들이다.

그런데 이들 시 원본 중 206편은 한 편씩만 존재하여 이를 그대로 최종본으로 볼 수 있는 데 비하여, 나머지 115편은 그 이본이 눈에 띄어 최종본 선정이 필요한 것들이다. 그래서 필자는 앞에서와 같이, 시 원본 끝에 기록된 창작일과 원본의 묶음별 수록 순서 및 그것의 고쳐진 흔적 등을 참조하여 최종본을 결정한 바 있다. 이 115편은 49편의 시가 한 차례부터 세 차례에 걸쳐 고쳐진 것으로 판단되어, 이들에 대해서는 그중 각기 한 편씩을 최종본으로 선정한 것이다. 특히 이본이 존재하는 49편의 작품 가운데, 「추회(追懷)」196) · 「송화강(松花江) 저쪽」197) · 「어디로 갈까」198) · 「심성(心星)」199) 등 4편을 제외한 나머지 45편이 그의 자선시집 『지평선』의 원고 묶음에 포함되어 있는 점은, 그의 시에서 최종본을 선정하는 데에 중요한 단서를 제공해 준다. 왜냐하면 이것이 시인이 살아 있을 때 공식적으로 출판된 것은 아니라 할지라도, 여기에 수록된 작품들은 시집으로 엮기 위해 일차적으로 정리되어 최종본일 가능성이 높은 것으로 추정되기 때문이다. 따라서 이를 전제로 제3집 『지평선』에 수록된 시들을 대상으로, 이본이 존재하는 양상을 표200)로 작성해서 조사해 보니 다음과 같은 결과를 얻을 수 있었다.

---

196) 제1집 6번째 및 10번째 수록.
197) 제2집 21번째 및 제9집 30번째 수록.
198) 기타 묶음1의 2번째 및 7번째 수록.
199) 기타 묶음2의 1번째 및 2번째 수록.
200) 앞의 <표3－1> '제3집 『지평선』 묶음 시의 이본 존재 양상' 참조.

먼저, 시집 『지평선』의 원고 묶음 속에 있는 48편의 시 중, 「그」·「샘물」·「오신 것을」 등 3편을 제외한 나머지 45편은, 당시 시인이 읽었던 『노산시조집』이나 제2집·제6집·제9집 등 3개의 원고 묶음에도 최소한 한 번부터 최대한 세 번까지 수록되어 있어, 적게는 두 편부터 많게는 네 편까지의 이본이 존재함을 알 수 있게 한다. 그래서 이들 사이의 선후 관계를 살펴보니, 이 가운데 우선 『노산시조집』에 기재되어 있는 3편은, 다른 원고 묶음에 포함되어 있는 작품들과 달리 원고지에 옮겨 적기 이전의 것일 뿐만 아니라, 창작일이 1940년 3월 29일로 아주 초기에 창작된 것이므로, 그중 먼저 쓰인 이본으로 판단된다. 다음으로 『지평선』에 실려 있는 48편 중 전반부의 22편은, 주로 1940년도에 쓰인 총 47편이 수록되어 있는 제6집의 시들과 많은 유사성을 보여, 이의 이본들로 볼 수 있다. 그런데 제6집의 일부 작품에는 고쳐진 흔적이 남아 있어, 이와 『지평선』에 수록된 것을 비교해 보면, 전자를 고친 후 다시 정리한 것이 후자라는 사실을 알 수 있게 된다. 그리고 이와 같은 방법에 따라 『지평선』의 후반부에 실려 있는 작품들과, 주로 1941년 2월부터 7월까지 창작된 총 30편이 수록되어 있는 제9집의 시들을 비교해 보면, 이 중 21편이 이본인데, 여기서도 『지평선』에 실려 있는 것이 추후 고쳐진 것임을 파악할 수 있다. 반면에 『지평선』에 정리된 작품들과 제2집에 수록된 총 21편 중 그 이본으로 판단되는 16편 사이의 선후 관계를 같은 방법으로 비교해 보면, 여기서는 오히려 『지평선』에서 다시 고쳐진 시가 제2집에 정리되어 있다는 사실을 알 수 있다. 이렇게 볼 때 『지평선』의 시가, 시인이 살아 있을 때 시집으로 엮기 위해 정리해 놓은 것이라 할지라도, 그 모두가 최종본이 아니며, 이 중 제2집에 다시 수록된 16편의 시는 그것이 최종본이라고 보는 것이 타당하리라고 생각한다.

그러면 실제에 있어서는 어떠한가? 당시 궁핍한 현실 상황 속에서 나그네처럼 떠돌아다닐 수밖에 없었던 시인 자신뿐만 아니라 그의 가족을 포함한 우리 민족의 처지와 서러움 등이 잘 반영되어 있어, 그의 유이민 시로서의 특성을 보여주는 대표작 중 하나로 시 「여창(旅窓)의 밤」을 대상으로, 그의 생전의 이본들과 사후 수록된 시들을 비교 검토해 보면, 최종본 선정이 잘못되어 있다는 사실을 파악할 수

있게 된다.[201]

〈표14〉 시 「여창의 밤」의 이본 존재 양상① - 시인 생전

대조 내용	① 원본 (제3집)	② 원본 (제6집)	③ 원본 (제2집)	④ 『만선일보』 (1940. 4. 29.)
전체 연·행 수	4연 16행	4연 16행 (× × 표시로 연 구분)	4연 13행(1·3·4연: 각 3행, 2연: 4행)	단연(單聯) 16행
병서(竝書)	각자 병서	각자 병서	각자 병서	합용 병서
한자	노출	노출	노출	노출(오기)
띄어쓰기	대체로 규칙적	전혀 안 됨	대체로 규칙적	대체로 규칙적
문장부호	사용(온점)	사용(온점)	사용(온점, 느낌표, 물음표 등)	사용 안 함
창작일 및 장소 기록	강덕七·四·二O· 龍井에서	강덕七·四 二·O 龍井에서	없음	강덕七·四·二O· 龍井에서
1연 1·2행	길손이 잠 못이루는/이한밤	길손이잠못이루는/이한밤	길손이 잠못이루는 이한밤	길손이 잠 못이루는/이한밤
1연 3행	胡窓에 희미한 등불	胡窓에히미한등불	胡窓에 히미한 등불	胡窓에 희미한 등불
1연 4행	더욱히나 서글퍼요.	더욱히나서글퍼요.	더욱히나 서글퍼!	더욱이나 서글퍼요
2연 2행	뭇손의 旅塵이 쩔어있오	뭇손이旅塵이쩔어있고	뭇손의 旅塵이 쩔어있고	뭇손의 旅塵이 쩔어잇소
2연 4행	旅愁가 몇천번 베여젓댓나.	旅愁가몇千번 베여젓댓나.	旅愁가 몇千번 베여젔댓나?	旅愁가 몃천번 베여젓댓나
3연 1행	지난 손 화김에	지난손화김에	지낸손 화ㅅ김에	지난 손 화김에
3연 2행	애꾸지 탠 담배꽁다리	애꾸지탠담배꽁다리	애꾸지 탠 담배꽁다리	애꾸지 탄 담배꽁다리
3연 3·4행	구석에 타고 있어/마음 더욱 셀레운다.	구석에타고있어/마음더욱설네운다.	구석에 쌓여있어 맘더욱 설렌다.	구석에 타고 잇서/마음 더욱 설레운다
4연 1행	어두운 이밤길에 달리는 旅車	어두운이밤길에달리는旅車	어두운 이밤길에 달리는幌馬車	어두운 이밤길에 달리는 旅中
4연 2행	왈그럭 떨그럭	왈그럭떨그럭	없음	왈그럭 썰그럭
4연 3행	胡馬의 발굽과 무거운박휘	胡馬의발굽과 무거운박휘	胡馬의 발굽과 무거운박휘	胡馬의 발굽과 무거운박휘
4연 4행	이마음 밟고 굴러가누나.	이내마음밟고넘어가누나.	이마음 또밟고 넘어가누나.	이내마음 밟고 굴러가누나

---

201) 이에 대해서는 앞서 필자가, 「심연수 시의 원전 연구」(앞의 책, 548~559면)에서 보다 구체적으로 논한 바 있다.

본디 심연수의 시고(詩稿)는 원고지에 세로쓰기 방식으로 정리되어 있는 것이 일반적이어서, 시 「여창(旅窓)의 밤」의 육필 원고 세 편 가운데 제3집 『지평선』에 수록되어 있는 것을 먼저 사진으로 보면 다음과 같다.

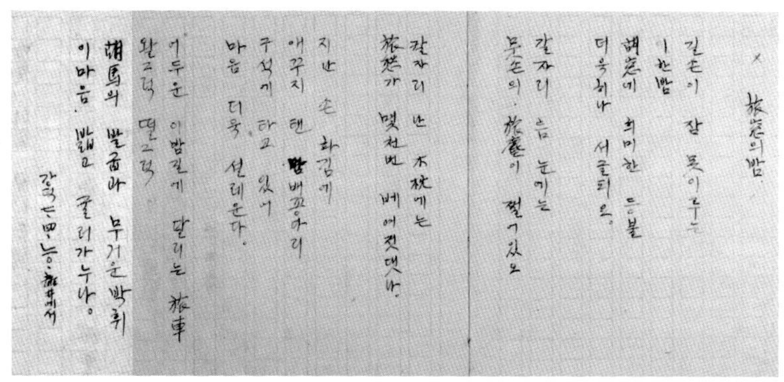

그런데 이는 다소 보기에 불편한 듯하여, 이를 가로쓰기 방식으로 옮겨 놓은 것이 <표14>의 ①번 원본이다. 그리고 <표14>의 나머지 ②번과 ③번 원본은, ①번 원본과 마찬가지로 본래는 그의 시고 묶음에 세로쓰기 방식으로 원고지에 정리되어 있는 것을, 가로쓰기 방식으로 옮겨 놓은, 그 이외의 이본들이다. 구분하여 알아보기 쉽게 임의로 번호를 각기 붙여 놓은 것이다. 또한 ④번은 당시 『만선일보』에 발표된 것을 대상으로, 앞에서와 같은 항목에 따라 분석한 내용을 덧붙여 놓은 것이다. 왜냐하면 일반적으로는 원고 상태의 것보다는, 시인이 살아생전에 신문이나 잡지 등의 매체를 통해 발표한 것이 최종본인 경우가 대부분이기 때문이다. 그러면 이들 사이의 관계는 어떻게 이해될 수 있겠는가?

물론 작품의 창작 연월일이 기록되어 있는 경우에는, 가장 최근에 쓰인 것이 최종본이다. 마지막으로 수정된 것에 시인의 창작 의도가 가장 잘 담겨 있는 것으로 이해되기 때문이다. 그런데 시 「여창의 밤」의 경우에는 그것이 기록되어 있지 않거나(③번), 기록되어 있다손 치더라도 같아서(①·②·④번), 이것만으로는 어느 것이 최종본이라고 판단하기 곤란하다. 그의 시 끝부분에 기록된 창작 연월일은 글자 그대로 그것이 처음 창작된 때를 나타낼 뿐이지, 최종적으로 그 작품이 완성된 시기를 의미하는 것으로 보기는 어렵기 때문이다.

그렇다면 그 다음으로 그것을 알 수 있는 방법은 실제 작품의 수정 과정에 대한 추정을 통해서일 것이다. 물론 각각의 이본들에서 퇴고 및 정서의 흔적이 눈에 띄지 않는 시「여창의 밤」의 경우, 그것을 추정한다는 것이 그리 쉬운 일은 아니다. 그럼에도 불구하고 이들 사이의 상이점을 각각 비교해 보았을 때 먼저, 전체 연 구분에 있어 ②번 원본에는 행과 행 사이에 그 표시(× ×)만 되어 있는 데 반해, 나머지 ①번과 ③번 원본에는 실제로 그 구분이 되어 있음을 볼 수 있는 점은, 그 중요한 단서를 제공해 주는 것이라 하겠다. 이 시는 먼저 ②번 원본과 같이 연 구분 없이 단연(單聯)으로 쓰였는데, 추후 ①번 또는 ③번 원본처럼 연 구분이 이루어진 것이라는 추정을 가능케 하는 것이다. 이와 함께 ②번 원본에는 띄어쓰기가 거의 되어 있지 않지만, ①번 또는 ③번 원본에는 그것이 대체로 규칙적으로 되어 있는 점은, 이와 같은 추정에 신빙성을 더해 주는 것이다. 띄어쓰기가 잘못된 부분을 고쳐 쓰는 것은 보통 수정 과정에서 행해질 수 있는 일로 판단되기 때문이다.

이렇게 볼 때 이후 ①번과 ③번 원본 사이에는 어떠한 관계가 발생된 것으로 추정할 수 있겠는가? 먼저 ①번과 ③번 원본 사이의 짜임을 비교해 보면, 둘 다 4연으로 되어 있지만, 각 연을 이루는 행의 수에 있어서는 차이를 보임이 눈에 띈다. ②번 원본과 마찬가지로 ①번 원본은 각 연이 4행씩으로 일정하게 이루어져 있는 데 반해, ③번 원본은 각 연을 이루는 행의 수가 3행 내지 4행으로 일정치 않아, ①번으로부터 변화된 것이 ③번이라는 추정을 가능케 하는 것이다. 그런데 이와 같은 변화 과정에 대한 추정은, 행 구분뿐만 아니라 문장부호의 사용 및 단어 및 구절의 쓰임이라는 측면에서도 마찬가지로 가능한 것이어서 관심을 끈다. ②번과 같이 ①번 원본에서는 문장부호가 온점만이 사용되었는데, ③번 원본에는 이외에 느낌표나 물음표 등의 문장부호가 함께 쓰인 점이 주목된다. 또한 ①번과 ②번 원본에서와는 달리 ③번 원본에서는, 4연 1행의 '여차(旅車)' 대신에 '황마차(幌馬

車)’로 바뀐 점, 4연 2행의 ‘왈그럭 떨그럭’과 같은 의성적 표현이 생략된 점 등도 그 변화된 특성으로 볼 수 있는 것이다.

이러한 점에서 ②번 원본이 가장 먼저 쓰였고, 이것이 ①번처럼 고쳐졌다가 다시 ③번과 같이 수정되는 과정을 거치면서 최종본에 이르게 되었다는 추정이 가능하다. 물론 혹자는 ④번 시가 신문에 발표된 작품이며 그 날짜가 1940년 4월 29일이라는 점 등을 근거로, 이 시가 최종본일 가능성이 높다고 주장할 수도 있다. 그렇지만 당시 시인이 최종본을 신문사에 보냈다손치더라도, 그것이 ④번 시와 똑같을 것이라는 생각은 잘못된 판단이기가 쉽다. 왜냐하면 나머지 다른 시들에서와 달리 이 시에서는 “썰어잇소·애쑤지·담배쏭다리·썰그럭” 등과 같이 합용 병서에 의한 표기가 눈에 띄는데, 이는 시인 자신의 의도라기보다는 당시의 공식적인 표기 체계와 관련하여 신문사의 그것이 반영된 것이라고 보는 것이 더욱 타당하리라고 생각되기 때문이다.202) 특히 이를 뒷받침할 만한 근거로 ①번과 ②번 원본의 4연 1행에 ‘여차(旅車)’라는 단어가, ④번 시에서는 ‘여중(旅中)’으로 쓰인 점을 들 수 있다. 이는 신문사에서 ‘차(車)’자를 이와 비슷한 ‘중(中)자’로 오기한 것으로, 문맥적 의미상 “달리는 旅中”보다는 “달리는 旅車”가 더 자연스럽게 느껴지기 때문이다. 이러한 점은 이 시 10행 “애쑤지 탄 담배쏭다리”의 ‘탄’이, ①번 또는 ②번 원본에서 ‘탠’이 오기된 것으로 판단됨과 마찬가지다. 결국 ④번 시가 ③번보다는 ①번 또는 ②번 원본에 전반적으로 가깝게 느껴지도록 함은, 그것이 최종본이 아닐 가능성이 높음을 간접적으로 입증해 주는 중요한 단서가 되는 것이다.

이렇게 본다면 시 「여창의 밤」을 시집에 수록함에 있어서는, 그 최종본이라 판단되는 ③번 원본이 저본이 되어야 할 텐데, 심연수 시인의 사후 간행된 책들에 있어서는 그렇지 않은 경우가 대부분이라는 것이 문제점으로 지적될 수 있다. 중국뿐만 아니라 국내에서도 출판된 전집 및 시선집 등에 이 작품이 실려 있는 것이 눈에 띄는데, 이들에서는 실제 최종본과 다른 여러 가지 상이점이 발견되는 것이

---

202) 같은 날짜 『만선일보』의 다른 글에서는 ‘쏘, 꺄, 쌀’ 등 합용 병서의 예를 더 볼 수 있다.

다. 따라서 이러한 양상을 보다 구체적으로 살펴보기 위하여, 이를 다시 도표로 정리해 보면 다음과 같다.

<표15> 시 「여창의 밤」의 이본 존재 양상② – 시인 사후

대조 내용	⑤『사료전집』(2000)[203]	⑥『소년아 봄은 오려니』[204]	⑦『사료전집』(2004)[205]	⑧『중국조선민족문학대계5』[206]	⑨『심연수 시전집』[207]
전체연·행수 병서(竝書) 한자 띄어쓰기 문장부호 창작일 및 장소 기록	4연 16행 각자 병서 괄호 안 대체로 규칙적 일부 사용(온점) 강덕 7년 4월 20일 룡정에서	4연 16행 각자 병서 괄호 안 규칙적 일부 사용(온점) (1940. 4. 20.)	3연 16행(1연: 8행, 2연·3연: 각 4행) 각자 병서 노출 규칙적 일부 사용(온점) 강덕 7년 4월 20일 龍井에서	단연(單聯) 15행 합용 병서 노출(오기) 대체로 규칙적 일부 사용(온점) 강덕七·四·二O, 龍井에	4연 16행 각자 병서 노출 규칙적 사용(온점) 1940. 4. 20. 龍井에서
1연 1·2행	길손이 잠못 이루는/이 한밤	길손이 잠 못 이루는/이 한밤	길손이 잠 못 이루는/이 한밤	길손이 잠 못이루는 이 한밤	길손이 잠 못 이루는/이 한 밤
1연 3행	호창(胡窓)의 희미한 등불	호창(胡窓)의 희미한 등불	胡窓에 희미한 등불	胡窓에 희미한 등불	胡窓에 희미한 등불
1연 4행	더우기나 서글퍼요	더욱이나 서글퍼요	더욱히나 서글퍼요	더욱이나 서글퍼요	더욱히나 서글퍼요.
2연 1행	칼자리틈눈에는	갈자리 틈 눈에는	갈 자리 틈 눈에는	갈자리 롬 눈에는	칼 자리 틈 눈에는
2연 2행	뭇손의 려진(旅塵)이 절어있고	뭇손의 여진(旅塵)이 절어있고	뭇 손의 旅塵이 쩔어 있소	旅歷이 쌀어잇소	뭇 손의 旅塵이 쩔어 있소
2연 3행	칼자리 난 목침에는	칼자리 난 목침에는	칼 자리 난 목침에는	칼자리 난 木枕에는	칼 자리 난 木枕에는
2연 4행	려수(旅愁)가 아득히 배였구나.	여수(旅愁)가 몇 천 번 베어졌댔나	旅愁가 몇 천 번 베어젓댓나	旅愁가 몇천번 베여젓댓나	旅愁가 몇 천 번 베여젓댓나.
3연 1행	지난손 화김에	지난 손 홧김에	지난 손 화김에	지난 손 화김에	지난 손 화김에
3연 2행	애꿎이 태운 담배꽁다리	애꿎이 태운 담배꽁다리	애꾸지 탠 담배 꽁다리	애꾸지 탄 담배꽁다리	애꾸지 탠 담배 꽁다리
3연 3행	구석에 타고있어	구석에 타고있어	구석에 타고 있어	구석에 타고 있어	구석에 타고 있어

---

203) 『사료전집』(2000), 7면.
204) 『소년아 봄은 오려니』, 강원도민일보사, 2001, 47면.
205) 『사료전집』(2004), 32면.
206) 연변대학 조선문학연구소 편, 앞의 책, 447면.

154

대조 내용	⑤『사료전집』(2000)	⑥『소년아 봄은 오려니』	⑦『사료전집』(2004)	⑧『중국조선민족문학대계5』	⑨『심연수 시전집』
3연 4행	마음 더욱 설레인다	마음 더욱 설레인다	마음 더욱 설레운다	마음 더욱 설레운다	마음 더욱 설레운다.
4연 1행	어두운 이 밤길에 달리는 려차(旅車)	어두운 이 밤길에 달리는 여차	어두운 이 밤길에 달리는 旅車	어두운 이밤길에 달리는 旅中	어두운 이 밤길에 달리는 旅車
4연 2행	왈그락덜그락	왈그럭 덜그럭	왈그럭 떨거럭	왈그덕 쩔그덕	왈그럭 떨그럭
4연 3행	호마(胡馬)의 발굽과 무거운 바퀴	호마(胡馬)의 발굽과 무거운 바퀴	胡馬의 발굽과 무거운 박휘	胡馬의 발굽과 무거운박휘	胡馬의 발굽과 무거운 박휘
4연 4행	이 마음 밟고 굴러 가누나.	이 마음 밟고 넘어 가누나.	이 마음 밟고 굴러 가누나.	이내마음 밟고 굴러 가누나.	이 마음 밟고 굴러 가누나.

먼저 ⑤~⑨번까지에 수록된 시들을 전반적으로 보면, ⑤·⑥·⑨번 시와 같이 이들은 대체로 4연 16행으로 짜여 있어, ①번 원본을 작품의 저본으로 하고 있는 것으로 판단된다. 이에 반해 ⑦·⑧번 시는 각기 3연 16행 또는 단연(單聯) 15행으로 되어 있어 차이를 보이는데, 이는 편집자들이 원본 자체를 달리했을 뿐만 아니라 실수까지도 범한 데서 발생된 결과로 이해된다. 특히 ⑦번 시의 1연 4행 다음에 연 구분이 되어 있지 않은 점은, 작품을 수록하는 과정에서 실수가 있었던 것으로 보인다. 또한 ⑧번 시에는 "1940년 4월 29일 <만선일보>에 게재."라고 주 처리가 되어 있는 것처럼, 이 시는 『만선일보』에 발표된 작품을 저본으로 함으로써 원전으로 확정된 시와 큰 차이점을 보이게 된 것이다. 그런데 『만선일보』에 발표된 ④번 시가 전체 16행인 데 비해, 이 시는 15행으로 이루어져 있어 좀 더 차이를 보인다. 더욱이 ④번 시 5행의 "틈"과 6행의 "여진(旅塵)" 자(字)가, 이 시에서는 "롬"과 "여력(旅歷)"으로 쓰여 있어 차이를 보이는데, 이는 오기로 판단된다. 더욱이 ④번 시 6행의 "뭇손의 旅塵이 쩔어잇소"라는 구절이, 이 시에서는 "旅歷이 짤어잇소"로 바뀜에 따라 오자만이 아니라 탈자까지도 발생된 데에는, 이 시가 지니는 문제의 심각성이 적지 않음을 나타내 주는 것이라 하겠다.

---

207) 김해응 편, 앞의 책, 265면.

더욱이 『사료전집』(2000)에 수록된 ⑤번 시에서는, 편자(編者)의 작품에 대한 자의적 해석에 따라 원본이 수정되어 있는 점이 눈에 띄어 주목된다. 특히 이는 이 시 2연에서, 원전인 ③번 시의 "갈자리 틈눈에는"이 "칼자리틈눈에는"으로, 그리고 원전의 "旅愁가 몇千번 베여젔댓나?"가 "려수(旅愁)가 아득히 배였구나."로 바뀌어 있다는 점에서 확인된다. 편자는 이 시 2연 1행에서 "갈자리" 대신에 3행에서와 같이 "칼자리"를 쓰고 있는데, 여기서는 '갈대를 엮어서 만든 자리'라는 뜻의 '갈자리'라는 단어를 원전에서와 같이 그대로 썼어야 문맥적 의미상으로도 맞는 것이다. 또한 이 시 2연 4행에서도 원전에서와 같이 "旅愁가 몇千번 베여젔댓나?"라고 썼어야 했을 것으로 생각하는 데에는, 원전에는 시인의 진의(眞意)가 담겨 있기도 하지만, 3행의 "칼 자리 난 목침"이라는 구절에는 "베여젔댓나?"라는 단어가 연결되는 것이 보다 자연스럽게 느껴지기 때문이다.

최근 간행된 『심연수 시문학 연구』의 부록 『심연수 시전집』에 수록된 ⑨번 시에서도 2연 1행의 "칼 자리"가 원전의 "갈자리"에서 잘못 쓰인 것이라는 점은 문제점으로 지적되지 않을 수 없다. 위에서 언급한 바와 같이 『사료전집』(2000)에 실려 있는 ⑤번 시에서 범해진 잘못이, 이 시에서도 계속 저질러지고 있기 때문이다.

⑤~⑨번까지에 수록된 여타 시들과 달리, 심연수 시선집 『소년아 봄은 오려니』(2001)에 수록된 ⑥번 시에서 보이는 가장 두드러진 상이점은, 이 시의 마지막 행인 4연 4행에 "이 마음 밟고 넘어 가누나."라는 구절이 쓰였다는 점이다. 원전의 "이마음 또밟고 넘어가누나."라는 구절에 가장 근접해 있는 것이다. 그럼에도 불구하고 이 시가, 최종본으로 판단되는 ③번 원본을 저본으로 삼은 것이 아니라는 점에 있어서는 다른 시의 경우와 마찬가지다. 왜냐하면 이 시에서도 원전과의 차이점이 여러 군데서 보이기 때문이다.

결국 심연수 시인의 사후 간행된 전집 및 시선집 등에 수록되어 있는 시 「여창의 밤」을 대상으로 실제 비교 고찰하는 과정에서도 구체적으로 밝혀진 이런 문제점들은, 앞으로 새로운 형태의 시집이 간행되는 데에 있어서는 해결되어야 할 주요 과제로서 제시될 수 있다. 왜냐하면 이와 같은 문제점들이 해결되어야만 이후 그의 시에 대한 더욱 올바른 연구가 진행될 수 있을 것이며, 이에 따라 그에 대한 정당한 평가도 이루어질 수 있을 것으로 생각되기 때문이다. 필자가 최근『심연수 원본대조 시전집』(2007)을 엮어낸 이유는, 바로 여기에 있다. 물론 여기에도 보완해야 할 점이 있을 것으로 추정되어, 이에 대해서는 추후 다시 고쳐나갈 것이지만 말이다.

3. 최종본의 선정

필자가 지금까지 조사한 바에 의하면, 심연수의 시 작품 수는 총 321편에 이른다는 점은, 앞에서 언급한 바와 같다. 그런데 이들 시 원본 중에는 그 이본이 존재하지 않아 그대로 최종본으로 볼 수 있는 것이 206편이었지만, 이본이 1개에서부터 3개까지 있는 시도 49편이나 되어 이들에 대해서는 최종본 선정이 필요했다. 그래서 후자를 대상으로 최종본을 선정하니, 전체 255편에 달하는 심연수 시의 윤곽을 파악할 수 있게 되었다.

물론 이보다 앞서 김해응은, "심연수의 총 작품의 편수는 모두 311편이고, 그중 작품의 종수는 244편이었으며 46편의 작품이 1~4회까지 반복하여 다듬어서 고쳤음을 확인할 수 있었다."208)고 하여, 그에 대한 연구 결과에 있어 다소 차이를 보인 바 있다. 그런데 여기서 먼저, 총 작품 수에 있어 10편의 차이가 발생된 데에는, 필자가 그 대상에 있어, 당초 심호수가 보관해 왔던 총 311편뿐만 아니라, 심연수 시인이 독서한『노산시조집』에 기재한 시 7편을 비롯하여,『만선일보』(1941. 3. 3.)에 발표한 시「길」1편, 시인이 중학생 시절 영어 교재로 사용했던 것으로 추정되는 책의 여백에 쓴 시 2편 등도 포함시켰기 때문이다. 추후 발굴된 시들도 연구 대상으로 삼은 것이다. 이와 관련하여 작품의 종수에 있어서도 11편의 차이를 보인 데에는 우선, 나중에 발굴된 10편 가운데 7편의 시가 이본이 없어 그대로 최

---

208) 위의 책, 57~58면.

종본으로 인정할 수 있는 것이었기 때문이다. 『노산시조집』에 기재되었다가 후에 고쳐진, 「청춘」·「참(眞)」[209]·「님의 뜻」 등의 시를 제외한 나머지 작품들이, 이에 해당되는 것이다. 그리고 나머지 4편의 시에서 차이를 보인 것은, 필자와 김해응이 최종본을 선정하는 데에 있어 다소 시각이 다르기 때문에 빚어진 결과로 볼 수 있다. 즉 그는 「해란강」과 「추억의 해란강」, 「대지의 봄」과 「북국의 봄맞이」, 「침송(寢頌)」과 「야송(夜頌)」, 그리고 같은 제목의 「맨발」 등을 각기 같은 시의 이본으로 파악하고 있다는 점은 앞에서 언급한 바와 같다. 이 가운데 「추억의 해란강」과 「대지의 봄」, 「침송(寢頌)」, 그리고 같은 제목의 「맨발」 원본들 중 제3집의 1편만을 최종본으로 인정하여, 그가 편한 『심연수 시전집』에는 이 4편만을 수록해 놓은 것이다. 그러나 필자의 판단으로는, 이것들뿐만 아니라 이 이외의 원본들도 별개의 시로 인정하는 것이 오히려 타당할 것이라고 생각한다. 왜냐하면 이들 시에서는 각각 유사함보다는 상이점이 더욱 눈에 띄기 때문이다.

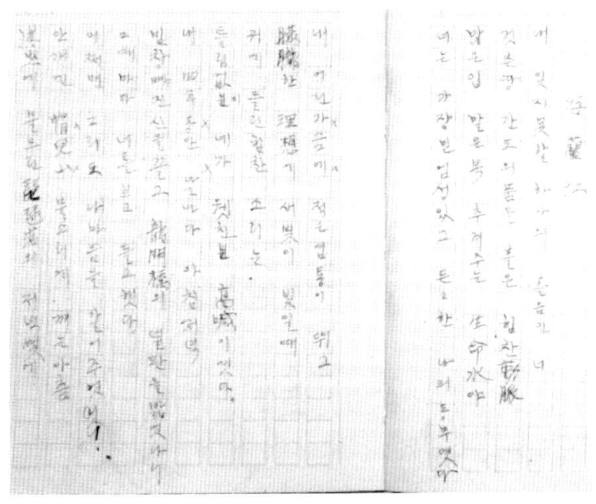

— 「해란강」 앞부분 사진

---

209) 주105)부터 주108)까지 참조. 이 시는 제2집·제3집·제6집에도 수록되어 있는데, 여기에는 「소원」으로 제목이 모두 고쳐져 있다.

먼저 앞의 사진에서와 같이 「해란강」과 「추억의 해란강」[210]을 비교해 보면, 일단 제목에서처럼 두 편 모두에는 해란강에 대한 시인의 추억이 표현되어 있다는 점을 알 수 있다. 특히 두 시의 1연은 아주 유사하다.

  ① 내 잊지못할하나의 흘음인 너
     것츤땅 간도의품을 흘은 힘찬動脈
     많은입 말은목 추겨주는 生命水야
     너는 가장믿엄성있고 든〃한 나의동무엿다

—「해란강」 1연

  ② 내잊지못할하나의흐름인 너
     젖은땅 간도의품을 흐르는生命水야
     너는永遠이 믿엄성있는 나의동무엿다.

—「추억의 해란강」 1연

이처럼 유사함이, 논자에 따라서는 이 두 원본을 한 작품의 이본으로 판단케 하는, 근거가 될 수도 있다. 그러나 이들을 총체적으로 검토해 보면, 이와 같은 유사함보다는 상이점이 오히려 더 많다는 것을 확인할 수 있다. 우선 형식상에 있어 시 「해란강」이 각 연마다 4행씩, 전체 6연 24행으로 이루어져 있는데 반하여, 시 「추억의 해란강」은 매 연이 3행씩, 전체 5연 15행으로 짜여 있는 점을 볼 수 있다. 또한 창작일에 있어서도 차이를 보인다. 전자에는 그것이 기록되어 있지 않지만, 이 시 원본은 제6집에 엮여 있어, 이 묶음 끝 부분에 실려 있는 「꼬리말」의 "이것은 금년 일년을 두고 생각나는 대로 늣겨진 바를 적은 것이다."[211]라는 구절처럼, 1940년도에 쓰인 것이라는 점을 알 수 있다. 반면에 제3집과 제9집에 수록되어 있는 시 「추억의 해란강」의 경우에는, 원본 끝에 모두 창작일이 3월 17일로 쓰여 있

---

210) 주)142 · 주)143 참조.
211) 『사료전집』(2004), 470면.

다. 더욱이 제9집에 엮여 있는 시들은 1941년도에 쓰인 것들이어서, 이 시 또한 그렇다고 볼 수 있다. 특히 시 「해란강」의 3연과 「추억의 해란강」의 4연은, 이 시들에 담겨 있는 내용에 있어서도 일정 부분 차이가 있을 수 있다는 점을 구체적으로 입증해 주는, 중요한 단서를 제공해 준다.

① 내四年동안 날마다 아침저녁
　밑창빠진신을끌고 龍門橋의 널판을밟엇나니
　그때마다 너를보고 들고햇다.
　어쩌면 그리도 내마음을 알아주엇엇니.

―「해란강」 3연

② 六年이란 동안 잊지못할一生의한토막
　바람세인 北쪽하늘에 黃塵이날릴제
　눌러쓴고개를숙여 龍門橋를 건너다녓다.

―「추억의 해란강」 4연

위 시①의 "내 四年동안 날마다 아침저녁/밑창빠진신을끌고 龍門橋의 널판을밟엇나니"라는 구절처럼, 이 시에는 4년 동안 해란강 용문교를 건너며 학창 시절을 보내던 시인의 당시 기억이 담겨 있다. 이에 비해 시②에는, "六年이란 그동안 잊지못할一生의한토막"이라는 시구와 같이, 지난 6년 동안의 추억이 보다 폭넓게 다루어져 있는 것을 볼 수 있다. 그리고 이처럼 다른 점은, 이들 시 전반에 걸친 실제 검토를 통해서도 확인된다. 창작 시기뿐만 아니라 체험 기간의 차이가, 이와 같은 결과를 초래한 것으로 이해할 수 있는 것이다. 필자가 근자에 『심연수 원본대조 시전집』을 엮으면서 이들을 별개의 작품으로 보아 모두 수록한 이유는, 바로 이 때문이다.

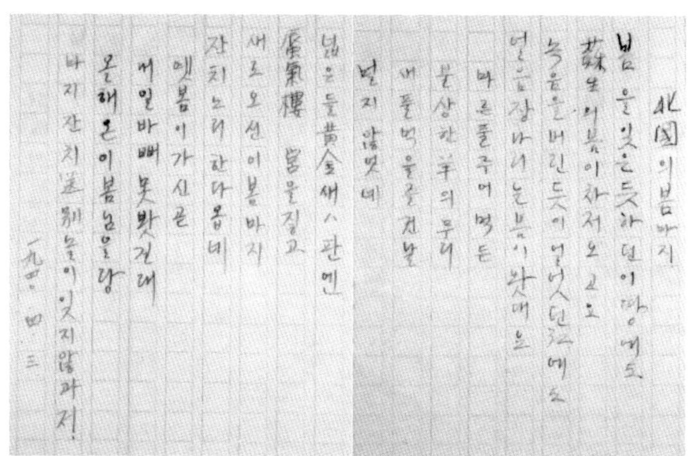

—「대지의 봄」전문 사진

—「북국의 봄맞이」전문 사진

　위의 사진에서와 같이 시 「대지의 봄」과 「북국의 봄맞이」 원본도 비교해 보면, 유사한 점이 눈에 띈다. 그러나 이들 사이에 있어서도 상이점이 많이 있어, 우선 제목부터 다른 것을 볼 수 있다. 또한 연 구분뿐만 아니라 들여쓰기 등 시 형식 또는 형태상에서도 다른 면을 확인할 수 있다. 특히 두 시의 마지막 구절에서는, 작품의 주제와 관련하여 달리 표현된 것을 파악할 수 있다. 시「대지의 봄」에서는, "올해 오신 이봄님은/누구더러 직히랄고"라고 하고 있는데 비하여, 시「북국의 봄맞이」에서는 "올해온이봄님을랑/마지잔치送別놀이잊지않과저."라고 하여, 서로 다른 점을 보이고 있다. 전자에서는 오직 가는 봄에 대한 아쉬움만이 강하게 표현되어 있는데 반하여, 후자에서는 그 아쉬움에도 불구하고 어차피 갈 것이라면 그를 즐겁게 보내고 그에 대한 기억을 오래 간직하고자 하는 마음이 잘 나타나 있는 것이다. 더욱이 전자와 후자의 창작일이, '강덕 7년 4월 1일'과 '1940년 4월 3일'로 달리 기록되어 있는 점은, 두 시를 별개의 작품으로 판단케 하는, 중요한 단서를 제공해 준다. 왜냐하면 심연수의 시에 있어서는 같은 작품의 이본이라 하더라도 창작일이 달리 기록되어 있지 않은 것이 일반적이기 때문이다.

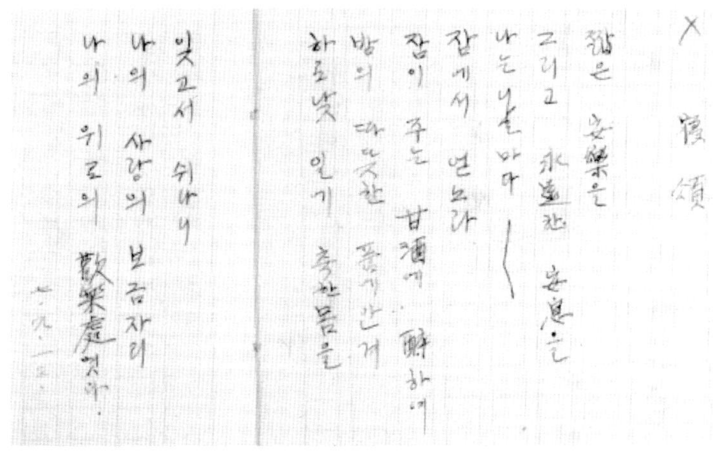

―「침송」 전문 사진

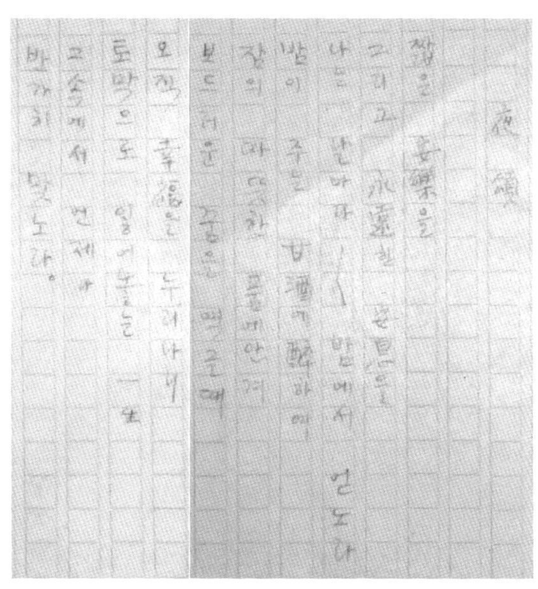

—「야송」 전문 사진

　위의 사진에서와 같이 시 「침송」과 「야송」에서도 유사한 점이 먼저 눈에 띈다. 시의 제목뿐만 아니라 앞부분에 있어서도 많은 유사함을 볼 수 있는 것이다. 그럼에도 불구하고 이 두 원본도 한 작품의 이본이라고 보기보다는 각기 별개의 시로 판단하게 된 데에는, 이들 사이에서도 중요한 상이점이 보이기 때문이다. 이 가운데서도 우선, 두 시에서 다루어지고 있는 주된 대상에 있어 차이가 난다는 점이, 그 첫 번째로 꼽힐 수 있다. 시 「침송」에서는 글자 그대로 밤을 칭송하고 있지만, 「야송」에서는 밤을 기리고 있어, 차이를 보이고 있는 것이다. 물론 잠과 밤은 밀접한 관련이 있다. 그러나 잠이 쉬는 상태로서의 의미를 내포하고 있는데 비해, 밤은 하루 중 일부 시간으로서의 뜻을 지녀, 이들은 엄밀한 의미에서는 다르다. 이와 같은 맥락에서 본다면 두 시의 뒷부분에서 내용상 차이가 발생된 것은, 당연한 결과로 이해할 수 있다.

① 잠이 주는 甘酒에 醉하여
　밤의 따뜻한 품에안겨
　하로낮 일에 축한몸을
　잊고서 쉬나니
　나의 사랑의 보금자리
　나의 위로의 歡樂處엿다

─「침송」 뒷부분212)

② 밤이 주는 甘酒에醉하여
　잠의 따뜻한 품에안겨
　보드러운 꿈을 역글때
　오직 幸福을 누리나니
　토막으로 잉어놓는 一生
　그속에서 언제나
　반가히 맞노라。

─「야송」 뒷부분213)

위에 인용한 시①의 "하로낮 일에 축한몸을/잊고서 쉬나니"라는 구절에서와 같이, 여기서는 잠이 지니는 쉼의 가치라는 측면에서 시가 전개되고 있는 점이 눈에 띈다. 그러나 시②에서는, "보드러운 꿈을 역글때/오직 幸福을 누리나니"라고 하여, 잠이 단지 쉼으로서만이 아니라 꿈과 연관되어 행복이라는 의미까지 지니게 됨을 보여 주고 있다. 그 내용 전개상에 있어 좀 더 진전된 면을 나타내 주고 있는 것이다. 필자가 「침송」과 「야송」을 별개의 두 작품으로 판단한 데에는, 이와 같은 이유가 있다.

한편 심연수 시에서 「맨발」이라는 제목의 시 원본이 3편 있다는 점은, 앞에서 언급한 바와 같다. 제3집뿐만 아니라 제4집과 제9집 등에서도, 이처럼 같은 제목의

---

212) 제3집 9번째 수록 ; 황규수 편, 앞의 책, 153면.
213) 제2집 18번째 수록 ; 위의 책, 201면.

시 원본들을 확인할 수 있는 것이다. 그런데 실제로 이들을 비교 검토해 보면 제3
집의 원본은 제9집의 원본을 수정 및 정리한 것이라는 사실을 알 수 있다.

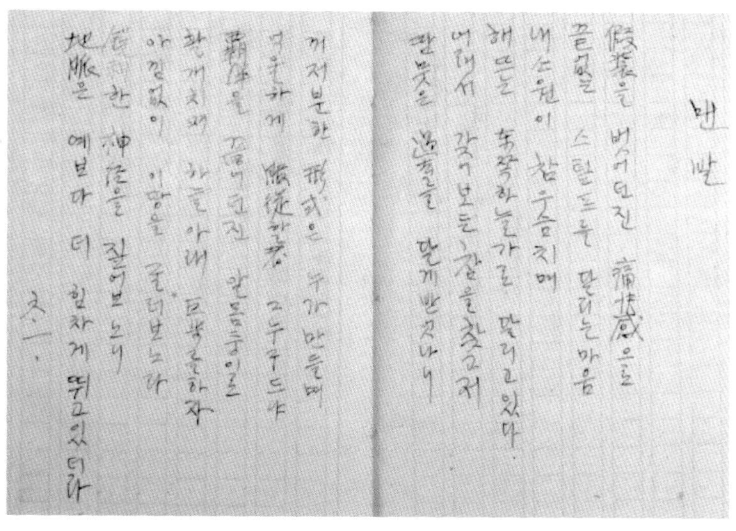

—제3집 수록 「맨발」 전문 사진

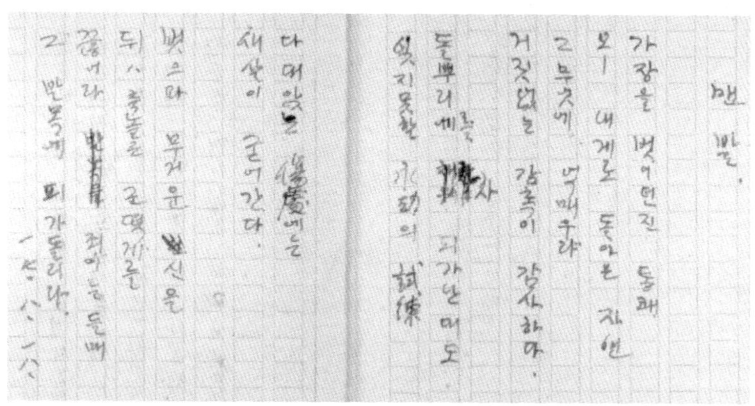

—제4집 수록 「맨발」 전문 사진

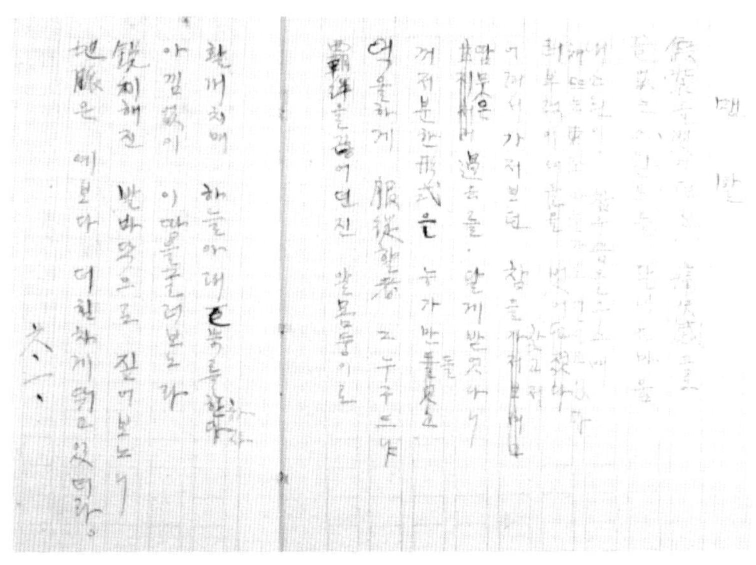

—제9집 수록 「맨발」 전문 사진

　위의 사진에서와 같이 제3집 원본과 제9집 원본 사이에서는, 한 작품의 이본 관계가 성립되는 것을 확인할 수 있다. 제3집의 원본을 최종본으로 볼 수 있는 것이다. 반면에 제3집 원본과 제4집 원본 사이에서는 유사함보다는 차이점이 더 많이 눈에 띈다. 1행의 "假裝을 벗어던진 痛快"라는 구절만 같을 뿐이지, 그 이후의 나머지 부분에 있어서는 대체로 다르다는 점을 알 수 있는 것이다. 더욱이 제3집의 원본은 연 구분이 되어 있지 않은데 반하여, 제4집의 원본은 3연으로 연 구분이 되어 있음으로써, 형식상 차이를 보인다. 또한 창작일에 있어서도 전자는 '6월 1일', 후자는 '소화 17년(1942년) 8월 18일'로 달리 기록되어 있는 점은, 두 시를 별개의 작품으로 판단케 하는, 중요한 단서를 제공해 준다. 앞에서 살펴본 바와 같이 제9집에 엮여 있는 원본들이 대체로 1941년에 쓰인 것이라는 점을 감안한다면, 제9집뿐만 아니라 제3집에 수록된 이 시도 같은 해에 창작된 것으로 보아도 무방할 것이다. 제3집의 「맨발」과 제4집의 「맨발」이 각기 쓰인 시기 사이에는 대략 2년 정도의 차가 있었던 것이다. 그러므로 필자는 『심연수 원본대조 시전집』을 엮

166

으면서 상대적으로 먼저 창작된 전자는 「맨발1」, 나중에 쓰인 후자는 「맨발2」로
지칭함으로써, 이들 사이의 혼동을 방지하고자 하였다.214)

---

214) 「맨발1」, 「맨발2」, 위의 책, 298면, 400면.

제4장
결론: 심연수 시 원전 비평의 의의와 과제

　　본 연구는, 지금까지 심연수의 시를 대상으로 한 논의가 대체로, 원전 확정이 제대로 이루어지지 않은 상태에서 진행됨으로써 오류를 범할 수밖에 없는 경우가 많이 있었다는, 문제 제기로부터 출발하였다. 심연수의 이름이 널리 알려지기 시작한 것은, 2000년 7월 『20세기 중국조선족문학사료전집』제1집(심련수 문학편)이 간행되면서부터인데, 이후에도 4차례에 걸쳐 작품집이 출판된 것을 볼 수 있다. 중국 연변 현지에서 처음 간행된 이『사료전집』(2000) 이외에도, 심연수 시선집『소년아 봄은 오려니』(2001)를 비롯하여『사료전집』(2004)·『심연수 시전집』(2006)·『심연수 원본대조 시전집』(2007) 등이 국내에서도 출판된 것이다. 이처럼 그의 작품집은 거듭 간행되면서 점차 보완되어 왔지만, 아직 정본 또는 결정판이라고 일컬을 수 있을 정도의 책이 나오지는 않았다. 그의 시에 대해 보다 올바르게 해석하고 평가하기 위한 기반이 충분히 마련되었다고 보기는 어려운 것이다.

　　이러한 측면에서 우선 제2장에서는, 기존에 간행된 심연수 작품집을 대상으로 그것들이 지니는 의의와 문제점에 대해 보다 상세하게 살펴보는 것에 논의의 중점을 두었다. 왜냐하면 이에 대한 검토가 선행될 때 기존의 작품집에서와 같은 우를 더 이상 범하지 않으면서, 더욱 신빙성 있는 원전 확정을 위한 방안을 모색할 수 있기 때문이다. 그 결과 특히,『심연수 시전집』이 엮어지기 이전에 출판된 그의 작품집들은, 연구 텍스트로서의 자격을 상실했다고 지적될 수 있는 것들이라는 점을 파악할 수 있었다. 왜냐하면 이들은 다소 차이가 있기는 하지만, 수록된 시들이 편자 임의대로 선정 및 수정된 것이 많기 때문이다. 이들 작품집의 시들은 원전 비평이 제대로 이루어지지 않은 채로 실린 것들이므로, 그대로 연구 대상으로 쓰이기에는 문제가 있다는 말이다. 반면에『심연수 시전집』은 편자가 시인의 육필 원고들을 입수해서 최종본을 선정하고, 이를 다시 교정하여 엮어낸 것이어서 주목에 값한다. 이처럼 나름대로의 일관성 있는 원칙을 적용하여 작품을 정리한 경우가 그 이전까지는 없었기 때문이다. 물론 여기에도 문제가 전혀 없는 것은 아니다. 표기 및 띄어쓰기, 행과 연 구분 등에 있어 확인이 필요한 작품들이 여전히 남아 있다는 점과 최종본 선정상에 논란의 여지가 있는 시들이 일부 포함되어 있다는 점, 그리고 추가로 발굴된 심연수의 시들이 빠져 있다는 점 등이, 그 대표적인 예에 해당되는 것들이다. 그러므로 이에 대해서는 보완이 필요했는데, 필자가 최근 『심연수 원본대조 시전집』을 간행한 이유는 바로 여기에 있었다. 이 책을 엮기 위해 필자는 먼저, 나중에 발굴된 그의 시들까지를 포함하여 주로 원본 끝에 기록된 창작일과 그 묶음별 수록 순서 및 고쳐진 흔적 등을 참조하여 최종본을 선정하고, 이를 바탕으로 시 작품 연보를 작성했다. 다음에 이에 근거하여 그가 동흥중학교를 졸업한 후 일본대학에 입학할 무렵인 1941년을 기준으로 그 이전 것들은 이 책의 제1부에, 그리고 그 이후의 것들은 제2부에 구분해서 수록해 놓았다. 현대문으로 바꾼 것을 먼저 싣고, 원문을 가로쓰기하여 옮긴 것을 각각 그 다음에 대비해서 수록해 놓음으로써, 이 책이 일반 독자용으로뿐만 아니라 학술 연구용으로도 활용될 수 있도록 엮은 것이다. 또한 추가로 발굴된 작품들과 일본어로 쓰인 시편들은 제3부에 따로 실어 놓아, 일반 독자 및 연구자들이 쉽게 접할 수 있게 하였다. 왜냐하면 그 이전까지 잘 알려지지 않은 이 시들도 그의 작품 세계를 보다 깊이 있게 이해하는 데에는 좋은 자료가 될 수 있을 것으로 판단했기 때문이다. 이렇게 본다면 이 『심연수 원본대조 시전집』은 일반 독자들이 그의 시들을 전반적으로 살펴보기 위한 시집으로뿐만 아니라, 연구자들이 그의 작품들을 구체적으로 고찰하기 위한 자료집으로서도 잘 이용될 수 있을 것이다. 그럼에도 불구하고 이 작품집에서도 원고의 사진판이 사용되지 못한 점과 원본상의 오기 및 고어(古語)·방언·한자·일본어 등의 쓰임에 대해 충분한 주석 처리가 되지 못한 점 등에 대해서는, 나중에라도 보충되어야 할 것이다. 물론 현재 국내의 출판 현실과 연구 여건을 고려해 볼 때 이와 같은 문제가 한 연구자 개인만의 노력으로 단시간 내에 해결될 수 있는 일은 아니다. 그렇지만 그의 시에 대한 온전한 이해와 평가를 위해서는 그의 작품집도 사진판 및 정본 또는 결정판 등의 형태로까지 간행되어야 할 것이다. 그리고 이를 조만간에 성취하기 위해서는 더욱 다양한 측면에서의 지원과 함께 연구가 이루어져야 할 것이다.

이와 같은 맥락에서 제3장에서는 프레드슨 바우어즈(Fredson Bowers)의 원전 비평 이론을 원용하여, 심연수의 시 작품에 대한 서지 조사 및 정리, 이본의 분석과 비교 검토 과정을 거쳐 최종본을 선정하고자 하였다. 그래서 이와 같은 과정을 거쳐 구체적으로 밝혀진 사항들을 먼저 정리해 보면 다음과 같다.

우선 필자가 직접 조사한 바에 의하면 심연수 시인의 시 원본은, 지금까지 그의 동생 심호수에 의해 보관되어 온 육필 원본이 304편으로 가장 많지만, 이 이외에도 삼척 심씨 대종회에서 찾아진 복사본 7편을 비롯하여, 시인이 독서한『노산시조집(鷺山時調集)』에 기재된 시 원본 7편과, 시인이 중학생 시절 영어 교재로 사용했던 것으로 추정되는 책의 여백에 쓰인 시 2편, 그리고 『만선일보(滿鮮日報)』(1941. 3. 3.)에 발표된 시 「길」 1편 등, 모두 321편에 이르는 것을 거듭 확인할 수 있었다. 그런데 이들 시 원본을 비교 검토해 보니 이 중 206편은 한 편씩만 존재하여 이를 그대로 최종본으로 볼 수 있는 데 비하여, 나머지 115편은 그 이본이 눈에 띄어 최종본 선정이 필요한 것들이라는 점을 알 수 있었다. 그러므로 필자가 앞에서 언급한 바와 같이, 이들에 대해서는 시 원본 끝에 기록된 창작일과 원본의 묶음별 수록 순서 및 그것의 고쳐진 흔적 등을 참조하여 최종본을 결정하였다. 이 115편은 49편의 시가 한 차례부터 세 차례에 걸쳐 고쳐진 것으로 판단되어, 이들에 대해서는 그중 각기 한 편씩을 최종본으로 선정한 것이다. 이처럼 필자는 심연수의 시 총 321편 가운데 255편이 최종본이라는 사실을 파악할 수 있게 되어, 이전의 논의에서 그의 전체 시 작품 수 311편 중 244편이 최종본이라고 조사된 것과는 다소 차이를 보이게 되었다. 그런데 이와 같은 차이는 먼저, 필자가 추후 발굴된 10편의 시 원본 가운데 7편은 그 이본이 존재하지 않아 그대로 최종본으로 인정한 데서 발생된 결과로 이해할 수 있었다. 『노산시조집』에 기재되었다가 후에 고쳐진, 「청춘」·「참(眞)」(후에 제목도 「소원」으로 고쳐짐)·「님의 뜻」 등의 시를 제외한 나머지 작품들이, 이에 해당되는 것이다. 또한 필자가, 이전 논의에서는 「해란강」과 「대지의 봄」, 「침송(寢頌)」, 「맨발」 등의 시 이본으로 파악된 바 있는, 「추억의 해란강」과 「북국의 봄맞이」, 「야송(夜頌)」, 그리고 같은 제목의 「맨발」 등의 시 원본 4편을 모두 각각 별개의 작품으로 인정한 것도, 이러한 차이를 발생시킨 원인으로 볼 수 있었다. 이들 시에서는 각각 유사함보다는 상이점이 더욱 눈에 띄기 때문이다.

이 밖에 필자가 선정한 최종본과 이전에 조사된 것들 사이에서 차이를 보이는 경우로, 일부 작품에 있어서는 그 이본과 최종본이 바뀐 것들도 볼 수 있었다. 이는 특히 심연수 시인이 살아생전에 『지평선(地平線)』이라는 제목까지 붙여 시집 형태로 엮어 놓은 원본 묶음 제3집에 수록된 시들에서 두드러지게 나타난 현상이다. 여기에는 총 48편의 시 원본이 실려 있는데, 이 중 16편은 다시 수정 및 정리되어 제2집에도 수록되어, 이 원본들이 최종본으로 판단될 수 있는 것들이다. 그럼에도 불구하고 지금까지 간행된 그의 작품집들에서는 그 이본들이 저본으로 더 많이 삼아진 것이다. 더욱이 그의 대표작 중 하나인 시 「여창(旅窓)의 밤」이 기존의 작품집에 실제로 실려 있는 것들을 보다 구체적으로 검토해 보면, 이들은 제각각이어서 문제가 실로 적지 않다는 점을 실감할 수 있다. 필자가 최근 『심연수 원본대조 시전집』을 엮기 전까지 이 작품의 최종본은 잘못 알려져 왔다는 점을 알 수 있는 것이다.

그런데 이처럼 시의 최종본이 제대로 밝혀지지 않아서 작품의 올바른 이해에 지장을 초래했던 경우는 더 있다. 「님의 뜻」이나 「노인공동묘지(露人共同墓地)」와 같은 시에 있어서는, 제목에 있어서뿐만 아니라 시 내용에서도 '님'이 '봄', '노인'이 '노천(露天)' 등으로 잘못 알려져서, 작품 해석상 오류가 발생된 것을 목격할 수 있었다. 또한 「북국의 봄맞이」나 「어디로 갈까」, 「길1」 등의 시는, 그 최종본에서와 마찬가지로 들여쓰기가 되어 있는 대로 그의 작품집에도 수록되었어야 하는데, 기존의 작품집에 있어서는 그렇지 않은 것이 대부분이었다. 이들을 통해서는 그의 초기시의 형태상 특징을 제대로 파악할 수 없는 것이다.

이렇게 본다면 위에서와 같이 필자에 의해 다시 선정된 최종본들은, 지금까지 이와 관련된 논의에서 잘못 알려진 사실들을 바로잡을 뿐만 아니라, 그의 시적 특성을 올바로 이해하는 데에 있어서도 근거 자료로 활용될 수 있을 것이다. 그런데 이와 같이 그의 시의 특질이 최종본을 대상으로 해서만 파악될 수 있는 것은 아니어서, 그 이본 및 이본들 사이의 관계에 대한 검토를 통해서도 이해될 수 있는 점은, 앞에서 확인한 바와 같다. 특히 이은상이 그의 시에 미친 영향 관계가, 그가 『노산시조집』을 읽고 그 여백에 쓴 이본에 대한 검토를 통해 더욱 확연히 파악될 수 있었던 점은, 그 단적인 예에 해당되는 것이다. 그의 작품과 연관된 보다 구체적인 정보를 확보할 수 있었던 것이다. 더욱이 그의 이본들에 대한 비교 검토 중에 눈에 띄었던, 한글과 한자의 상호 변환, 행과 연의 구분과 연결, 일부 시구의 삽입 또는 생략 등은, 그의 시 창작상의 특징 또는 형상화 과정상의 특성을 그대로 보여주는 것이어서 주목되었다. 그가 한 편의 시를 짓기 위해 끊임없이 노력한 흔적을 여과 없이 나타내 주는 것이었다.

이 밖에 그의 시 원본 끝에 대체로 기록되어 있는 창작 연월일은, 작품 연보를 작성하여 시세계를 통시적으로 고찰하는 데에 잘 활용될 수 있을 것이라는 추측을 가능케 했다. 왜냐하면 그는 만 27세의 젊은 나이로 이국땅에서 생을 마감하여 창작 시기가 그리 길지는 않았지만, 만주국 동흥중학교 졸업 후 일본대학 유학 등 그의 생애에 큰 변화를 가져다 준 현실 상황이, 작품에 잘 반영되어 나타난다는 점은 앞에서 살펴본 바와 같기 때문이다. 이와 같은 맥락에서 그의 시를 그 또는 그의 가족들이 살아온 삶의 족적과 연관지어 상호 조명해서 고찰하는 것도, 그의 작품에 대한 지금까지의 논의에서 잘못 알려진 사실들을 바로잡을 뿐만 아니라, 그의 시를 올바로 이해하는 데에 도움이 될 수 있을 것이다. 왜냐하면 필자는 앞에서 『사료전집』(2000)에 수록된 「돌아가신 할아버지」를 검토하면서, 이 시의 주제와 밀접한 관련이 있는 할아버지의 사인(死因)에 대한 내용이 실제와 달리 편자에 의해 가필(加筆)되었다는 점을 확인한 바 있기 때문이다. 또한 그의 원전 비평이 시뿐만 아니라 소설 및 수필, 일기 등에 이르기까지 그 대상이 확대되어 행해진다면, 그의 작품에 대한 연구는 더욱 진전이 있을 것이라고 판단된다. 왜냐하면 기존의 작품집에서는 시에서만이 아니라 다른 문학 작품들에 있어서도, 제목뿐만 아니라 본문 내용에 있어서도 원본과 달리 잘못 쓰인 부분이 눈에 띄어, 이것이 바로잡아져야 한다는 점은 앞에서 지적한 바와 같기 때문이다.

결국 위에서 정리한 바와 같이 지금까지 파악된 바를 바탕으로 남은 과제들이 해결된다면, 그의 작품집도 사진판 및 정본 또는 결정판 등의 형태로까지 간행될 날도 멀지 않을 것이다. 그의 작품들에 대해 더욱 온전히 이해하고 평가할 수 있을 만한 기반이, 보다 확고히 마련될 수 있는 것이다. 또한 그래야만 일제강점기 만주에서 힘겹지만 꿈을 키우며 살아갔던 시인의 문학 정신이 우리의 후손들에게도 널리 알려질 수 있을 것이며, 진정 그의 이름은 '암흑기' 또는 '공백기'로 지칭되어 온 1940년대 한국문학사를 풍부히 해 준 문인으로 영원히 기억될 수 있을 것이다.

<참고문헌>

1. 자 료

김해웅 편,『심연수 시전집』,『심연수 시문학 연구』, 한국학술정보, 2006.
심련수,『20세기 중국조선족문학사료전집』제1집(심련수 문학편), 연변인민출판사, 2000.
심연수,『민족시인 심연수 시선집 – 소년아 봄은 오려니』, 강원도민일보사, 2001.
_____,『20세기 중국조선족문학사료전집』제1집(심연수 문학편), 중국조선민족 문화예
        술출판사, 2004.
연변대학 조선문학연구소 편,『중국조선민족문학대계5 현대시집성』, 흑룡강조선민족출
        판사, 2005.
이은상 저, 심연수 독서,『노산시조집』, 3판: 한성도서주식회사, 1937.
조성일 편,『중국조선족명시』, 민족출판사, 2004.
황규수 편저,『심연수 원본대조 시전집』, 한국학술정보, 2007.
기타『만선일보』·『매일신보』, 원본 묶음 등은 본문의 각주로 대신함.

2. 단행본

권영민 편,『윤동주 전집2 – 윤동주 연구』, 문학사상사, 1995.
권 철,『광복전 중국 조선민족 문학연구』, 한국문화사, 1999.
김광길·심원섭,『문학비평이란 무엇인가』, 국학자료원, 1997.
김대행,『우리 시의 틀』, 문학과비평사, 1989.
김용성·김 영 외,『한국문학연구의 현단계』, 역락, 2005.
김윤식,『설렘과 황홀의 순간』, 솔출판사, 1994.

김재용 외, 『재일본 및 재만주 친일문학의 논리』, 역락, 2004.

김재홍, 『한국현대시인연구(2)』, 일지사, 2007.

김종회, 『디아스포라를 넘어서』, 민음사, 2007.

김준오, 『문학사와 장르』, 문학과지성사, 2000.

김진균·정근식 편, 『근대주체와 식민지 규율권력』, 문화과학사, 2000.

김학동, 『원전확정과 작가론의 반성 – 미해결의 문제들』, 새문사, 2006.

김해응, 『심연수 시문학 연구』, 한국학술정보, 2006.

김호웅, 『재만조선인문학연구』, 국학자료원, 1998.

류연산, 『인류속의 우리민족』, 요녕민족출판사, 2002.

박종석, 『작가연구방법론』, 역락, 2002.

소재영 외, 『연변지역 조선족 문학연구』, 숭실대학교 출판부, 1992.

양태순, 『한국고전시가의 종합적 고찰』, 민속원, 2005.

엄창섭, 『민족시인 심연수의 문학과 삶』, 홍익출판사, 2003.

_____·최종인, 『심연수 문학연구』, 푸른 사상, 2006.

에델, 레온, 김윤식 옮김, 삼영사, 1983.

오양호, 『만주이민문학연구』, 문예출판사, 2007.

오오무라 마스오, 『윤동주와 한국문학』, 소명출판, 2001.

왕신영 외 3명 엮음, 『사진판 윤동주 자필 시고전집』, 증보판; 민음사, 2002.

우상렬, 『농업문화로부터 본 Korea 문학』, 한국학술정보, 2006.

웰렉, 르네·워렌, 오스틴, 『문학의 이론』, 이경수 역, 문예출판사, 1995.

윤대석, 『식민지 국민문학론』, 역락, 2006.

윤영천, 『서정적 진실과 시의 힘』, 창작과비평사, 2002.

윤윤진, 『재중 조선인 문학연구』, 신성출판사, 2006.

이기형, 『여운형 평전』, 실천문학사, 2000.

이명재, 『한국 현대 민족문학사론』, 한국문화사, 2003.

이상섭, 『문학연구의 방법』, 탐구당, 1980.

이지나, 『백석 시의 원전비평』, 깊은샘, 2006.

정규복, 『한국고전문학의 원전비평』, 새문사, 1990.

정은경, 『디아스포라 문학』, 이룸, 2007.

조규익, 『해방전 만주지역의 우리 시인들과 시문학』, 국학자료원, 1996.

최원식, 『문학의 귀환』, 창작과비평사, 2001.

카이저, 볼프강, 김윤섭 역, 『언어예술작품론』, 대방출판사, 1984.

프라이, 노드럽 외, 『문학의 해석』, 김인환 역, 홍성사, 1986.

홍장학, 『정본(定本) 윤동주 전집 원전 연구』, 2004.

황규수, 『한국 현대시의 공간과 시간』, 한국문화사, 2004.

3. 논 문

강근모, 「<<학도병징집령>을 반대하여」, 『중국조선민족발자취총서4 결전』, 북경: 민족
　　　　출판사, 1991.

권 철, 「심련수 유작의 정리와 출판을 두고」, 인터넷 '문화산맥', 중국연변조선족문화발
　　　　전추진회, http://koreancc.com., 2004. 2.

그레브스타인, 셸던 노먼, 김병걸 옮김, 「역사・전기적 비평 서설」, 이선영 편, 『문학
　　　　비평의 방법과 실제』, 동천사, 1987.

김룡운, 「문단에 솟아난 또 하나의 혜성－심련수론」, 『20세기 중국조선족문학사료전집』
　　　　제1집(심련수 문학편), 연변인민출판사, 2000.

_____, 「청송 심련수와 그의 시조문학」, 인터넷 '문화산맥', 중국연변조선족문화발전추
　　　　진회, http://koreancc.com., 2003. 8. 30.

김재용, 「일제말 한국인의 만주인식」, 민족문학연구소, 『일제말기 문인들의 만주체험』,
　　　　역락, 2007.

노 철, 「심련수 시에 나타난 시의식 연구」, 『인문사회과학연구』5, 부경대 인문사회과학
　　　　연구소, 2005, 55~73면.

랑송, 귀스타브, 김화영 역, 「문학사의 방법론」, 김현・김주연 편, 『문학이란 무엇인가』,
　　　　문학과지성사, 1982.

류지연, 「자기극복의 의지－시인 이육사와 심연수의 시적 비교」, 『한국문예비평연구』
　　　　10권, 2002. 1., 221~239면.

문덕수, 「심연수론을 위한 각서」, 『민족시인 심연수 제6차 학술세미나』, 심연수선양사업위원회, 2006, 17~18면.

박미현, 「고향 강릉과 심연수」, 『소년아 봄은 오려니』, 강원도민일보사, 2001.

심재상, 「심연수 시의 형태에 대한 고찰」, 『인문학연구』9, 관동대 인문과학연구소, 2005. 2., 139~154면.

오양호, 「심연수 소설 연구」, 『현대소설연구』제34호, 한국현대소설학회, 2007. 6., 57~75면.

오오무라 마스오, 「재 '만' 한인문학의 제상(諸相)」, 『국제언어문학』제9호, 국제언어문학회, 2004. 6., 5~36면.

__________, 「심연수(沈連洙)의 일본관」, 『심연수 학술세미나 논문총서』, 심연수선양사업위원회, 2007.

이명재, 「민족시인 심연수 문학론」, 『20세기 중국조선족문학사료전집』제1집(심연수 문학편), 중국조선민족 문화예술출판사, 2004.

이승훈, 「심연수의 시와 모더니즘」, 『민족시인 심연수 60주기 추모 문학의 밤 및 제5차 국제학술세미나』, 심연수시인선양사업위원회, 2005, 31~41면.

이재호, 「민족시인 심연수의 대표시 해설」, 『교단문학』29, 2001. 봄, 31~50면.

임향란, 「심연수 시에 나타난 자연세계와 삶의 조화」, 『우리문학연구』제16집, 우리문학회, 2003, 371~391면.

임헌영, 「심연수의 생애와 문학」, 『소년아 봄은 오려니』, 강원도민일보사, 2001.

정덕준·김정훈, 「일제강점기 재만 조선인 시인 연구-심연수 시의 심미성 연구」, 『한국문학이론과 비평』제24집, 2004. 9., 145~173면.

조동구, 「심련수 시의 민족시적 위상」, 『인문사회과학연구』제5권, 부경대학교 인문사회과학연구소, 2005, 37~53면.

최재락, 「심련수 문학론Ⅰ·시편」, 『임영문화』제24집, 강릉문화원, 2000, 118~160면.

______, 「심련수 연구 시론(試論) 1」, 『임영문화』제25집, 강릉문화원, 2001, 169~216면.

허형만, 「심연수 시의 텍스트 비평」, 『인문사회과학연구』제5권, 부경대학교 인문사회과학연구소, 2005, 1~35면.

______, 「심연수 시조 연구」, 『민족시인 심연수 제6차 학술세미나』, 심연수선양사업위원회, 2006, 57~72면.

홍문표, 「민족시인·저항시인·리얼리즘 시인 심연수」, 『월간문학』2007. 9., 236~250면.
황규수, 「기존 심연수 작품집의 의의와 문제점」, 연변대학조선언어문학학과, 『조선－한
　　　국언어문학연구』4, 북경: 민족출판사, 2007. 3., 251~265면.
＿＿＿, 「심연수(沈連洙) 시의 원전(原典)과 세계 탐구」, 『어문연구』134호, 한국어문교
　　　육연구회, 2007. 여름, 299~323면.
＿＿＿, 「심연수 문학의 연구 동향과 전망」, 『심연수 학술세미나 논문총서』, 심연수선
　　　양사업위원회, 2007.
＿＿＿, 「심연수 시조 창작과 그 특질」, 『한국문예비평연구』제24집, 2007. 12., 143~
　　　173면.

심연수 시인 연보

1918년 5월 20일 강원도 강릉시 경포면 난곡리 399번지에서 삼척 심씨 심운택(沈雲澤)과 최정배(崔貞倍) 사이에서 세 번째 자식(5남 2녀 중 장남)으로 출생함.

1925년 가족과 함께 구(舊)소련 블라디보스토크로 이주함.

1931년 구소련에서 제1차 5개년 계획을 실시하면서 그곳에 사는 조선 사람들을 중앙아시아로 집단 이주시키는 바람에 심씨네 가족은 부득불 중국으로 건너가게 됨.

1935년 중국에 건너간 후 처음에는 밀산, 그 후에는 신안진에서 살다가 1935년 지금의 용정 길흥촌(吉興村)으로 이주함.

1937년 신안진에서 소학교를 다니던 심연수는, 용정으로 이사하면서 동흥소학교에 편입하여 다니다가 1937년에 졸업함.

1940년 1937년 동흥중학교에 입학하여, 1940년 졸업(동흥중학교 제18회, 용정국민고등학교 제2회)함. 동흥중학교 재학 시 교무주임 장하일(張河一)의 부인 강경애(姜敬愛)와 가까이 교유하는 인연을 맺음.

1941년 2월 도일하여 4월 일본대학 예술과에 입학함.

1943년 경제적인 어려움 속에서도 대학을 졸업한 심연수는, 일제의 학도병 강제 징집을 피해 용정에 돌아온 후에도 이곳에 머무르지 못하고 흑룡강성 신안진과 영안 등지에서 소학교(진성국민우급학교 및 성서국민우급학교 등) 교사로 근무함.

1945년 2월 용정 시내 예배당에서 백보배와 결혼함. 같은 해 8월 근무처인 영안현에서 임신한 아내가 머물던 용정으로 가던 중, 중간 지점인 왕청현(汪淸縣) 춘양진(春陽鎭)의 한 검문소에서 시비가 붙어 다투다가, 군인들에 의해 무참히 피살됨.

1945년 10월 그의 부친이 시신을 수습해 궤(櫃)에 넣어 지고 와 용정 토기동 뒷산 가족묘지에 안장함. 이후 유복자 심상룡(沈相龍)이 태어남(현재 평양에 거주함). 심연수의 아내는 그가 사망한 지 4년쯤 후에 재혼하였는데, 1992년경 68세의 나이로 유명을 달리한 것으로 알려짐.

2000년 7월 동생 심호수(沈湖洙, 당시에는 중국 용정에서 거주하였으나 2007년 5월부터는 고향 강릉에서 살고 있음)가 항아리 등에 감추어 보관해 왔던 심연수의 육필유고가, 『20세기 중국조선족문학사료전집』 제1집(심련수 문학편, 연변인민출판사, 2000)으로 출간되어 세상에 공개됨.

2001년 8월 8일 한국 우리문학기림회에 의해 심연수 시비(詩碑, 「지평선」)가 용정시 용정실험소학교 교정에 세워짐.

2003년 5월 20일 심연수 시비(詩碑, 「눈보라」)가 강릉 경포호변 시비·조각 공원에 세워짐.

2003년 6월 삼척 심씨 대종회와 용정시 심련수시인 선양사업 추진회의 협력하에 심연수 가족 묘지가 단장됨.

2007년 2월 추후 발굴된 작품들을 포함하여 『심연수 원본대조 시전집』(황규수 편저, 한국학술정보, 2007)이 간행됨.

2007년 11월 3일 <민족시인 심연수 선양 제2회 전국 시 낭송대회>(강릉MBC, 심연수시인선양사업위원회 주최)가 개최됨.

2007년 12월 4일 '2007 심연수 문학제'(강원도민일보사, 심연수선양사업위원회 주최) 행사의 일환으로, <민족시인 심연수 제7차 학술세미나>, <제1회 심연수문학상 시상식(수상자: 이승훈)>, <심연수 소설 「불멸의 혼불」(이경득 작, 성원인쇄문화사, 2007) 출판기념회> 등이 개최됨.

심연수 시 작품 연보

　여기 연보 작성의 대상이 된, 심연수의 시 작품 원본 수는 총 325편이다. 이는, 시인이 살아생전에 창작한 시들 가운데 지금까지 찾아진 육필 원본 및 신문에 발표한 시들인데, 그의 사후 동생 심호수가 보관해 온 311편 이외에, 시인이 『노산시조집』을 읽으면서 그 여백에 쓴 7편의 시뿐만 아니라, 중학생 시절 영어 교재로 사용했던 것으로 추정되는 책에 써 놓은 2편, 그리고 『만선일보』에 발표한 시 5편 등이 이에 해당되는 것들이다. 물론 이들 중 205편은 그 이본이 존재하지 않아 그대로 최종본으로 볼 수 있는 데 비하여, 나머지 120편은 이본이 눈에 띄어 최종본 선정이 필요한 것들이어서, 이들에 대해서는 시 원본 끝에 기록된 창작일과 원본의 묶음별 수록 순서 및 그것의 고쳐진 흔적 등을 참조하여 최종본을 결정하였다. 아래 표에서와 같이, 이 120편은 50편의 시가 한 차례부터 세 차례에 걸쳐 고쳐진 것으로 판단되어, 이들에 대해서는 그중 각기 한 편씩을 최종본으로 선정한 것이다.

각 시의 이본 존재 양상	작품 최종본 수(편)	원본 수 계산 식	전체 작품 원본 수(편)
그대로 최종본인 것 (이본이 없는 것)	205	1×205	205
최종본과 그 이본이 1편 (총 이본 2편)인 것	35	2×35	70
최종본과 그 이본이 2편 (총 이본 3편)인 것	10	3×10	30
최종본과 그 이본이 3편 (총 이본 4편)인 것	5	4×5	20
합　계	255	·	325

그래서 여기 심연수 시 작품 연보에는 그의 시 최종본 255편의 제목을, 창작 연월일 순서에 따라 기록해 놓았다. 물론 작품에 따라서는 창작일이 구체적으로 쓰여 있지 않은 것도 있어서, 이들에 대해서는 원본 묶음별 수록 순서 등을 고려하여 그것을 추정해서 적었다. 그리고 작품의 이본이 있는 경우에는, 그 총수(總數)를 비고란에 기록해 놓음으로써 그것이, 참고 자료로 활용될 수 있게 했다. 또한 이 연보에는 시인이 『노산시조집』을 읽으면서 그 여백에 쓴 7편의 시 제목이 모두 기재되어 있는 것을 볼 수 있다. 이들 가운데 「청춘」·「참(眞)」(추후 제목이 「소원」으로 바뀜)·「님의 뜻」 등 3편은, 최종본이 아닌 이본임에도 불구하고 그 제목이 중복해서 기록되어 있는 것이다. 그런데 이는, 이와 같이 이들 원본이 지니는 특징을 강조하기 위함에서였다.

한편 심연수의 시 원본 중에는 본디 제목이 없거나 제목이 같아서 독자들을 혼란에 빠지게 할 만한 작품들이 여럿 포함되어 있다는 점은, 앞에서 언급한 바와 같다. 그래서 이를 방지하기 위해 이 연보에서는, 제목이 없는 작품에 대해서는 일단 '무제'라 제목을 붙이고, 제목이 같은 작품들에 대해서는 창작 순서 등을 고려하여 1, 2, 3 등 제목 옆에 번호를 매겨 줌으로써, 그 구분을 가능케 했다. 그리고 본래 그 작품과 관련된 중요 사항은 비고란에 적어 놓아 참고가 될 수 있게 했다.

창작 연월일	구 분	작품명	비 고
1940. 1. 27.		검은 교복	
1940. 3. 28.		봄소식	『노산시조집』에 적음, '청송(靑松)'이라는 호 씀
1940. 3. 28.		책집	『노산시조집』에 적음
1940. 3. 28.		憧憬의 金剛	『노산시조집』에 적음, '연수(鍊洙)'라는 본명(호적 명) 씀
1940. 3. 28. 전후		할 일	『노산시조집』에 적음
1940. 3. 29.		靑春	『노산시조집』에 적음, '연수(鍊洙)'라는 본명 씀, 추후 수정 정리됨
1940. 3. 29.		참(眞)	『노산시조집』에 적음, '청송(靑松)'이라는 호 씀, 추후 수정 정리됨

창작 연월일	구 분	작품명	비 고
1940. 3. 29.		님의 뜻	『노산시조집』에 적음, '청송(靑松)'이라는 호와 '연수(鍊朱)'라는 본명 씀, 추후 수정 정리됨
1940. 4. 1.		대지의 봄	『만선일보』(1940. 4. 16.)에 발표, 총 이본 넷
1940. 4. 1. 전후		黎 明	총 이본 둘(제목이 「地平線」에서 바뀜)
1940. 4. 1. 전후		소 원	『노산시조집』에 기재된 「참(眞)」을 포함하여 총 이본 넷
1940. 4. 3.		북국의 봄맞이	「대지의 봄」과 유사함
1940. 4. 3.		어디로 갈까	총 이본 둘
1940. 4. 3. 전후		肉 華	이름 대신에 '침묵(沈黙)'이라는 호 씀
1940. 4. 3. 전후		龍 高	일문시, 「대지의 젊은이들」과 내용이 유사함
1940. 4. 3. 전후		길 1	『기타 묶음1』의 5번째 수록
1940. 4. 3. 전후		귀한 그들	
1940. 4. 3. 전후		대지의 젊은이들	
1940. 4. 5.		異域의 晚鐘	총 이본 셋
1940. 4. 5.		대지의 暮色	『만선일보』(1940. 5. 5.)에 발표, 총 이본 셋
1940. 4. 5. 전후		청 춘	『노산시조집』에 기재된 원본을 포함하여 총 이본 넷
1940. 4. 17.		생과 사	
1940. 4. 20.		旅窓의 밤	『만선일보』(1940. 4. 29.)에 발표, 총 이본 셋
1940. 4. 29.		쏟아진 잉크	총 이본 셋
1940. 4. 29. 전후		방	
1940. 5. 3.		무제 1	원본에는 제목 없음, 『기타 묶음1』의 8번째 수록
1940. 5. 5.	기행 시조	떠나는 길 1	원본 묶음 제8집의 1번째 수록
1940. 5. 5.	기행 시조	국경의 하룻밤	
1940. 5. 6.	기행 시조	동 해	

창작 연월일	구 분	작품명	비 고
1940. 5. 7.	기행 시조	元山埠頭에서	
1940. 5. 7.	기행 시조	동해 북부선 차 안에서	
1940. 5. 7.	기행 시조	外金剛驛	
1940. 5. 7.	기행 시조	溫井里	
1940. 5. 7.	기행 시조	舊萬物相	
1940. 5. 7.	기행 시조	溫井里의 하룻밤	
1940. 5. 8.	기행 시조	神溪寺	
1940. 5. 8.	기행 시조	金剛門	
1940. 5. 8.	기행 시조	飛鳳瀑	
1940. 5. 8.	기행 시조	玉流洞	
1940. 5. 8.	기행 시조	九龍淵	
1940. 5. 8.	기행 시조	毘沙門	
1940. 5. 8.	기행 시조	麻衣太子陵	
1940. 5. 8.	기행 시조	毘盧峰	
1940. 5. 8.	기행 시조	銀梯와 金梯	
1940. 5. 8.	기행 시조	妙吉祥	
1940. 5. 8.	기행 시조	摩訶衍	
1940. 5. 8.	기행 시조	萬瀑洞	
1940. 5. 8.	기행 시조	長安寺	
1940. 5. 8.	기행 시조	長安寺村에서	
1940. 5. 9.	기행 시조	三佛岩	
1940. 5. 9.	기행 시조	西山大師와 四冥堂碑	
1940. 5. 9.	기행 시조	望軍台	
1940. 5. 9.	기행 시조	面鏡台	
1940. 5. 10.	기행 시조	금강산을 떠나면서	
1940. 5. 10.	기행 시조	금강산 전철을 타고서	
1940. 5. 10.	기행 시조	한 강	
1940. 5. 11.	기행 시조	남대문	
1940. 5. 11.	기행 시조	北岳山	
1940. 5. 11.	기행 시조	서울의 밤	

창작 연월일	구　분	작품명	비　고
1940. 5. 11.	기행 시조	경복궁	
1940. 5. 11.	기행 시조	慶會樓	
1940. 5. 11.	기행 시조	德壽宮	
1940. 5. 12.	기행 시조	松　都	
1940. 5. 12.	기행 시조	滿月台	
1940. 5. 12.	기행 시조	善竹橋	
1940. 5. 12.	기행 시조	松都를 떠나며	
1940. 5. 13.	기행 시조	牡丹峯	
1940. 5. 13.	기행 시조	牡丹台	
1940. 5. 13.	기행 시조	乙密台	
1940. 5. 13.	기행 시조	浮碧樓	
1940. 5. 13.	기행 시조	大同江	
1940. 5. 13.	기행 시조	箕子陵	
1940. 5. 14.	기행 시조	淸川江	
1940. 5. 14.	기행 시조	압록강	
1940. 5. 15.	기행 시조	大連港市	
1940. 5. 16.	기행 시조	旅　順	
1940. 5. 16.	기행 시조	遼東半島의 하루	
1940. 5. 16.	기행 시조	황　해	
1940. 5. 16.	기행 시조	連京線 밤車	
1940. 5. 17.	기행 시조	奉　天	
1940. 5. 17.	기행 시조	北　陵	
1940. 5. 18.	기행 시조	奉天城 위에서	
1940. 5. 19.	기행 시조	新　京	
1940. 5. 20.	기행 시조	哈爾浜 驛頭에서	
1940. 5. 20.	기행 시조	露人共同墓地	
1940. 5. 20.	기행 시조	松花江	
1940. 5. 20.	기행 시조	끼다야쓰카의 밤	
1940. 5. 21.	기행 시조	濱綏線 車中에서	
1940. 5. 21.	기행 시조	牡丹江	

창작 연월일	구 분	작품명	비 고
1940. 5. 22.	기행 시조	여행은 오늘이 끝이다	
1940. 5. 22.	기행 시조	낯익은 품속의 사랑	
1940. 5. 22.	기행 시조	龍井 駅頭에서	
1940. 5. 22.	기행 시조	수학여행을 마치고	
1940. 6. 0.		그러지 마세요	
1940. 6. 27.		여 름	
1940. 7. 24.		빨 래	
1940. 7. 24.		정 오	
1940. 7. 24. 전후		사 내	
1940. 7. 24. 전후		떠나는 길 2	원본 묶음 제6집의 12번째 수록
1940. 7. 24. 전후		땀	
1940. 7. 24. 전후		밭머리에 선 남자	
1940?. 8. 10.	기행 시조	옛터를 지나면서	
1940?. 8. 11.	기행 시조	솔밭길을 걸으며	
1940?. 8. 14.	기행 시조	바닷가에서	
1940?. 8. 14.	기행 시조	鏡浦臺	
1940. 8. 15.	기행 시조	鏡湖亭	
1940. 8. 15.	기행 시조	兄弟岩	
1940. 8. 16. 전후	기행 시조	海邊 一日	
1940. 8. 16.	기행 시조	새바위	
1940. 8. 17.	기행 시조	竹 島	
1940. 9. 13.		寢 頌	총 이본 둘,「夜頌」과 유사함
1940. 9. 13.		밤 길	
1940. 9. 13.		가 을	
1940. 9. 13.		가을 아침	
1940. 9. 13. 전후		대지의 여름	총 이본 둘
1940. 9. 13. 전후		폭 풍	
1940. 9. 13. 전후		소 녀	
1940. 9. 17.		대지의 가을	총 이본 셋
1940. 9. 22.		들 길	총 이본 둘

창작 연월일	구 분	작품명	비 고
1940. 9. 22.		개인 하늘	
1940. 9. 22.		일요일	
1940. 9. 27.		제목 없음	영어책에 적음
1940. 10. 4.		제목 없음	영어책에 적음, 일문(日文) 시
1940. 10. 13.		교 외	총 이본 둘
1940. 10. 14.		모 교	총 이본 둘
1940. 10. 27.		불탄 자리 1	총 이본 둘, 원본 묶음 제3집의 13번째 수록
1940. 10. 27. 전후		불탄 자리 2	원본 묶음 제2집의 8번째 수록
1940. 10. 27. 전후		불탄 자리 3	삼척 심씨 대종회 보관 복사본
1940. 11. 1.		앞 길	총 이본 셋
1940. 11. 1. 전후		촉 감	
1940. 11. 8.		등 불	
1940. 11. 14.		목 자	총 이본 둘
1940. 11. 14.		밤이 새도록	
1940. 11. 15.		隕 星	총 이본 셋
1940. 11. 15. 전후		夜 頌	「寢頌」과 유사함
1940. 11. 15. 전후		흩어지는 무리(一)	
1940. 11. 16.		사 연	총 이본 둘(이본 제목:「편지」)
1940. 11. 26.		흩어질 무리	총 이본 둘(이본 제목:「흩어질 무리(二)」)
1940. 11. 28.		安堵의 품	총 이본 셋(이본 제목:「安堵의 바다」)
1940. 11. 28. 전후		밤은 깊었으련만	총 이본 둘
1940. 11. 28. 전후		해란강	
1940. 12. 6.		졸 업	
1940. 12. 27.		三等車	
1940. 12. 27. 전후		교문을 나선 다음	
1940. 12. 31.		꿈	
1940. 12. 31. 除夕		1940년을 보내면서	
1940. 12. 31.		대지의 겨울	총 이본 둘

창작 연월일	구 분	작품명	비 고
1940?.		舊友를 찾아서(향토를 밟으며)	
1941. 1.		元 旦	
1941. 1. 5.		휘파람	
1941. 1. 8.		生	
1941. 1. 8.		死	
1941. 2. 7.		떠나는 젊은 뜻	총 이본 둘
1941. 2. 9.		玄海灘을 건너며	총 이본 셋
1941?. 2. 9.		理想의 나라	
1941. 2. 26.		나그네 1	원본 묶음 제10집의 5번째 수록
1941. 3. 3. 이전		길 2	『만선일보』(1941. 3. 3.)에 발표(제목:「길」), 육필 원고 없음
1941?. 3. 3.		異鄕의 夜雨	총 이본 둘
1941?. 3. 13.		전 차	
1941?. 3. 13.		자지 않는 밤	총 이본 둘
1941?. 3. 17.		추억의 해란강	총 이본 둘
1941?. 3. 21.		돌아가신 할아버지	
1941?. 3. 25.		인생의 사막	총 이본 셋
1941?. 4. 5.		좁은 문	
1941?. 4. 5.		한 줌의 모래	총 이본 둘
1941?. 4. 8.		아 침	총 이본 둘
1941. 4. 8. 전후		그	
1941?. 4. 9.		기다림	총 이본 둘
1941?. 4. 22.		心 紋	
1941?. 4. 24.		가난한 거리	
1941. 4. 24.		침 묵	총 이본 셋
1941?. 4. 28.		死의 美 1	원본 묶음 제9집의 17번째 수록
1941?. 5.		새벽 1	총 이본 둘, 원본 묶음 제3집의 36번째 수록
1941?. 5. 5.		귀 로	총 이본 둘
1941?. 5. 7.		고독 1	총 이본 둘, 원본 묶음 제3집의 41번째 수록

창작 연월일	구　분	작품명	비　고
1941?. 5. 19.		안식처	총 이본 둘
1941?. 6. 1.		맨발 1	총 이본 둘, 원본 묶음 제3집의 38번째 수록
1941. 6. 5.		세기의 노래	총 이본 셋(이본 제목:「우리의 부름」 1편 포함)
1941?. 6. 6.		어제와 오늘	총 이본 둘
1941. 6. 6. 전후		님의 뜻	『노산시조집』에 기재된 원본을 포함하여 총 이본 둘
1941?. 6. 29.		떠나는 설움	총 이본 둘
1941?. 7. 4.		들 꽃	총 이본 둘
1941?. 7. 19.		냇 가	총 이본 둘(이본 제목:「고독」)
1941. 7. 19. 전후		샘 물	
1941?. 7. 21.		壽 命	총 이본 둘
1941. 7. 21. 전후		오신 것을	
1941. 7. 30.		고 향	
1941?. 7. 31.		松花江 저쪽	총 이본 둘
1941. 10. 17.		夜 業	
1941. 10. 21.		검은 사람	
1941. 10. 21.		저녁의 부두	
1941. 12. 3. 이전		인류의 노래	『만선일보』(1941. 12. 3.)에 발표, 총 이본 둘
1941?.		東京 三題	
1941?.		들 불	
1942. 1. 3.		터 널	
1942. 1. 8.		벙어리	
1942?. 1. 12.		星 座	
1942?. 1. 14.		初望富嶽	
1942?. 1. 15.		고 집	
1942?. 1. 16.		음 울	
1942?. 1. 17. 夜		寒夜記	
1942?. 1. 20.		길 손	

창작 연월일	구 분	작품명	비 고
1942?. 1. 21.		인간의 노래	
1942?. 2. 5.		死의 美 2	원본 묶음 제10집의 19번째 수록
1942?. 2. 9.		무제 2	원본에는 제목 없음, 원본 묶음 제10집의 20번째 수록
1942?. 2. 9.		候 鳥	
1942. 2. 20.		찬 물	
1942. 3. 4.		부두의 밤	
1942?. 3. 6.		過 誤	
1942. 5. 26.		새벽 2	원본 묶음 제10집의 23번째 수록
1942. 6. 15.		거울 없는 화장실	
1942. 6. 23. 밤		비	
1942. 6. 23. 밤		새	
1942. 7. 5.		우주의 노래	
1942. 7. 10.		무제 3	원본에는 제목 없음, 원본 묶음 제1집의 3번째 수록
1942. 7. 13.		燒 紙	
1942?. 7. 21.		나와 그	
1942. 7. 27.		破 響	
1942. 7. 27.		외로운 새	
1942. 8. 14.		방 랑	
1942. 8. 18.		맨발 2	원본 묶음 제4집의 19번째 수록
1942. 8. 18.		칠 석	
1942. 8. 20.		녹슨 풍경	
1942. 9. 6.		추락한 瞑想	
1942?. 9. 12.		敗 物	
1942?. 9. 중순		고독 2	원본 묶음 제4집의 2번째 수록
1942?. 9월말		만 주	
1942?. 10. 7.		수평선	
1942?. 10. 8.		나그네 2	원본 묶음 제4집의 4번째 수록
1942?. 10. 9.		벽 공	

창작 연월일	구 분	작품명	비 고
1942?. 10. 9.		잊지 못할 그 눈	
1942?. 10. 9.		행 복	
1942?. 10. 10.		거리에서	
1942?. 10. 13.		우 정	
1942?. 10. 13.		暴 想	
1942?. 10. 15.		기 적	
1942?. 10. 15.		숲 속에 나는 음악 소리	
1942?.		눈보라	
1943. 1. 18.		벽	
1943. 1. 31.		너는 나와 같더라	
1943. 2. 1.		슬픈 웃음	
1943. 2. 2.		밤	
1943. 2. 3.		명 암	
1943. 2. 8.		소년아 봄은 오려니	
1943. 2. 8. 밤		네가 할 일	
1943. 2. 17.		碑銘에 찾는 이름	
1943. 2. 19.		幻 魔	
1943?. 2. 25.		破 影	
1943. 2. 27. 야		님의 넋	
1943. 3. 1.		지구의 노래	
1943. 5. 24.		추억의 해변	
1943?. 5. 31.		잃어버리는 글	
1943. 6. 1.		懷 恨	
1943. 7. 29.		追 懷	총 이본 둘(이본 부제: －일홈 몰을少女－)
1943?.		天 氷	
1943?.		地 雪	
1943?.		그믐밤 혼자 깨어	
1943?.		心 星	총 이본 둘(이본에는 제목 없음)

<부록3>

沈連洙 시의 原典과 세계 탐구

黃 圭 樹

要約 및 抄錄

이 연구는 日帝 强占期 在滿朝鮮詩人 沈連洙 시의 原典을 確定하고 시세계를 把握함으로써, 詩史的 意義를 살펴보고자 한 글이다. 연변 등지에 보관되어 있는 시 原本과 <滿鮮日報>에 발표된 시 등을 검토하니, 총 321편 중 49편이 1~3회 고쳐진 것이었다. 그래서 原本 끝에 기록된 창작일과 묶음별 순서, 고쳐진 흔적 등을 참조하여 最終本을 選定했다. 많은 수가 그의 自選 詩集 『地平線』의 原稿 묶음에 포함돼 있지만, 다시 改作돼 제2집에 수록된 것도 16편이나 확인됐다. 이를 바탕으로 시세계 살펴보면, 그의 시는 양면적이면서도 다양한 특질을 보이는데, 이는 植民地 近代로서 시대 상황이 反映된 결과라 하겠다. 패망을 앞둔 日帝가 侵略政策을 强化하던 1940년대의 시점에서도, 이에 同化되거나 挫折하지 않고 새로운 미래가 전개될 것에 대한 희망을 밝혀준 成果는, 現代詩史에서 실로 값진 것이다.

※**핵심어**: 일제 강점기, 在滿朝鮮詩人, 原典, 詩史的 意義, 연변, 最終本, 植民地 近代

Ⅰ. 序　論

　　靑松 沈連洙(1918~1945). 그의 이름이 아직 낯설게 느껴지는 이유는, 그가 세상
에 알려진 지 그리 오래되지 않았기 때문이다. 지난 2000년 중국조선족이 이주
100년을 맞이해서 민족문화유산을 정리하기 위해 50권에 달하는『20세기 중국조선
족문학사료전집』1)의 출판을 기획하였는데, 그중 제1집에 沈連洙의 문학편이 수록
됨으로써, 그의 존재2)가 일반에게 공개된 것이다. 물론 그도 살아생전에 작품을 전
혀 발표하지 않은 것은 아니어서, <滿鮮日報>에 그 일부가 실린 바 있다.3) 그럼에
도 불구하고 그처럼 많은 작품들4)이 한꺼번에 공개되어 여러 사람들의 주목을 받
게 된 것은 늦게나마 다행스러운 일이었다. 왜냐하면 日帝 말기에는 국내에서 국
어로 소신껏 창작 활동을 한다는 것이 사실상 거의 불가능했다는 특수한 사정을
감안한다면, 당시 國外에서의 훌륭한 문학적 成果는 당연히 국문학으로 인정해야
할 것이기 때문이다.

　　이와 관련하여 지금까지 그의 생애 및 작품에 대한 연구는, 대체로 민족시인 또
는 저항시인으로서의 면모에 초점이 맞추어져 시를 중심으로 전개되어 온 것을 볼
수 있다. 물론 近者에는 시조 및 일기·소설 등에 이르기까지 그 대상을 넓혀 가

---

1) 심련수(2000),『20세기 중국조선족문학사료전집』제1집(심련수 문학편), 연변인민출판사.
　 이후 이 책을 언급할 때는 편의상 간략히『사료전집』(2000)이라 일컫기로 한다.
2) 김룡운(2000),「문단에 솟아난 또 하나의 혜성 － 심련수론」, 심련수(2000),『20세기 중
　 국조선족문학사료전집』제1집(심련수 문학편), 연변인민출판사, pp.621~627.
3) <滿鮮日報>에 발표된 沈連洙의 작품을 순서대로 열거해 보면 다음과 같다. 먼저 시에
　 있어서는「대지의 봄」(1940. 4. 16.)·「旅窓의 밤」(1940. 4. 29.)·「대지의 暮色」(1940.
　 5. 5.)·「길」(1941. 3. 3.)·「인류의 노래」(1941. 12. 3.) 등이 있으며, 기행문에는「權域
　 을 찾아서」(1~3, 1941. 2. 18.~3. 5.)가 있고, 단편소설로는「農鄕」(상·하, 1941. 11.
　 12.·11. 19.)이 있다.
4)『사료전집』(2000)은, 제1부 시편(174편), 제2부 기행시초편(64편), 제3부 소설수필편(단
　 편소설 4편, 만필 4편, 수필 2편, 평론 1편), 제4부 기행문편(1편), 제5부 편지편(26편),
　 제6부 일기편(310편), 부록<「희생」(전2막), 강영희 작, 심련수 베낌>으로 구성되어 있다.

며 다양한 측면에서 논의가 진행되고 있기도 하다.5) 그럼에도 불구하고 그 實體에 대해 보다 온전하게 이해하고 평가하기 위해서는, 지금까지의 연구 성과는 그대로 인정하되 그 裏面에 內包되어 있는 문제점은 해결해야 할 것이다. 이와 같은 맥락에서 한 논자의 지적은 주목을 요한다. 그중 하나는, 작품의 정본(텍스트)을 확정하는 데 힘을 모으면서 그의 다양한 연구공간을 활짝 열어 놓아야 한다는 것과, 다른 하나는, 沈連洙에 대하여 일제 식민지 말기에 활동한 시인이라는 전제하에서 그의 작품의 가치 평가가 再論되어야 한다는 것이다.6) 실제로 필자가 현재 沈連洙 시인의 아우 沈湖洙가 보관하고 있는 肉筆 原稿의 사진본7)과 기존에 간행된 沈連洙 작품집에 수록된 시들을 비교 검토해 본 결과, 기존의 출판본에서는 原典 確定과 관련된 여러 문제점들이 발견되었다. 또한 沈連洙의 肉筆 原稿가 발굴될 당시 거기에는, 일기 및 편지 등 일제 강점기 이국땅에서 어렵게 살다 간 시인의 내면세계가 진솔하게 잘 드러나 있는 자료들이 여럿 포함되어 있었다.

따라서 본고에서는 먼저 기존의 연구에서 등한시되기 쉬웠던 原典 確定의 문제에 대해 여러 異本들을 대상으로 비교 검토해 보고자 한다. 그리고 이를 바탕으로 그의 전기적 사실과 관련하여 다양한 시세계를 살펴보고자 한다. 그럼으로써 그의 시가 韓國 現代詩史에서 지니는 意義에 대해서 파악하고자 하는 것이다.

Ⅱ. 沈連洙 시의 原典 確定 문제

『사료전집』(2000)이 간행됨으로써 沈連洙의 존재가 처음 일반에게 알려지게 되었다는 사실은 앞에서 언급한 바와 같다. 그런데 이 책은 그의 작품이 발굴되자마

---

5) 지금까지 발표된 박사학위 논문으로는, 金海鷹(2003)의 「심연수 시문학 연구」(한국정신문화연구원 한국학대학원)와 최종인(2006)의 「심연수 시문학 연구」(관동대 대학원)가 있다.
6) 문덕수(2006. 10.), 「심연수론을 위한 각서」, 『민족시인 심연수 제6차 학술세미나』, 심연수선양사업위원회, p.18.
7) 필자는 지난 2006년 7월 31일부터 8월 7일까지 연변에 머물면서, 沈連洙 시 原本을 보관하고 있는 그의 아우 沈湖洙 씨 댁을 직접 방문하여, 이를 사진으로 찍어 온 바 있다.

자 곧바로 출판된 것이어서, 그것이 지니는 나름대로의 선구적 의의에도 불구하고 많은 문제점을 또한 지닐 수밖에 없었다. 이와 같은 맥락에서 이 출판본이 연구 텍스트로서의 자격을 상실하였다는, 한 논자의 지적8)은 적절하다고 본다.

이처럼 첫 출판본이 많은 문제점을 지니고 있어서 2004년 『20세기 중국조선족문학사료전집』제1집9)은 다시 간행되었다. 그렇지만 '발간사'에서 펴낸이가, 일체 교정을 하지 않아 原本에 가깝도록 최선을 다하였다고 기술하고 있음에도 불구하고, 실제 작품에 있어서는 그렇지 않은 점이 눈에 띈다. 부득이 原本을 구하지 못한 것은 이전 출판본의 것을 그대로 썼다고 같은 자리에서 밝히고 있기는 하지만, 再出版된 『사료전집』에 수록된 작품들과 시 原本들 사이에 상이점이 여전히 남아 있음에도 불구하고, 이에 대한 해명이 없다는 점은 문제의 심각성을 더해주는 것이다. 구체적으로 原本에는 있지만 再出版本에는 수록되지 않은 시가 남아 있는 점, 原本의 시 제목이 달리 기술되거나 誤記된 점, 原本의 단어 및 구절이 잘못 기술되거나 아예 빠진 점, 原本과 행 또는 연 구분이 다른 점 등은 이에 해당되는 예로 볼 수 있는 것들이다.10)

이와 같이 기존에 출판된 沈連洙의 『사료전집』(2000, 2004)은 많은 오류를 지니고 있으므로, 여기에 수록된 作品들은 연구 대상으로 삼기에 만족스럽지 못한 것이 사실이다. 이러한 점에서 그 문제점들을 파악하여 그의 肉筆 原稿들을 입수해서 총 311편의 작품 중 244편의 시를 最終本으로 선정하고 이를 다시 교정하여 「심연수 시전집」11)으로 엮어낸, 金海鷹의 연구 성과는 주목에 값한다. 실제로 필자도 肉筆 原稿의 사진본과 한국 내에 반입되어 있는 복사본12)을 비교 검토해 본 결과,

---

8) 金海鷹(2006), 『심연수 시문학 연구』, 한국학술정보, pp.46~52.
9) 심연수(2004), 『20세기 중국조선족문학사료전집』제1집(심연수 문학편), 중국조선민족문화예술출판사. 이후 이 책을 언급할 때는 편의상 간략히 『사료전집』(2004)이라 하여, 첫 출판본인 『사료전집』(2000)과 구분해서 지칭하고자 한다.
10) 이에 대해서는 앞서 필자(2007. 3.)가, 「기존 심연수 작품집의 의의와 문제점」(<조선-한국언어문학연구>4, 북경: 민족출판사, pp.251~264)에서 보다 구체적으로 논한 바 있다.
11) 金海鷹 편(2006), 『심연수 시전집』, 『심연수 시문학 연구』, 한국학술정보, pp.229~330.

지금까지 알려진 그의 작품 수는 311편에 이르는 것을 확인할 수 있었다. 그럼에도 불구하고 沈連洙 시인의 추가로 발굴된 作品들13)과 1941년 3월 3일자 「滿鮮日報」(4면)에 발표된 시 「길」 등 총 10편의 시가 여기에는 포함되어 있지 않다. 또한 편자에 의해 最終本으로 선정된 244편 중에는 일부 시가 제외되어 있다.14) 이와 관련하여 最終本으로 선정된 이 작품들 가운데에는 그것으로 보기에 적합하지 않은 異本들도 일부 포함되어 있다고 판단된다.

필자가 최근 『심연수 원본대조 시전집』(2007)을 엮게 된 동기는 바로 여기에 있다. 그래서 필자는 이를 위해 먼저, 沈連洙의 시 총 321편 중 한 편씩만 존재하여 이를 그대로 最終本으로 볼 수 있는 206편을 제외한 나머지 115편은, 49편의 시가 한 차례부터 세 차례에 걸쳐 고쳐진 것으로 판단되어, 이들에 대해서는 그중 각기 한 편씩을 最終本으로 선정하였다.15) 시 原本 끝에 기록된 創作日과 原本의 묶음별16) 수록 순서 및 그것의 고쳐진 흔적 등을 참조하여 最終本을 결정한 것이

---

12) 필자는 현재 강릉의 삼척 심씨 대종회에 보관되어 있는 복사본을 참조하였다.

13) 沈連洙 시인이 『鷺山時調集』을 읽으면서 쓴 7편의 시와, 중학생 시절 영어 교재로 사용했던 것으로 추정되는 책에 써 놓은 2편의 시가 이에 해당되는 것이다. 黃圭樹 편 (2007), 『심연수 원본대조 시전집』, 한국학술정보, pp.506~515.

14) 이에 해당되는 작품으로는 「북국의 봄맞이」와 「夜頌」·「해란강」·「맨발」 등 4편의 시가 있다. 물론 金海鷹은 그의 글(앞의 책, p.57)에서 「추억의 해란강」과 「해란강」, 「寢頌」과 「夜頌」을, 제목은 다르지만 내용이 같은 작품으로 구분하여, 이들을 같은 작품의 異本으로 본 듯하다. 그러나 필자가 판단하기에는 이 작품들뿐만 아니라, 「대지의 봄」과 「북국의 봄맞이」, 「심연수 시전집」에 수록된 「맨발」과 여기서 지칭하는 시 「맨발」 사이에는 유사점보다 상이점이 더욱 눈에 띄어, 이들을 각기 별개의 시로 구분하고자 한다. 따라서 필자가 엮은 『심연수 원본대조 시전집』에는 이들 작품이 각기 수록되어 있는 것을 볼 수 있는데, 이와 같은 이유 때문에 여기서 시 「맨발」은 1과 2로 구분되어 있다.

15) 이와 관련하여 『심연수 원본대조 시전집』에는, 필자가 最終本으로 선정한 255편의 시 이외에 3편의 異本이 더 실려 있는 것을 볼 수 있다. 그런데 이는, 시인이 『鷺山時調集』을 읽으면서 쓴 7편의 시 중 「님의 뜻」을 비롯하여 「靑春」·「참(眞)」 등 3편이 추후 고쳐진 것(「참(眞)」은 「소원」으로 제목도 바뀜)임에도 불구하고 추가로 발굴된 시편이어서, 이 책의 제3부에도 중복해서 수록됐기 때문이다.

16) 추가로 발굴된 시 10편 이외에 현재 沈湖洙 씨 댁에 보관되어 있는 나머지 304편의 시 原本은, 그의 맏아들에 의해 제1집부터 제10집까지 10개의 묶음과 기타 2개의 묶

다. 특히 異本이 존재하는 49편의 작품 중 무려 45편[17])이 그의 自選 詩集 『地平線』의 원고 묶음[18])에 포함되어 있는 점은, 그의 시에서 最終本을 선정하는 데에 중요한 단서를 제공해 준다. 왜냐하면 이것이 시인이 살아 있을 때 공식적으로 출판된 것은 아니라 할지라도, 여기에 수록된 작품들은 시집으로 엮기 위해 일차적으로 정리되어 最終本일 가능성이 높은 것으로 추정되기 때문이다. 따라서 이를 전제로 『地平線』에 수록된 시들을 대상으로 먼저, 異本이 존재하는 양상을 조사하여 이를 표로 작성해 보면 다음과 같다.

순서	시 제목	異本數	2집	6집	9집	鷺山時調集	순서	시 제목	異本數	2집	6집	9집	鷺山時調集
1	여 명	2	○				25	현해탄을 건너며	3	○		○	
2	대지의 봄	3	○	○			26	이향의 야우	2			○	
3	여창의 밤	3	○	○			27	자지 않는 밤	2			○	
4	이역의 만종	3	○	○			28	추억의 해란강	2			○	
5	대지의 모색	3	○	○			29	한 줌의 모래	2			○	
6	청 춘	4	○	○		○	30	인생의 사막	3	○		○	
7	쏟아진 잉크	3	○	○			31	아 침	2			○	
8	소 원	4	○	○		○	32	그	·				
9	침 송	2		○			33	기다림	2			○	
10	대지의 여름	2		○			34	침 묵	3	○		○	
11	교 외	2		○			35	귀 로	2			○	

음으로 정리되어 있다. 그리고 이 밖에 「대지의 젊은이들」·「생과 사」·「奉天城 위에서」·「新京」·「불탄 자리3」·「舊友를 찾아서」·「눈보라」 등 7편의 시 原本은 여기에 포함되어 있지 않고, 강릉의 삼척 심씨 대종회에 그 복사본만이 보관되어 있는 것을 볼 수 있는데, 그 이유가 무엇인지에 대해 알기 위해서는 좀 더 확인이 필요하다고 생각한다.

17) 여기에 포함되어 있지 않은 시로는, 「어디로 갈까」·「松花江 저쪽」·「追懷」·「心星」 등 4편이 있는데, 이들에 있어서는 각기 두 편씩의 異本이 존재한다.

18) 沈連洙의 시 原本 묶음 중 『地平線』이라는 시집 제목 아래 48편의 시가 그 목록과 함께 묶여져 있는 것은 제3집이다.

순서	시 제목	異本數	2집	6집	9집	鷺山時調集	순서	시 제목	異本數	2집	6집	9집	鷺山時調集
12	모 교	2		○			36	새 벽	2			○	
13	불탄 자리	2		○			37	안식처	2			○	
14	대지의 가을	3	○	○			38	맨 발	2			○	
15	들 길	2		○			39	세기의 노래	3	○		○	
16	앞 길	3	○	○			40	어제와 오늘	2			○	
17	목 자	2		○			41	고 독	2			○	
18	사 연	2		○			42	님의 뜻	2				○
19	운 성	3	○	○			43	떠나는 설움	2			○	
20	흩어질 무리	2		○			44	들 꽃	2			○	
21	안도의 바다	3	○	○			45	냇 가	2			○	
22	밤은 깊었으련만	2		○			46	샘 물	·				
23	대지의 겨울	2		○			47	수 명	2			○	
24	떠나는 젊은 뜻	2			○		48	오신 것을	·				
계		61	12	22	1	2	계		46	4	·	20	1

위의 표에서와 같이 시집 『地平線』의 원고 묶음 속에 있는 48편의 시 중, 「그」·「샘물」·「오신 것을」 등 3편을 제외한 나머지 45편은, 당시 시인이 읽었던 『鷺山時調集』[19]이나 제2집·제6집·제9집 등 3개의 원고 묶음에도 최소한 한 번부터 최대한 세 번까지 수록되어 있어, 적게는 두 편부터 많게는 네 편까지의 異本이 존재함을 알 수 있게 한다. 그러면 이들 사이의 선후 관계는 어떠한가? 이 가운데 우선 『鷺山時調集』에 수록되어 있는 3편은, 다른 원고 묶음에 포함되어 있는 작품들[20]과 달리 원고지에 옮겨 적기 이전의 것일 뿐만 아니라, 創作日이 1940년 3월

---

19) 沈連洙의 유복자인 沈相龍은 30여 년 전에 그의 막역지우인 윤길복에게 책 한 권을 선물한 적이 있는데, 그 책은 다름 아닌 그의 아버지가 생전에 읽었던 『鷺山時調集』(3판; 한성도서주식회사, 1937)으로, 여기에는 「봄소식」·「책집」·「憧憬의 金剛」·「할 일」 등 沈連洙의 친필 유고 시조 7편이 기록되어 있다. 이에 대해서는 김룡운(2003. 8. 30.)이 「청송 심련수와 그의 시조문학」(인터넷 '문화산맥', 중국연변조선족문화발전추진회, http://koreancc.com.)이라는 글에서 처음 밝힌 바 있는데, 필자도 2006년 8월 연변에 갔을 때 실제 확인한 바 있다.

202

29일로 가장 초기에 창작된 것이므로, 그중 먼저 쓰인 異本으로 판단된다. 다음으로 『地平線』에 실려 있는 48편 중 전반부의 22편은, 주로 1940년에 쓰인 총 47편이 수록되어 있는 제6집의 시들과 많은 유사성을 보여, 이의 異本들로 볼 수 있다. 그런데 제6집의 일부 작품에는 고쳐진 흔적이 남아 있어, 이와 『地平線』에 수록된 것을 비교해 보면, 전자를 고친 후 다시 정리한 것이 후자라는 사실을 알 수 있게 된다. 그리고 이와 같은 방법에 따라 『地平線』의 후반부에 실려 있는 작품들과, 주로 1941년 2월부터 7월까지 창작된 총 30편이 수록되어 있는 제9집의 시들을 비교해 보면, 이 중 21편이 異本인데, 여기서도 『地平線』에 실려 있는 것이 추후 고쳐진 것임을 파악할 수 있다. 그렇다면 『地平線』에 정리된 작품들과, 제2집에 수록된 총 21편 중 그 異本으로 판단되는 16편 사이의 선후 관계는 어떠한가? 같은 방법으로 비교해 보면 여기서는 오히려 『地平線』에서 다시 고쳐진 시가 제2집에 정리되어 있다는 사실을 알 수 있다. 이렇게 볼 때 『地平線』의 시가, 시인이 살아 있을 때 시집으로 엮기 위해 정리해 놓은 것이라 할지라도, 그 모두가 最終本이 아니며, 이 중 제2집에 다시 수록된 16편의 시는 그것이 最終本이라고 보는 것이 타당하리라고 생각한다.

---

20) 12개의 묶음에 수록되어 있는 沈連洙의 시 原本들은 대체로, 200자 원고지에 세로쓰기 형태로 쓰여 있다.

Ⅲ. 沈連洙의 시세계

1. 異域 체험과 이상 세계에의 꿈

"人生은 藝術을 떨어져서는 살 수 없다."(「四月 九日 火 晴」, 『사료전집』
(2004), p.284.) 이는 『사료전집』(2004) 제3부 일기편[21]에 기술된 내용 중의 한 부
분인데, 여기서는 沈連洙 시인의 예술에 대한 기본적인 생각을 알 수 있어서 주목
된다. 즉 이 문장에서는 예술과 인생과는 긴밀한 관련성이 있음을 단적으로 나타내
고 있는 점을 파악할 수 있다. 더욱이 그는 비슷한 시기의 다른 일기에서는, "世上
에서 藝術마저 없다면 없는 우리들은 무엇에 慰安을 받으며 生에 愛着心이 있으
리요."(「四月 二十二日 月 晴 風」, 『사료전집』(2004), p.291.)라고 함으로써, 그 둘
사이의 관계에 대해 보다 구체적으로 언급하고 있다. 험난한 현실 상황 속에서 삶
을 살아갈 수밖에 없었던 그에게 예술은, 큰 위안의 대상으로 생에 애착심을 갖게
해주었다는 것이다. 그러므로 다시 그의 다른 일기에서, "文人은 幸福한 사람이다.
自己의 하고 싶은 일을 글로서 다 나타낼 수 있는 것이다."(「三月 二十六日 火
晴 風」, 『사료전집』(2004), p.276.)[22]라고 하여, 현실 세계에서와는 달리 문학의 세
계에서는 글을 이용해서라도 자신의 소망을 표현할 수 있는 데에 행복감을 느낀다
고 함은 어색하지 않다. 자기 나라말로 자신의 이름을 적는 것조차 허용되지 않았
던 억압된 시대 상황에서 비록 이국땅이긴 하지만, 그의 바람을 글로써 나타낼 수
있었던 것은 행복이라는 말이다. 이러한 점과 관련하여 그의 시들 중에서는 먼저,
억압된 현실 상황 속에서 나그네처럼 떠돌아다닐 수밖에 없었던 자신의 처지와 서
러움 등을 나타낸 작품들이 적지 않게 눈에 띈다.

---

21) 여기에는 1940년 한 해 동안 그가 쓴 300여 편의 일기가 수록되어 있어, 일제 강점기
   이국땅에서 22세라는 늦은 나이에 그나마 중학교를 졸업할 수 있게 된 시인이, 시국
   및 자신의 진로 문제 등으로 얼마나 고뇌했던가를 주로 알 수 있게 한다.
22) 인용문 내용 중 '싫은'은 원문 확인 결과, '시'에 'ㅍㅎ' 받침을 써서 '싶은'의 뜻으로
   쓴 것인데, 이를 誤記한 것이다.

잘살려고 故鄕떠나/못사는게 他鄕사리/간곳마다 펴친心荷/뜰때마다 허실됏다//

흐무할 품을찾어/들뜬마음 잡으려고/두러서 東海를 漁船에실려/대인곧은 漠々한 벌판이엿다.//

싸늘한 北風바지 헤넓은곧/떼장막을 치고누어/떠돌든몸 쉬이려든心思/불상한流浪民의 꿈이엿다//

서글퍼 가엾든 부모형제/헐벗고 주림을 참든일/지금도 뼈아픈 눈물의記錄/잊지못할 拓史의 血痕이엿다.

– 「滿洲」 전문(1942?. 9월 말)23)

이 시에는 시인 자신뿐만 아니라 그의 가족들이 태어나서 살던 한국 강릉의 고향을 떠나, 러시아의 블라디보스토크를 거쳐 중국의 밀산과 신안진·용정 등에서 생활하던 시절, 그 감회가 담겨 있다. 이 시는 일제 강점이라고 하는 비극적 상황에서 불쌍한 떠돌이의 삶을 살아갈 수밖에 없었던 시인과 그 가족의 실제 체험을 바탕으로 쓰인 것이다. 이처럼 시인의 만주 체험이 시의 근간을 이루고 있는 이 시는, 내용상 대비되는 것이 특징이다. 먼저 1·2연의 앞부분에는 "잘살려고 故鄕떠나"와 "흐무할 품을찾어"라고 하여, 그의 가족이 정든 고향을 떠나게 된 이유가 잘 나타나 있다. 경제적인 가난과 정신적인 불만이 그들로 하여금 더 이상 이곳에 머물지 못하게 하였던 것이다. 그러나 같은 연에는 "못사는게 他鄕사리"이고 "漠々한 벌판이엿다."라는 구절도 이어져 있어서, 그것이 그리 쉽게 해결될 수 있는 문제가 아니라는 점을 나타내 주고 있다. 그곳에서의 삶은 고향에서의 그것과 별반 다르지 않다는 것이다. 그래서 이 시의 3연에서 "떠돌든몸 쉬이려든心思/불상한流浪民의 꿈이엿다"와 같은 결론에 도달하게 됨은, 당연한 이치라 하겠다. 이역 땅에서라도 풍요롭고 평안한 삶을 살지 못하고 방황하던 유랑민에게 이제 꿈은, 단지 쉬고자 하는 것임을 소박하게 표현하고 있기 때문이다. 이러한 점에서 "지금도 뼈아픈 눈물의記錄/잊지못할 拓史의 血痕이엿다."라고 함으로써 이 시가 끝맺게 됨은, 시인과 그 가족이 당시 그곳에서 겪었던 고통이 얼마나 심했던가 하는 것을 거

---

23) 황규수 편(2007), 『심연수 원본대조 시전집』, 한국학술정보, p.413.

듭 짐작할 수 있게 해준다. 또한 이는, 이 시가 그곳에서 발표된 동시대의 다른 시인들의 작품들과는 그 성격을 달리하고 있다는, 하나의 구체적인 근거가 되기도 한다. 이 시가 쓰인 때와 같은 해인 1942년 만주에서는 『滿洲詩人集』과 『在滿朝鮮詩人集』 등 두 권의 시집이 간행되었는데, 沈連洙의 시 「滿洲」는 여기에 수록된 일련의 시들에서 드러나는 '만주국문학'이나 '친일문학'으로서의 시적 특성을 보이지 않는다는 것이다.24) 그러므로 이 시는 '한국문학'의 범주 내에서 논의될 수 있다. 그렇지만 만주를 우리의 옛 땅으로 인식하거나, 그곳에서 고향을 그리워하는 시인의 태도를 보이지 않는다는 점에서는 차이가 있다.

한편 沈連洙 시인이 더욱 억압되는 현실 상황 속에서도 이상적 세계에 대한 꿈을 잃지 않았음은, 만주에서 중학교를 졸업하고 일본으로 유학의 길을 택한 그의 인생 역정이 작품에 반영되어 나타나는 것에서도 알 수 있다. 더욱이 그 무렵 그가 쓴 일기나 편지 등의 자료와 함께 시를 면밀히 검토해 보면, 이것이 사실임이 판명된다.

> 連絡船떠난다 釜山埠頭의밤/등불이깨여지는 波紋의그림자/울넝거리는가슴 설레는 마음/아－玄海灘아 永遠이못잊을너－//
> 어두운밤깊어 별나리는바다/배ㅅ머리에 부닥치는波濤/甲板에흔드는몸 젊은넋이/오－건너는海峽은 거세여라－//
> 밤이새도록 날이밝도록/거륵한이바다 偉嚴있는여을/언제나못잊으리니 이하로밤/내 염통에 피뛰는날까지.
>
> －「玄海灘을건너며」 전문(1941. 2. 9.)25)

---

24) 필자는 朴八陽 편(1942), 『滿洲詩人集』(길림: 제일협화구락부문화부)과 金朝奎 편(1942), 『在滿朝鮮詩人集』(간도: 예문당)에 수록된 작품들을 중심으로, '만주시'의 성격에 대해 파악하고자 한 바 있다. 그래서 '만주시'는 만주 및 그곳에서의 삶에 대한 인식 태도와 이의 시적 반영 양상에 따라 그 특성을 달리하여, 이에 따라 '만주국문학', '친일문학', '한국문학' 등으로 유형 분류될 수 있다고 하였다. 또한 이로 인해 그 가치 평가 및 한국문학사에서의 자리매김도 달라질 수 있다고 하였다. 黃圭樹(2004), 「한국문학과 만주체험 I」, 『한국 현대시의 공간과 시간』, 한국문화사, pp.3~26.

이 시는 그 제목에 단적으로 잘 나타나 있는 바와 같이, 그가 일본에 유학을 가기 위해 부산에서 현해탄을 건너며 그 감회를 피력해 놓은 작품이다. 이 시 말미의 기록처럼 그가 부산을 떠나 일본 유학길에 오른 것은 1941년 2월 9일이다. 그런데 이 시에는 그때 시인의 설렘이 감격과 함께 잘 드러나 있는 것이다. 특히 이 시 1연의 "울넝거리는가슴 설레는마음"이라는 시구에서는, 그 설렘이 直情的으로 표출되어 있는 것을 볼 수 있다. 또한 3연 2행의 "거룩한이바다 偉嚴있는여을"이라는 구절에서는, 현해탄에 대해 거룩함까지도 느끼는 시인의 마음이 구체적으로 나타나 있는 것이 눈에 띈다. 그러면 2연에서는 거세게 파도치는 해협으로 묘사되던 현해탄이, 여기서는 이처럼 시인에게 거룩함 또는 위엄을 느끼게 하는 이유는 무엇 때문인가? 유랑민 생활로 "남은 大學을 다니며 實業界에서 大活躍"(「三月 四日 月 晴」, 『사료전집』(2004), p.265.)을 할 나이에 그는, 늦게나마 중학교를 졸업하게 되었다. 그렇지만 당시 조선 사람으로는 자기 실력마저 제대로 한번 발휘할 수 없었으므로[26] 그는 고학을 다짐하고[27] 일본 유학을 택했던 것이다. 따라서 그가 현해탄을 건너며 감격하게 됨은, 어쩌면 당연한 일이다.

이렇게 볼 때 그와 그의 가족이 함께 만주로 이주했던 것이 이상적 세계에 대한 꿈을 지녔기 때문이라면, 그가 홀로 일본으로 떠난 것도 마찬가지 이유에서였다. 그러나 그가 정작 그때 쓴 일련의 시들에서도, 그곳에서의 고단한 삶과 그 설움을 나타낸 작품들이 오히려 많이 눈에 띄는 것이 일반적 특성이다. 특히 「새」와 「무제3」, 「외로운 새」 등의 시에서는, 그게 '새'의 그것으로 비유되고 있어 관심을 끈다.

---

25) 황규수 편(2007), 앞의 책, p.247.
26) 「九月 十二日 木 晴」·「十一月 六日 水 晴」, 『사료전집』(2004), p.336·p.362.
27) 「父主前 上書」(昭和 十六年 二月 十二日), 『사료전집』(2004), p.389.

2. 부정적 현실 인식과 正義 추구

沈連洙 시인과 그 가족이 이역 땅으로의 이주를 감행한 것이 이상적 세계에 대한 꿈 때문이었다는 점은, 위에서 언급한 바와 같다. 그렇지만 그가 만주나 일본 등 그 어떤 곳에서도 그리 만족스러운 삶을 살지 못했다는 것 역시, 위에서 논의된 바와 마찬가지다. 물론 이것이 근본적으로는 당시가 일제 강점기였기 때문에 이에서 비롯된 당연한 결과로 볼 수 있다. 그런데 그의 일련의 시에는 그러한 부정적 현실에 대한 인식이 상세하게 나타나 있어 주목된다. 더욱이 이러한 시대 상황 속에서도 이에 굴하거나 타협하기보다는 여기서 벗어나 정의롭고 자유로울 뿐만 아니라 밝고 깨끗한 삶을 살아가고자 하는 시인의 의연함과 함께 그 의지가 잘 드러나 있어 관심을 끈다.

> 내 어린가슴에 적은염통이 뛰고/朦朧한 理想에 새빛이 빛일때/귀에 들린힘찬 소리는/틀림없이 네가 웻친 高喊이엿다. //
> 내 四年동안 날마다 아침저녁/밑창빠진신을끌고 龍門橋의 널판을밟엇나니/그때마다 너를보고 들고했다. /어쩌면 그리도 내마음을 알어주엇엇니。 //
> 안개낀 帽兒山 물소리에 깨는아츰/落照에 물드린琵琶岩의 저녁빛에/구비구비 맺어진 苦難이 풀리우고/주린배 띄졸러서 돌아오는 길이엿다. //
> ……(중략 – 필자)…… 海蘭의 주는소리 귀에슴며 간직하고/이몸이 한목숨을 海蘭과 약속하며.
>
> — 「海蘭江」 부분28)

이 시는 그가 중학교 졸업을 앞두고 4년간에 걸친 그동안의 추억을 주로 나타낸 작품이다. 비록 가난하여 굶주렸던 고난의 시절이었지만, 해란강을 동무 삼아 그것이 매일 들려주는 힘찬 소리를 들으며 하루하루를 보냈다는 것이다. 그래서 "가노라 멀리멀리 이발길 가는곤/山을넘고 물을건너 이마음 맞는데로/海蘭의 주는소리

---

28) 황규수 편(2007), 앞의 책, pp.216~217.

귀에습며 간직하고"라는 시구처럼 시인에게 해란강은, 과거뿐만 아니라 현재에 있어서도 그가 시세에 영합하지 않고 자신의 뜻대로 살아가는 데에 있어 조언자로서의 역할을 해주는, 중요한 대상으로 표현되고 있다.

이처럼 "할아버지의 할아버지 적부터/물려주신 가난"(「돌아가신 할아버지」 부분)은, 그의 가족이 만주로 이주한 이후까지도 별반 달라지지 않은 것으로 볼 수 있다. 그런데 여기에다 그의 일본 유학은, 그의 가족은 물론 그 자신에게 경제적으로 큰 부담이 되었을 것이다. 고학을 다짐하고 떠난 그의 배움의 길이었기에, 그가 현실적으로 겪었을 고통은 상당히 컸을 것으로 생각된다는 말이다. 실제로 그의 自敍傳的 성격을 지니는 시들에서 "일에 지친 이 거리의 사내"(「가난한 거리」 부분)나 "하늘에 적은별/조을어 새는밤/구름의 틈새에/하늘도 보이고/달없는 深夜에/자잖고 버는者"(「夜業」 부분) 등은, 그의 시적 분신으로 이해될 수 있는 것이다.

한편 「턴넬」이나 「방」 등의 시에서는, 당시의 부정적인 현실에 대한 인식이 어둠 의식을 통해서 나타나는 것을 볼 수 있다. 이들 시에서는 "위를 우러러도/아래를 굽어도/선해 보이는 그 캄캄한 굴속"(「턴넬」 부분)이나 "언제나 어두운/햇빛 한 점 못 보는/캄캄한 굴방.//퇴창 하나 못 가진 주위/어둠에 반죽된 벽/한결같이 막히운 방."(「방」 부분)처럼, 어두운 곳을 모두 시적 공간으로 취하고 있는데, 이들은 당시의 현실 세계를 암시해서 드러낸 것으로 판단된다는 말이다. 더욱이 시 「턴넬」에서는 이러한 어둠 의식이 죽음 의식과도 연결되어 섬뜩함마저 느끼게 한다. 그런데 시 「방」에서는 이와 같은 어둠 속에 고립되어 있음에도 불구하고, 이에 좌절하지 않고 의연함을 보이는 시적 대상과 만나게 된다. "죄수처럼 갇히어/조각같이 앉아 있는/변함없는 성자"가 바로 이에 해당되는 것이다.

이와 같이 沈連洙 시인의 경우 그가 살아가면서 접한 현실 세계는, 가난과 어둠의 그것이었다. 그런데 그의 다른 일련의 시들에서는 그 이외에 거짓됨과 사악함도, 그것의 중요한 특성임을 나타내 준다. 특히 「밤은 깊었으련만」, 「맨발1」, 「맨발2」, 「밭머리에 선 남자」, 「폭풍」 등의 시에서는, 이러한 특징이 잘 드러난다. "사악과 가식의 티끌 먼지 바람이/밉상 굳게 불어온단다"(「폭풍」 부분)라는 구절처럼, 그가 살고 있는 세상에서는 사악과 가식을 쉽게 접할 수 있다는 것이다. 그래서 그는 또한, 그러한 것들에서 벗어나 선하고 참된 세계에서 살아가고자 하는 바람을 표현하기도 한다. 더욱이 "가장을 벗어던진 통쾌/오 - 내게로 돌아온 자연/그 무엇에 얽매이랴/거짓 없는 감촉이 감사하다."(「맨발2」 1연)라는 시구에서는, 이로부터 벗어나서 얻게 되는 자유로움을, 발에 아무것도 신지 않을 때 얻게 되는 그것에 빗대어서 나타내고 있는 것을 볼 수 있다. 이렇게 볼 때 그가 진정 추구한 바가, 궁극적으로는 正義라는 것을 알 수 있다. "정의의 무리 앞에 굴복할 것은/慘僞를 감행하던 악마일리라."(「세기의 노래」 부분)라는 구절에서와 같이, 그에 대해서는 확신까지도 가지고 있었음을 밝혀주고 있는 것이다. 그런데 시 「빨래」에서는, 이처럼 정의로운 사회가 구현되기 위해서는 개인만이 아니라 민족적인 차원에서도 지속적인 노력이 있어야 한다는 점이, 강조되고 있어 주목된다.

> 빨래를 生命으로 아는/조선의 엄마 누나야/아들 오빠 땀젖은 옷/깨끗하게 빨아 주소//
> 그들의 마음 가운데/不義의 때가 묻거든/私情 없는 빨래 방망이로/두다려 싫어 주소서
> - 「빨래」 전문(1940. 7. 24.)[29]

2연 8행으로 이루어져 있는 이 시는, 짧고 꾸밈이 없어 소박하게 느껴지지만 주제 의식이 강하게 나타나는 것이 특징이다. '조선의 엄마와 누나'에게 당부하는 글 양식을 취하고 있는 이 시에는, 정의로운 삶과 관련하여 깨끗하게 살고자 하는 시인의 바람이 잘 드러나 있는 것이다. 그런데 여기서 깨끗한 삶은, 외적으로만이 아니라 내적인 면에서도 그러함을 뜻한다. 이 시에서는 깨끗이 해야 할 대상으로 '땀젖은 옷'과 '마음 가운데 때'를 제시하고 있기 때문이다. 또한 이 시에서는 이것이 우리 고유의 민족정신과 연관되어 있는 것에 주목하지 않을 수 없다. "빨래를 生命으로 아는/조선의 엄마 누나야"라는 구절에 단적으로 잘 나타나 있는 것처럼, 이는 백의민족으로서 우리 민족의 특색과 일맥상통하는 면이 있는 것이다. 따라서

---

29) 위의 책, p.129.

"깨끗하게 빨어 주소"와 "두다려 싫어 주소서"라는 시구에는, 우리 민족의식을 지키고자 하는 시인의 강렬한 바람이 잘 드러나 있다 하겠다. 이렇게 본다면 시「빨래」는 이와 같은 당시의 시대 상황 속에서도 더럽혀지지 않고 깨끗한 삶을 살고자 한 시인의 개인적 소망을, 민족적 차원으로까지 고양시켜 나타낸 작품이라 하겠다.

3. 국토순례와 비극적 역사 인식

沈連洙의 시에서 민족적 동질성을 드러낸 작품은, 시「빨래」이외에도 여러 편이 더 있다. 특히 그는 중학교 졸업을 앞두고 1940년 5월 5일부터 22일까지 18일간에 걸쳐 수학여행을 하게 된다.[30] 그런데 그때 그의 조국 방문은, 그가 이러한 특성을 지닌 작품을 남기는 데에 중요한, 한 계기를 마련해 주었던 것이다. 그래서 그의 시 원고 묶음 중 제8집에 수록된 65편의 시 가운데 47편[31]은, 이와 같은 그의 체험을 직접 반영해서 나타낸 것으로 볼 수 있다. 또한 그는 같은 해 8월 중순을 전후해서 방학을 이용하여 고향 강릉을 찾았는데, 이때의 시적 소산으로는 제7집에 실려 있는 시들 중「옛터를 지나면서」,「바닷가에서」,「경포대」등 9편[32] 정도를 들 수 있다. 이들 시는 그 내용이나 쓴 날짜와 장소 등에서, 이에 해당되는 작품으로 보기에 충분한 것이다.

이처럼 이들 시에서 민족적 동질성을 느낄 수 있는 데에는, 이들 시가 단지 고향을 포함한 국토순례의 소산이어서만이 아니다. 이들 시는 대체로 4음보율의 일반적인 시조 형식을 취하고 있어 전반적으로 친근감을 더해 주는데, 이 외에도 다른 몇 가지 측면에서 그 구체적 이유를 찾을 수 있는 단서를 제공해 준다.

---

30) 沈連洙(2004),「일만리 려정을 답파하고서」,『20세기 중국조선족문학사료전집』제1집 (심연수 문학편), 중국조선민족 문화예술출판사, pp.493~499.
31) 황규수 편(2007), 앞의 책, pp.42~93.
32) 위의 책, pp.140~151.

서울서 밤을자니 서울밤 보곱어서/거리에 나서니까 말소리 서울말씨/옷도 조선옷
이요 말도다 조선말이더라.//

　　거리엔 흰옷이 조선옷 흰빛이요/얼골은 조선얼골 모습도 조선모습/눈을 귀를다뜨
고 들고보고 하엿쇠다。

－「서울의 밤」 전문(1940. 5. 11.)

이 시는 평시조 형태가 2연 중첩된, 연시조 형식을 취하고 있다. 물론 각 장마다
길이에 있어 다소 차이를 보이고 있다. 또한 각 연 종장의 첫 구절이 3음절로 시
작되지 않는다. 그렇지만 대체로 4음보율에서 크게 벗어나지 않아 이 시는, 시조로
보아도 큰 무리가 없는 것이다. 그런데 이 시에서는 시인이 이역 땅에서는 온전히
느끼기 어려운 민족적 동질성을 시조 양식을 통해 나타내고 있어, 그 시적 묘미를
더해 주고 있다. 특히 여기서는 '흰옷'만이 아니라 '조선말, 조선 얼굴, 조선 모습'
등에서 그것이, 다양하면서도 전면적으로 다루어지고 있는 것이 특징이다. "눈을
귀를다뜨고 들고보고 하엿쇠다"라는 구절에서처럼 그는 조국 방문에서 많은 체험
을 하고자 하였는데, 이 시에는 거기서 얻게 된 민족적 동질성에 대한 인식이 잘
드러나 있는 것이다. 또한 이러한 인식이 작품에 잘 반영되어 있는 시로는, 「溫井
里」와 「溫井里의 하룻밤」 등을 더 들 수 있다. 이들 시에서는 그것이 '선함'과 '뜨
거운 정' 등의 나눔에 의해 공감될 수 있다는 점이 제시되어 있는 것이다.

그런데 시조 형식을 취하고 있는 그의 시들 중에서도 비극적인 역사 인식이 담겨
있는 작품들에서는, 더욱 민족적인 동질성을 느낄 수 있다. "나머지 이때를랑 못 잊
을 것 이 여로를/거미줄 끼어진 옛날을 다시 또나 생각하세"(「修學旅行을 마치고」
부분)33)이라는 구절에 압축되어 있는 것처럼, 그가 지금 비록 이역 땅에 떨어져 있
을지라도, 같은 민족으로 겪었던 역사적 불행을 기억하고자 하는 마음에는 다를 바
가 없음을 나타내고 있기 때문이다. 특히 「麻衣太子陵」, 「漢江」, 「南大門」, 「松都」,
「滿月台」, 「松都를 떠나며」 등의 시에서는 이러한 면을 구체적으로 알 수 있다.

---

33) 위의 책, p.122.

　　南大門 기와장은 이끼에 빛이있고/장안을 나고드든 사람도 보고있어/서울이 南쪽
에서서 漢陽을 직히는듯//
　　옛날의 南大門엔 빛이있어 빛나더니/오날엔 古色조차 수집어 서있나니/서울을 찾
아와서는 한숨짓고 가는길손

- 「南大門」 전문(1940. 5. 11.)

　　시조 형식을 취하고 있는 이 시에서는 일제 강점기인 당시 우리 민족이 겪을 수
밖에 없던 역사적 불행이, 과거와 달라진 남대문의 모습 및 빛깔과 대비되어 표현
되고 있는 것이 특징이다. 옛날의 그것은 위풍당당한 모습과 찬란한 빛을 지니고
있었지만, 지금은 그렇지 않다는 것이다. 그래서 "서울을 찾아와서는 한숨짓고 가
는길손"이라는 시구에서는, 이러한 조국의 현실 상황에 직접 접하고 개탄을 금치
못하는 시인의 마음이, 길손의 그것에 빗대어져 있는 것을 확인할 수 있게 된다.
　　그러나 「北岳山」, 「善竹橋」, 「大同江」, 「淸川江」 등의 시에서는 그런 현실 상황
에서도 새로운 세계의 도래에 대한 바람을, 이를 위한 스스로의 다짐과 함께 나타
내고 있어 주목된다. 특히 시 「淸川江」에서는 '옛 장수'에 대해 '새 장수'의 탄생에
대한 바람을 통해, 새로운 미래가 다시 전개될 것에 대한 소망을 표현하고 있는 것
이 특징이다. 이 시는 절망적 상황에서도 희망을 버리지 않는, 시인의 꿋꿋한 삶의
자세를 엿볼 수 있게 해준다는 점에서 의의가 있는 것이다. 또한 이와 관련하여 그
의 다른 일련의 시에서는 과거의 자기 잘못에 대한 반성 또는 개선 노력이 필요함
을 지적하고 있는 것도 의미가 있다. 이와 함께 새로운 미래의 성취를 위해서는 이
를 위한 실천 의지가 요망됨에 주목하고 있는 점도 가치가 있다. 특히 "北岳아 앞
으로는 잘못은 고쳐다구."(「北岳山」 부분)나, "사람아 충신이야 못 된다 치더라도/
그이와 같은 뜻이야 못 가질 것 무엇이냐"(「善竹橋」 부분), 그리고 "남아야 이제는
너도 새 일꾼 되어 보렴."(「大同江」 부분) 등의 구절에서 그러한 것이다.

<부록3> 沈連洙 시의 原典과 세계 탐구_213

4. 자연 또는 우주의 순환 질서와 낙관적 전망

沈連洙의 시세계에 있어 두드러지게 나타나는 특성 중 남은 하나는, 그의 시가 현실 세계에 대한 부정적 인식을 밑바탕으로 하고 있음에도 불구하고, 미래에 대한 낙관적 전망을 보여주고 있다는 것이다. 그의 시들 중에는 그가, 자연 또는 우주의 순환 질서에 대해 나름대로 깊이 있게 관찰하여 여기서 얻게 된 깨달음을 표현한 일련의 작품들이 있는데, 이들 시에서 이러한 특징이 드러나는 점을 파악할 수 있는 것이다. 특히 그의 대표작 중 하나인 시 「少年아 봄은 오려니」에는 이런 특성이 잘 나타나 있어 주목된다.

> 봄은가처웠다./말렀던풀에 새움이돗으리니/너의조상은 농부였다/너의아버지도 農夫다./田地는남의것이되였으나/씨앗은너의집에있을게다/家山은팔렸으나 나무는그대로자라더라/재밑에대장깐집 멀리떠나갔지만/끌풍구는 그대로놓였더구나/화덕에숯놓고불씨붙어/옛소리를 다시내여봐라/너의집이가난해도 그만불은있을게니./서투른대장의땀방울이/무딘연장을 들게한다더라/너는農夫의아들/대장의아들은 아니래도……/겨을은가고야만다/季節은順次를 銘心한다/봄이오면해마다生命의歡喜가/生氣로운神秘의씨앗을받더라.
>
> — 「少年아 봄은오려니」 전문(1943. 2. 8.)[34]

이 시도 기본적으로는 현실 세계에 대한 부정적 인식을 밑바탕으로 하고 있다. "너의 집이 가난해도"라는 시구에서, 이를 단적으로 알 수 있는 것이다. 더욱이 남의 것이 된 '田地'나 팔린 '家山' 등에는, 이러한 사실이 구체적으로 제시되고 있다. 이와 같은 맥락에서 본다면 멀리 떠나간 '대장깐집'도 가난 때문에 이주할 수밖에 없었던, 당시 유이민 가정을 상징적으로 나타낸 것으로 이해할 수 있다. 그런데 이 시에서도 이러한 시대 상황일지라도 미래에 대한 희망을 잃지 않는 시적 화자와 만나게 된다. 그는 그러한 상태에서도 '씨앗'과 '나무', 그리고 '끌 풍구'와

---

34) 위의 책, p.449.

'불' 등이 남아 있다는 사실에 주목함으로써, 앞날이 그리 비관적이지만은 않다는 점을 보여 주고 있는 것이다. 특히 그가 "겨을은가고야만다/季節은順次를 銘心한다/봄이오면해마다生命의歡喜가/生氣로운神秘의씨앗을받더라."와 같이, 자연의 순환 질서에 대한 깨달음에 의거하여 생명력 넘치는 미래가 곧 도래할 것에 대한 확신을 나타내고 있는 점은, 그 설득력을 더해 준다. 또한 이 시에서는 시적 話者에 대해 聽者를 특별히 '少年'으로 설정하고 있는데, 이는 "화덕에숱놓고불씨붖어/옛소리를 다시내여봐라"에서처럼, 그날에 대비하는 자세도 필요함을 암시하기 위한 시적 장치로 판단된다. 이렇게 볼 때 이 시는, 같은 일제 강점기에 쓰인 작품이라 하더라도, 李相和의 「쌔앗긴들에도 봄은오는가」(『開闢』 70호, 1926. 6.)와 대비되는 특성을 지니고 있음이 확연히 드러난다. 李相和의 이 시는 국토 또는 국권 상실의 시대에 개인의 작은 자유마저도 박탈당할지 모른다는 위기감이 잘 드러나 있는 작품이다. 이 시의 첫 연인 "지금은 남의짱— 쌔앗긴들에도 봄은오는가?"와 끝 구절 "그러나 지금은— 들을쌔앗겨 봄조차 쌔앗기것네"에는, 이런 주제가 잘 표명돼 있다. 이에 반해 시 「少年아 봄은오려니」에는 오히려 그 기대감이 잘 표현되어 있는 것이다.

이와 같이 자연의 순환 질서에 대한 깨달음에 의거하여 새로운 미래가 곧 올 것에 대한 확신을 나타내고 있는 시로는, 「새벽 1」, 「너는 나와 같더라」, 「碑銘에 찾는 이름」 등이 더 있다. 물론 이들 시에 있어서는 '겨울로부터 봄'이 아니라, '밤으로부터 새벽'이 온다는 자연의 순환 질서에 대한 깨달음을 통해 이를 드러내고 있다는 점에서 다소 차이를 보인다. 특히 「地球의 노래」와 같은 시에서는, 거시적인 관점에서 당시 제국주의자들의 죄악상을 고발하고 있을 뿐만 아니라, 불변의 진리 또는 자연 법칙에 따라 새로운 미래가 올 것에 대한 확신을 드러내 주고 있기도 하여 관심을 끈다.

오늘도 沙漠에는/지친隊商이 건느겟지/暴熱에 목말은駱駝와사람/沙原에는 世紀도 踏步만한다。 // ……(중략— 필자)…… //黃河는紅水로 흘은지벌서十年/長江沿岸에

는 鬼怨聲만들리고/배매던垂楊에는 日本刀가꽂였다.// ……(중략－필자)…… //총검
이 서로닥다리는戰場/東에도西에도 砲煙이자욱/눈에는눈물도 다흘렀는지/砲煙도막을
수없이 말러버렸다/善惡은安協없는 人間의作難/正義의哲則은 不變의眞理나/二十億
良心은 운무에쌓여/발등을밟고도 싸우우더라/歷史의眞僞는 언제나判明되는/隱閉못
할 嚴然한史實이니/양심의가책앞에무릎을꿀고/不義의過誤를 謝罪하여라/새로히罪惡
을 저즈르는/世紀의獨善者를 驅逐하자// ……(중략－필자)…… 오!絶頂에설 히마리
스트/피ㅅ켈끝으로 박힌탄환을돗굴제/地脈의血管엔 새피가순환하고/낡은傷場에는새
살이돗을것이다.

－「地球의 노래」 부분(1943. 3. 1.)35)

　　총 9연으로 비교적 길게 쓰인 이 시는, 그 시적 규모에 있어서도 여느 시에 비
해 큰 것이 특징이다. 앞서 논의되었던 시들에서보다 당시의 세계사적인 변화의 흐
름을 구체적으로 반영해서 나타내고 있어 金起林의 시 「氣象圖」를 연상시키기도
하지만, 시 「地球의 노래」는 그와 대비되는 특성을 보이는 것이다. 먼저 이 시에는
세계 각처가 독재자의 억압적 상황 속에 놓여 있다는 사실이 시적으로 제시되어
있다. 물론 이 시의 1연에서는 그것이, 지친 隊商이 건너는 '사막'으로 다소 막연
하게 표현되어 있다. 그러나 2연부터 7연까지에서는 그것이, 보다 구체적인 상황
설정을 통해 암시되고 있는 점을 알 수 있다. 특히 "아푸리카歸航에 젖인艦隊가/
日本海의藻居(?)로 깔아앉을때"(5연 부분)나 "알푸쓰山頂에 바줄이걸리고/砲身이
바위에부디칠때"(6연 부분) 등의 시구에서, 이러한 사실을 짐작할 수 있는 것이다.
더욱이 7연의 "총검이 서로닥다리는戰場/東에도西에도 砲煙이자욱"과 같은 구절에
서는, 그것이 확연히 드러남을 볼 수 있다. 하지만 이어서 시인이, 진리의 철칙은
불변이듯이 역사의 진위는 언제나 판명된다고 밝히고 있음은 주목된다. 그가 이처
럼 불의와 죄악의 세상에서도 밝은 미래가 전개될 것에 대한 확신을 지닐 수 있게
됨은, 이와 같은 깨달음이 있었기 때문이다. 그리고 이러한 깨달음에 의해 그가 미
래에 대한 낙관적 전망을 가질 수 있게 되었다는 점은, 이 시의 마지막 9연 끝 부

---

35) 위의 책, pp.473~475.

216

분에서도 다시 확인할 수 있다. "地脈의血管엔 새피가순환하고/낡은傷場에는새살이 돗을것이다"라는 상징적 시구가, 바로 이에 해당되는 것이다. 이렇게 볼 때 이 시가 지니는 사회 역사적 의미는 실로 深長하다 하겠다. 이 시는 한 치 앞을 내다보기 어려웠던 당시의 절망적 상황에서도 미래의 희망적 세계를 제시해 줌으로써, 읽는 이에게 힘과 용기를 더해 주고 있기 때문이다.

그러면 그가 이처럼 부정적인 현실 상황 속에서도 자연 또는 우주의 순환 질서에 대한 나름대로의 깊이 있는 통찰을 바탕으로 미래에 대한 낙관적 전망을 펼쳐 보일 수 있게 한, 근본 동기는 어디서 비롯된 것이겠는가? 기본적으로는 자연 속에서 참된 진리와 법칙을 얻어내고자 하며36) 낙천적으로 생각한,37) 그의 생활 태도에서 그것을 찾을 수 있을 것이다. 또한 그가, 예언적 시인으로 韓龍雲의 『님의 沈黙』을 읽은 점도,38) 그 중요 요인으로 작용했을 것으로 짐작해 볼 수 있다. 더욱이 그가 일본에 유학하는 동안 呂運亨을 만나게 됨은, 그가 이와 같은 시를 쓸 수 있게 하는 결정적 계기를 마련해 주었을 것으로 판단된다. 왜냐하면 당시 戰況에 대해 궁금해하던 시인에게 夢陽은, 일본의 패망이 결정적이라는 말을 했던 것으로, 이기형에게는 기억되고 있기 때문이다.39)

이러한 점에서 沈連洙는 韓龍雲을 비롯하여 沈熏·李陸史·朴斗鎭 등과 함께, 일제 강점의 어두운 역사적 상황에서도 광복의 '그날'이 올 것에 대한 신념을 잃지 않고 이를 시로써 나타낸, 중요 시인 중의 한 사람이라 판단된다. 또한 이로써 그는 동시대의 尹東柱와 더불어 '암흑기'의 공백을 메우기에 충분한, 한국 현대시사에서 대표 시인 중 한 사람으로 지칭될 수 있겠다.

---

36) 「四月 三日 水 晴」, 『사료전집』(2004), p.281.
37) 「四月 一日 月 晴」, 『사료전집』(2004), p.280.
38) 「四月 二十九日 月 晴 大風」, 『사료전집』(2004), p.294.
39) 이기형(2000), 『여운형 평전』, 실천문학사, pp.231~233.

Ⅳ. 結　論

　광복된 지 어언 반세기가 지나 새로운 세기를 맞이하는 시점에서 세상에 알려진 沈連洙 시인의 존재는, 그간 공허하게만 여겨졌던 1940년대 한국 현대시사를 새롭게 조망하는 한 계기를 마련해 준다. 한국 현대사에서 일제 강점의 특수한 역사적 상황은, 국내에서만이 아니라 국외에서 활동한 작가들의 작품에 대해서도 우리 문학사에 포함시켜 논의하는 것을 어색하지 않게 한다. 그래서 近者에 발굴된 沈連洙의 시들은 그 문학사적 실체로, 1940년대 한국문학사를 풍요롭게 해줄 수 있는 대상임에 틀림없는 것들이다. 그럼에도 불구하고 지금까지 그에 대한 연구는 작품의 原典 확정이 제대로 이루어지지 않은 상태에서 진행되어 온 것이 사실이었다. 또한 대체로 민족시인 또는 저항시인으로서의 면모에 초점이 맞추어져 전개되어 온 감이 없지 않다. 그러므로 이 글에서 필자는 일제 강점기 在滿朝鮮詩人 沈連洙 시의 原典을 확정하고 그 세계를 파악함으로써, 詩史的 의의를 살펴보고자 하였다.

　현재 연변 등지에 보관돼 있는 시 原本과 「滿鮮日報」에 발표된 시 등을 검토하니, 그의 시 총 321편 중 49편이 1~3회 고쳐진 것이었다. 그래서 原本 끝에 기록된 創作日과 묶음별 순서, 고쳐진 흔적 등을 참조하여 最終本을 선정했다. 대부분 그의 自選 詩集 『地平線』의 원고 묶음에 포함돼 있지만, 다시 개작돼 제2집에 수록된 것도 16편이나 확인됐다.

　그래서 이를 바탕으로 그의 전기적 사실과 관련하여 시세계를 구체적으로 살펴보면, 그의 시는 '유이민 시'로서의 성격을 기본적으로 지니고 있음이 파악된다. 고국을 떠나 이국에서 떠돌이 생활을 할 수밖에 없었던 당시 우리 민족의 현실 상황을 잘 반영해서 나타내 주고 있는 것이다. 그럼에도 불구하고 그의 시에서 그는 이상 세계에 대한 꿈을 잃지 않고 正義를 추구함과 동시에, 우주의 순환 질서 또는 자연 법칙에 대한 깨달음에 의해 미래에 대한 낙관적 전망을 가질 수 있게 되었음을 보여 주기도 한다. 또한 과학 기술의 발전과 함께 물질문명의 발달로 변화되는 세계사의 흐름 속에서 일본 유학 등의 異域 체험을 한 그의 시에서는, '모더니즘' 적 시 특성이 드러남을 볼 수 있게도 된다. 그러나 이와 대비되게 그의 조국 방문 을 즈음하여 그때의 체험을 4음보율의 시조 형태로 나타내고 있는 일련의 시에서 는, 민족적 동질성을 느낄 수 있다. 이처럼 그의 시는 양면적이면서도 다양한 특질 을 보이는데, 이는 植民地 近代로서 당시의 시대 상황이 여러 모로 반영된 결과라 하겠다. 특히 패망을 앞두고 일제가 침략 정책을 더욱 강화하던 1940년대의 시점 에서도, 이에 동화되거나 좌절하지 않고 나름대로의 역사의식을 바탕으로 새로운 미래가 전개될 것에 대한 희망을 밝혀준 그의 시적 성과는, 한국 現代詩史에서 실 로 값진 것이 아닐 수 없다.

물론 그의 시에 대한 연구가 온전히 이루어지기 위해서는, 몇 가지 보완돼야 할 점이 있다. 먼저, 그가 일본 유학을 마치고 귀국한 1943년 말부터 광복을 1주일 앞 두고 안타깝게 피살된 때까지, 그의 창작시는 눈에 띄지 않았다. 그래서 그의 작품 발굴 작업은 아직 완결된 것이 아니라고 판단되며, 그를 위한 노력은 지속되어야 할 것으로 생각한다. 이와 함께 본고에서 그의 시세계에 대해 논함에 있어서는, 지 면 관계상 그 시기 구분 및 구체적 작품 논의가 충분치 못했던 측면이 있다. 그러 므로 이는 앞으로 해결되어야 할 과제로 남아 있다. 따라서 이 문제를 포함하여 그 의 시에 대한 논의가 더욱 다양한 방법으로 깊이 있게 전개된다면, 그의 시 연구는 보다 진전될 것으로 판단된다.

<이 글의 참고문헌은, 이 책 전체의 참고문헌으로 대신함>

■ **ABSTRACT**

A Research on Shim Yeon－su's Text And His World of Poems

Hwang, Kyoo－su

This paper goes deep into the study of Shim Yeon－su who was under the Japanese rule and a Chosun poet in Manchuria. It is to look around what his poetic feature is and what the meaning of the history of Korean contemporary poems has. It seems likely me that it is the original text. Today his original kept in Yeon－Byon(延邊) and other cities and the poems published in '*The Mansun Ilbo*' are examined. And then it is found that 49 ones of the total 321 pieces are adapted from the original up to three times. At the last part of the original recorded date for writing and the order by their bundles are referred. There is evidence to suggest remaking them. Owing to that, it is considered as the final text for myself. Although most of 49 pieces are in the bundles of their manuscript, '*The Horizon*' － Shim's personal selections, there is evidence to suggest that 16 poems have been rewritten from it. Also it is proved that #2 bundle carries them. On the basis of that, let's look at his poetical characteristics connected with his life. His poems are double－faced and have various properties. This reflects the wave of modernization through the Japanese colonial period. Above all, on the eve of the fall of the Japanese Empire they increased armed aggression and forced Koreans to assimilate into the Japanese culture during 1940s, but his poems are not assimilated and kept on the writing with speaking his thoughts. His poetical fruits which have the hope for a new bright future are invaluable in the history of Korean contemporary poems.

※ Key－words: the Japanese colonial period, a Chosun poet in Manchuria, the text, the meaning of the history of Korean contemporary poems, Yeon－Byon, the final text, the wave of modernization through the Japanese colonial period

사진판 심연수 자선시집『지평선』

黎明

地平線

하늘과 地平線
아득한 저쪽에
회미이 밝으레는
大地의 黎明을
보나 그빛속에
들으나 그마음으로
헤처가 ...

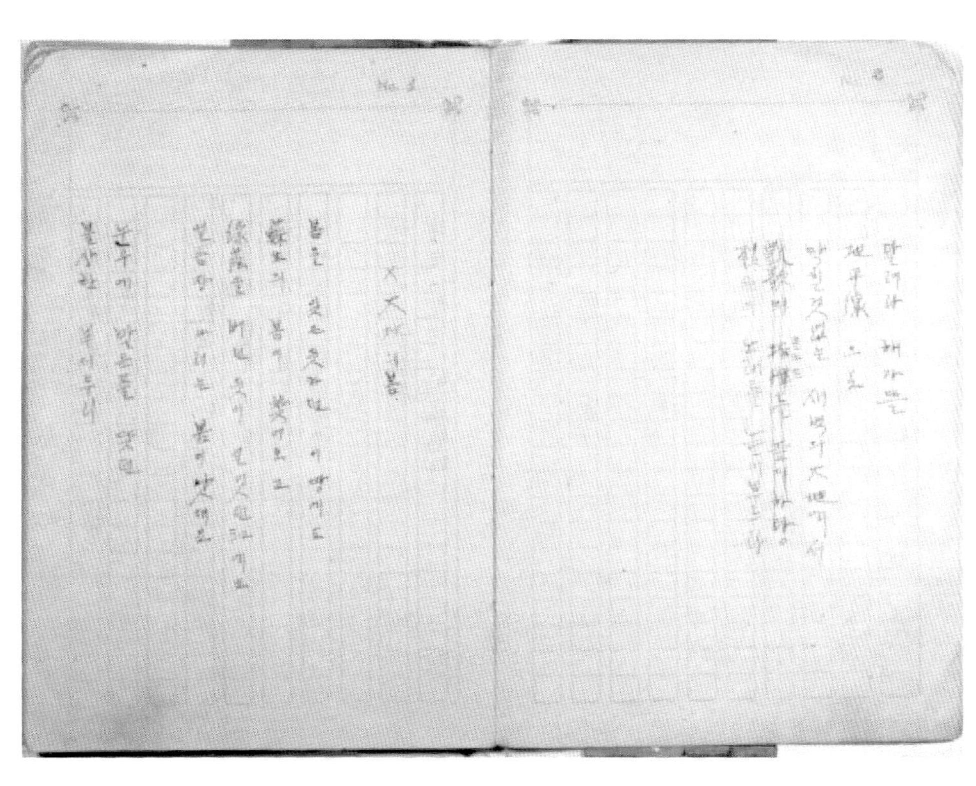

<부록4> 사진판 심연수 자선시집『지평선』_223

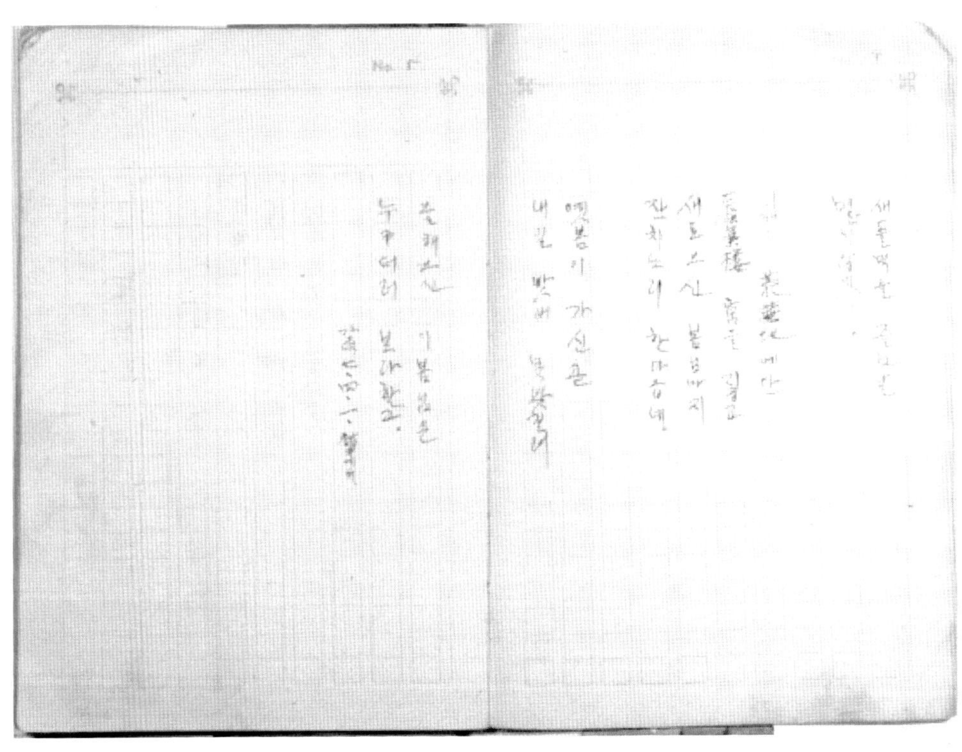

旅程의밤

길손이 잠 못이루는
ㅡ밤밤
쬐솔미 희미한 등불
머ㄹ뇌나 서글되오
갈자리 듣는 눈기ㄹ
못손의 旅愁이 전ㄱ있오

갈자리 는 조앗게ㄴ
旅愁가 몃천미 베어깃덴나
지난 손 화강에
애꾸지 땐 방배공아리
주ㅅ에 하고 있ㄱ
마음 더욱 선데ㄹ다
ㅡ두ㄴ 이밤길게 달니는 旅事
왕ㅈ니 ㄸ니ㄹ

×

黑城의 晩鐘

마음...... 대인......
餘韻은 걸게 ——
저녁가는 薄暮을
혼즉기 듯노라.
쓰람게 가슴히고
짓거눔는 期待하고
期待는 이하로도

蒲原지 뿔숲과 무거운 바위
이바름 밟으면 물너가누나。
이리움이 —— 으로메

어둠이 꿈틀꾸다
東쪽하늘 밝어온다

오! 太陽이
거룩한 그대여
어둠속에 잠드러는
모고젖은 그 입춘을……

　　　　七·四·九

X　　靑春

沙漠에 남긴자최
반사람 멋이둔가
한떨기 두름열고

낯이면 熱沙漠,
온몸 멋十里에
처벅 저벅저벅

저山에 꽃이다
꽃도아니 하늘가
저山에 꽃이다

밥이때 冷沙漠
갈철로 멋萬里나
그런는 이발란당.

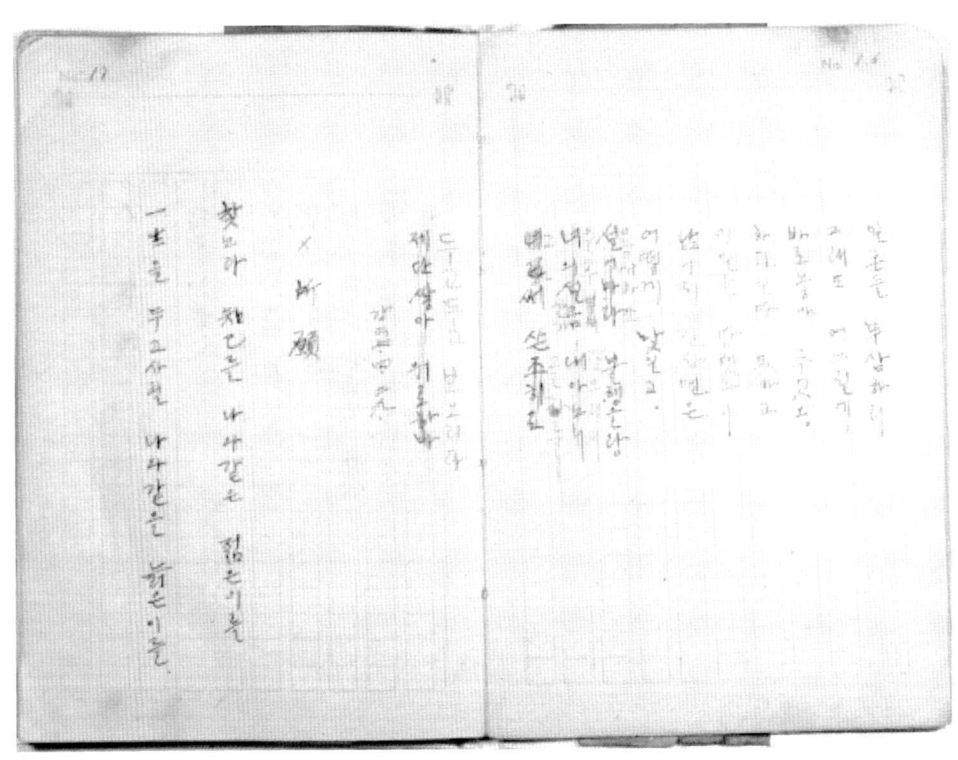

230

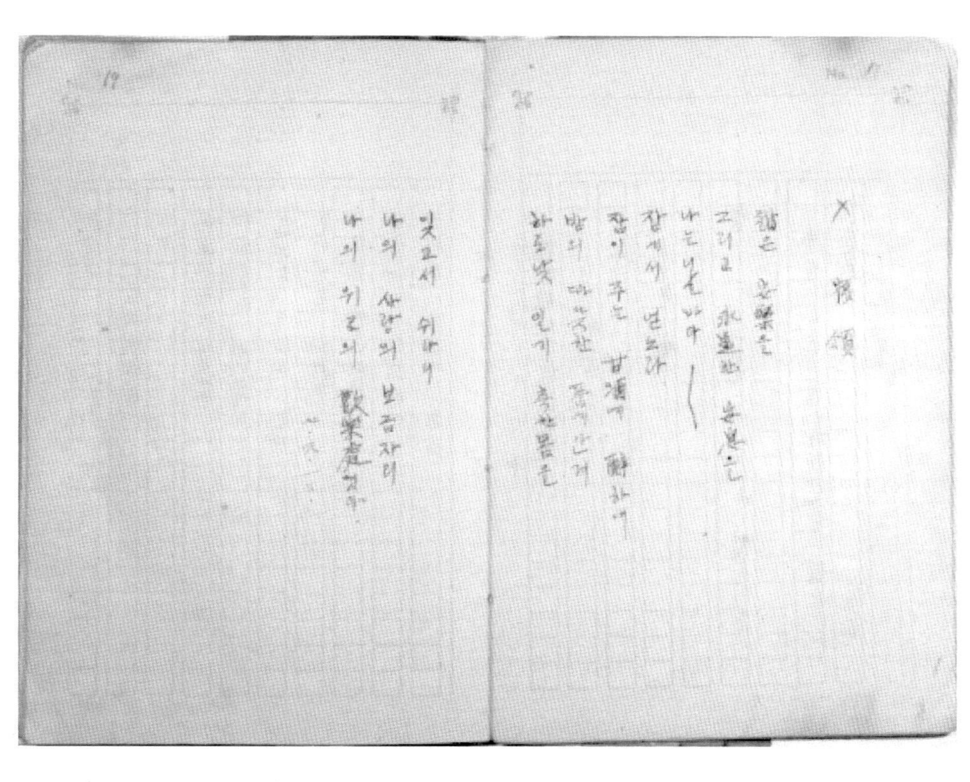

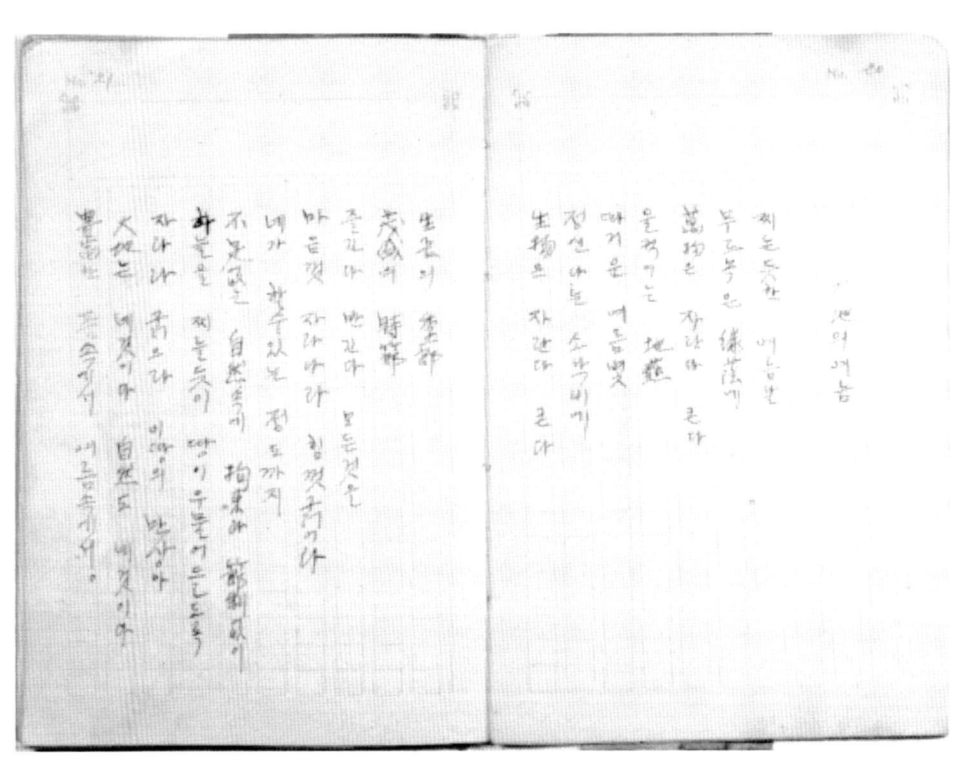

낸여거눔

체는 동하 네느ㅁ믄
무조누은 緣漢에
萬物은 자라나 큰다
오늘에는 地熱
매기운 어음멋
정선에도 소쌓씨비기에
生福은 자란다 큰다

生命의 불群
志威에 時節
즐긴다 빈긴다 보든것을
내가 하주있는 정도까지
마음껏 자라나라 힘껏크거다
不足없는 自然속에 拘束없이 萬物風景이
화분을 체는듯이 땅이 우붓이드드ㅇ
자나나 큼으라 이땅의 밤상아
人性는 네겻이야 自然도 네겻이야
뽕넓는 ○○○속에서 네그늠득기다.

232

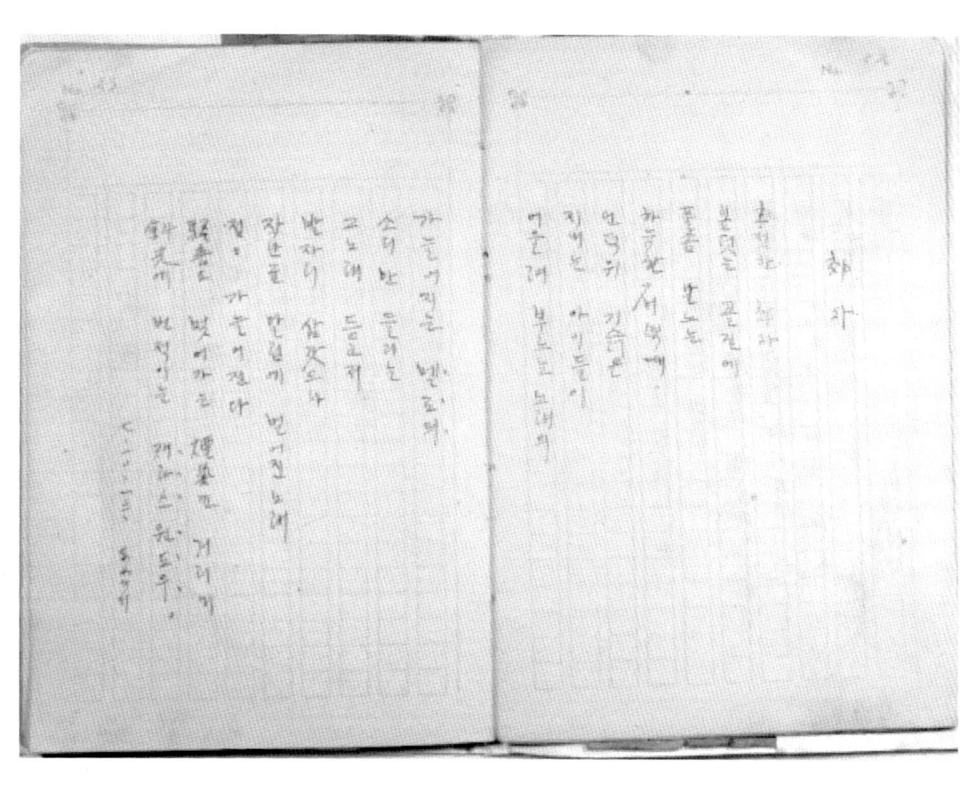

母校

생각하면 百年前
새기 봄 낮은 골
돌아다보매 눈에익은
우리들이 學窓들어
잊기 어렵게 기쁜 벗들
敎育의 殿堂에
새일로 빛이납소

모아들게 젊은 이에
學園의 숲속
넙게굳은 갈우게
歷史같은 우리母校
빛이 ～ 빛납소서

4.1.18.

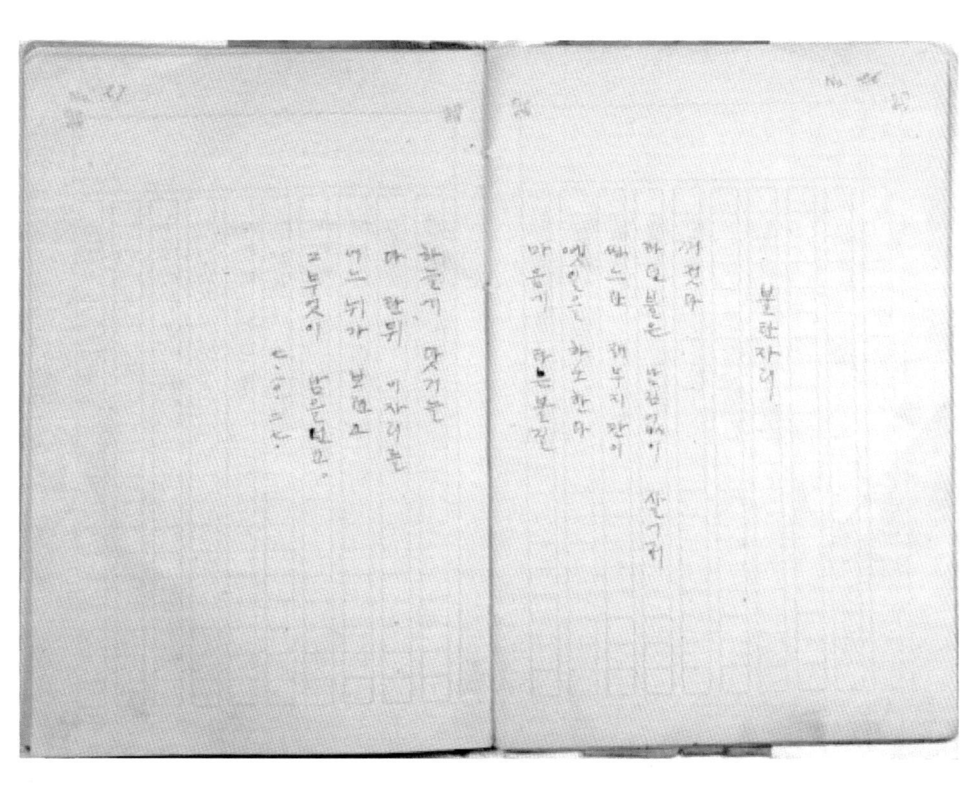

火帝의 가을

가을도 꽃는 때
끝없이 푸른 하늘에
가벼이 또 조각구름
더욱히 나 조흘흔세라.

漢陽의 하늘아래

가을가는 가을風景
잠이 서느라은 마음
가을이 바람

그의 봄이길래
혜성만 [illegible]
神秘로도 感覺한
그의 봄이길래
[illegible]

맑게 나리는 서에게

No. 31

50

서늘한 새벽 하늘
서리 맏신 이슬이
황맞은 깨여 간다

하늘 곳게 높으노
아츰연기 깨에
달아 즐겨라 힘차게
이땅의 보라

運動員信號手

들 길

아늑한 별판에
알밤은 든길를
밤놓고 걸으니
이하로 온해를
가면서 가을혼
이바음 실증서
끝붉는 이건은

거러서 있노라
잔길이 졸기에
잃은줄 몰으고
긴해도 짧어단
어둘게 걸였다.

　그언·드느.

　　　　ㅅ
　　산길

온길이 낼길같히
보이느냐 그것든
멧실로 노는동산
한산같도 못노앗네
밤길이 청한눈
먼저부러 밝갓드느
지나건 그간온손

牧笛

慣한 우리 잇것는
어린 그때에
마음문 연한 풀닢이
봄바람 반갑다가요.
가을에 지내는 강가 언덕기
多情한 정영엊새 그래진 우리게는
멀아야 그늘 쉬ㅁ와 던가.

처음이는
가리마 이 길도
어엔 수월 별이나
자최아저 히미하나
더만아 없어가
본부른 맴수만어
간날은 멸물며
가마가 가진해도
쉬며 반전 않으리다.

61.11.2.

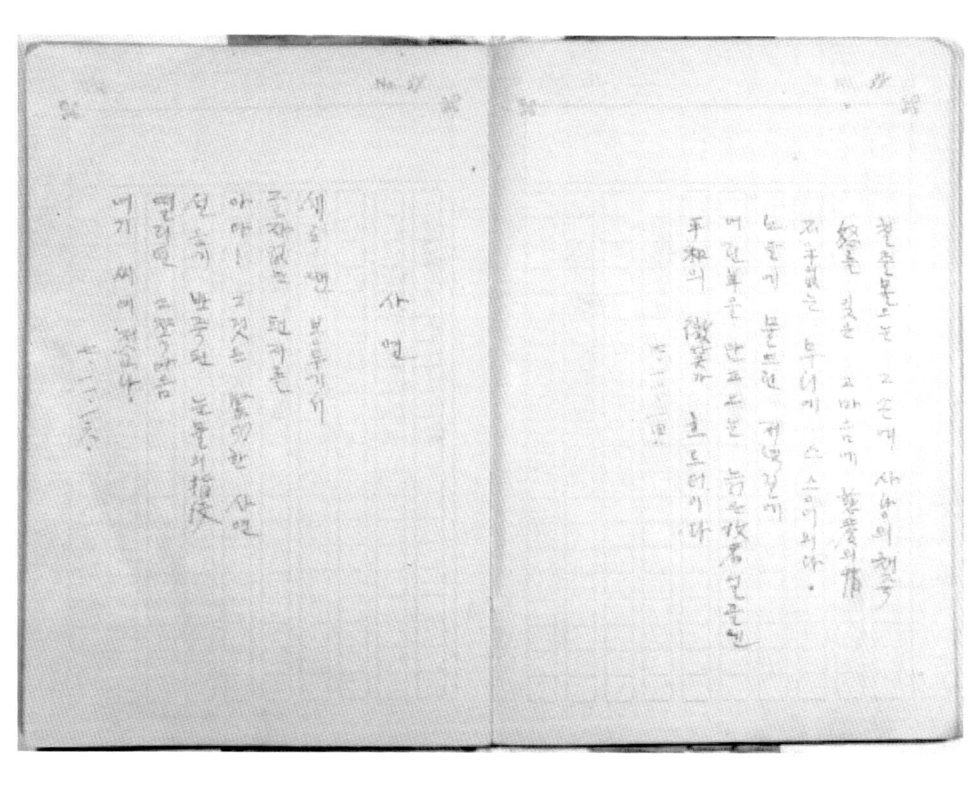

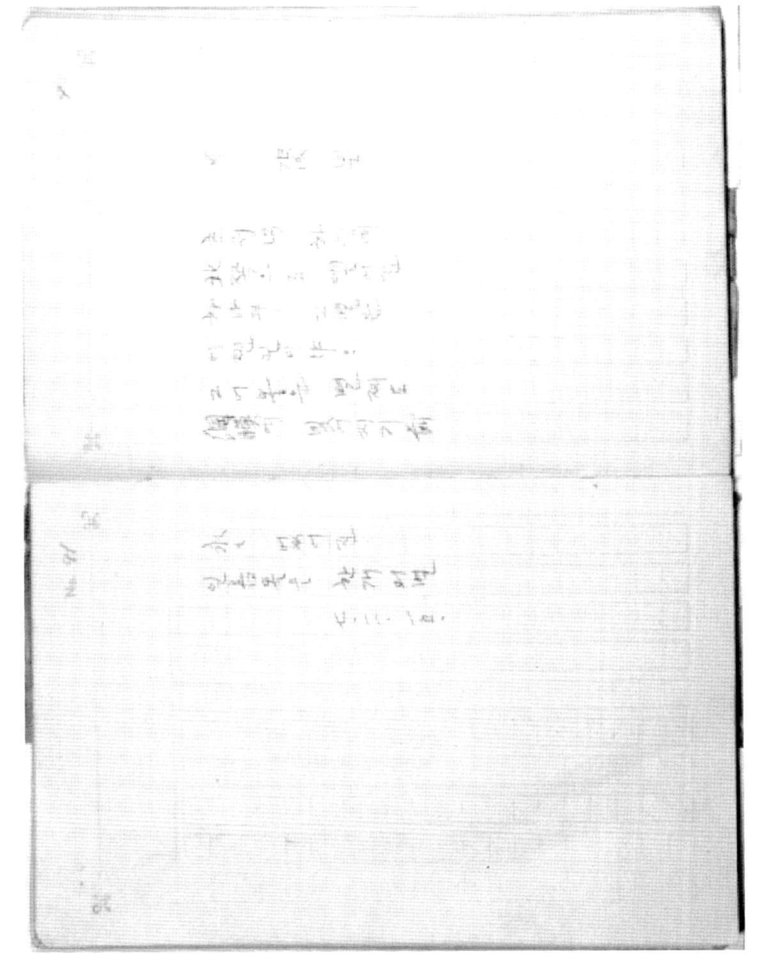

흘러간 무리

뭐브지 젊은가슴
넘노던 우리무리
배움의 동산거기
굳게뭉처 잘아낫다
빛을찾아 무리무리
불꼬안고 돌수갈제
새가 「...」

남찬가슴 긴녁깃지.
간이 따느며
한일이 갈잡어도
쓰임의 짓음이야
머느게나 갓으니.
가요야 멀온이며
혼기저야 한일이면
보느서 이헌웂든
맛기잡고 흔거낫느다
一九三·六·二.

바다의 바다

바다 보다 산가 모양 太平洋한 보판에
荒波가 넘치는 넘어바다 그런 으로
荒波기 벌어가는 꽃송말 회색서
航路는 바다 쪽에 一里를 감아바다

새로 波濤 멀리소면 珊瑚돌기 기스라고
暴風雨 내리지면 暗礁밑에 의지하여
하열없는 한복판으로 그리 저녁 산아가
이름이 진이거든 물소리마다 감아앉자.

一九六八

슈밀의 섬지기 붉온꽃이 많은
마음의 믿창에 기둥이 죽는들에
선율을 잡이우고 모른것이 고요한데
그무겁 찾는마음 혼롤헨 이발기
인젓이러든 옛날이 서상스럽다.
밤이길가갈거 마음도길거스으면

참아붉옥 가온에 항혈하노 거줏
거줏세 사눈사람 허황기상
너의 길혼은 사람이다.

겨울의 기도

눈이 녹아 내리는 가슴
언 땅에 胎搏이 움직이는 모양
햇살로 가볍게 찢어 벗고
바람결은 도질어 젓다.

넘쳐나게 生命으로 엎드린 大地
生命이 숨소리는 거세어지고

굳은 겨울 역세게 지는 힘
大地는 살쪗다 소리도 살쪗다.

우리게 자라는 이땅의 아들
즐겨 맞노리 業嘉의 새—로
脈搏의 겨울이 그그냥 뛸것다.

벗어라 귀찮은 그 拘束의 더움을
알뭄으로 뛰쳐나와 뛰워이라
精神마는 大氣의 火焰에 비거간을 보리라

떠나는 겨울 꽃

가고파 애쓰든 간
때 묻은 오든 날
남저들 모든 것이
새롭게 그리 워진다

간 걷도 없다

한없는 맑은
이세와 알길게
은은 뜻 깔그지이다

집찬칠 가는 곳에
두거울 없이 우래라
신화이 겪었으니
알마귀 뚝 하며라

71. 1. 7.

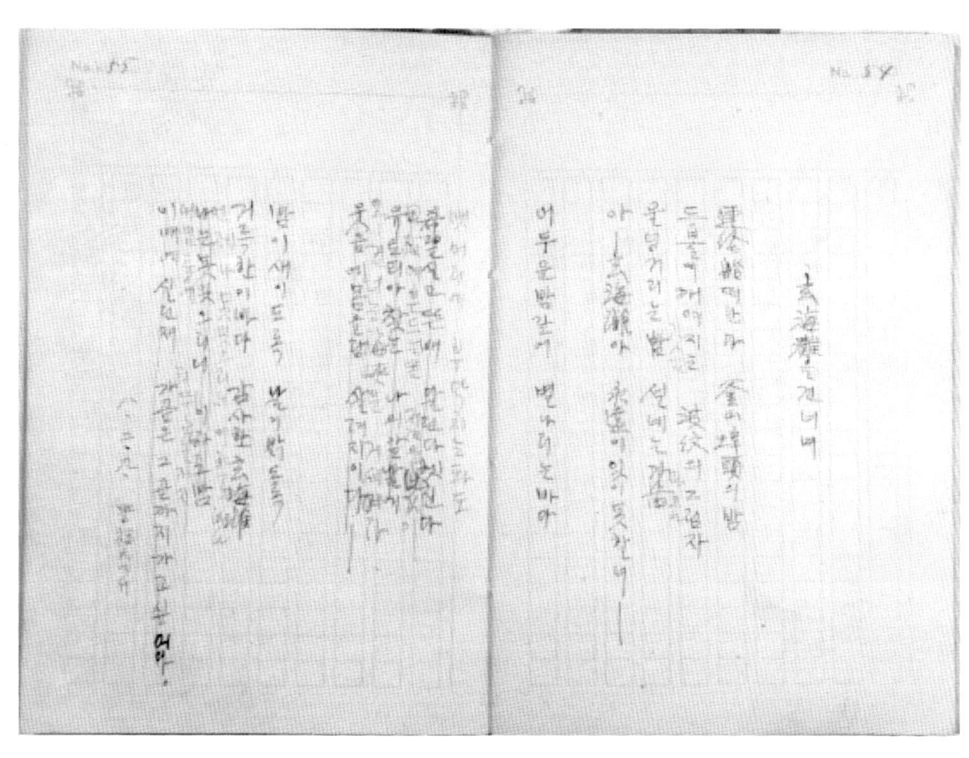

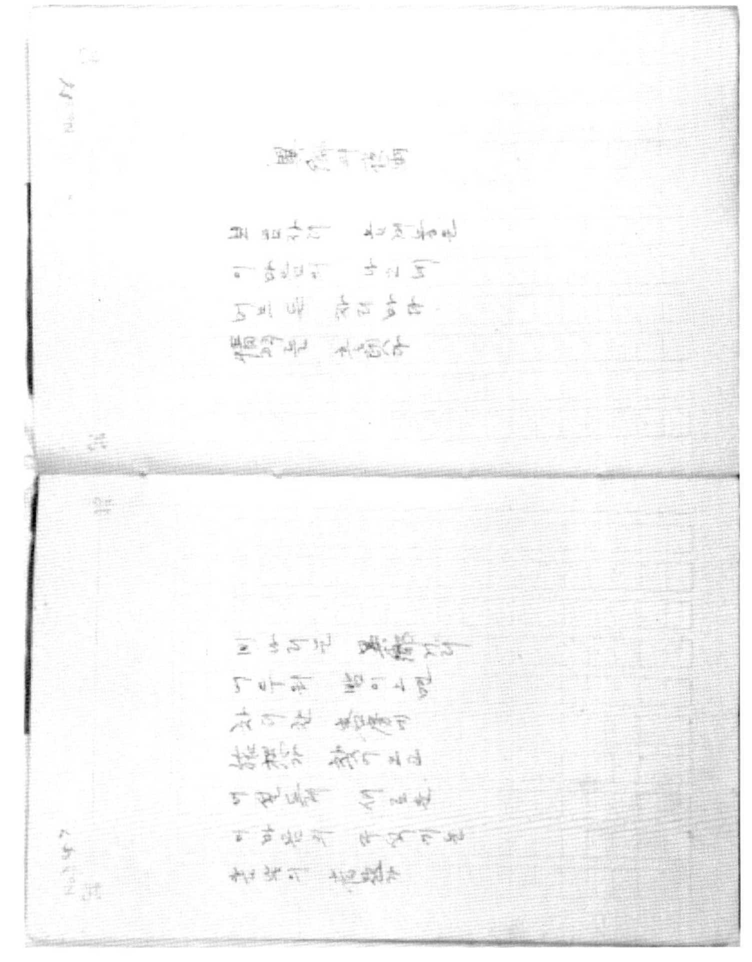

[illegible]

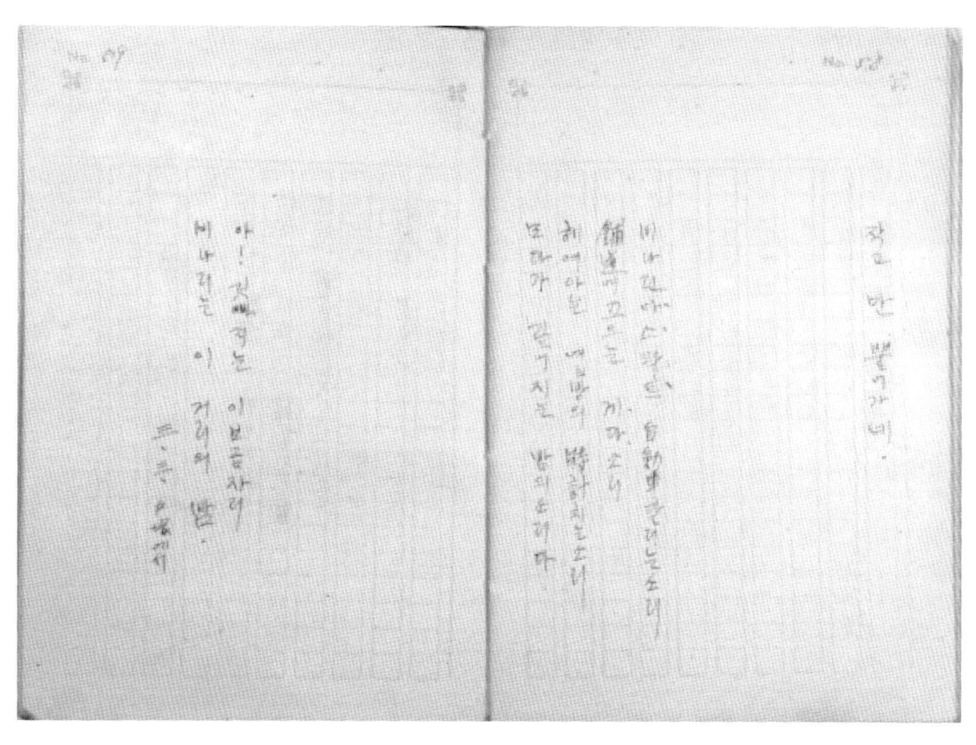

거리 없는 꿈

사나이 脈搏이 뛰노는거리
잠들어 … 躍動하는밤
힘찬 鼓動에 발을 맞춘다

街路에 꿈틀거리는 스산한 누리
배움의 흐름을 멀리 헤치고

가엾이 헤치어도 아득이
新綠이 밝어 오는 거리
젊음과 陽傳榮이 멋스으미
밤이 새도록 얽히지 않고 지새우리다.

54. 1.

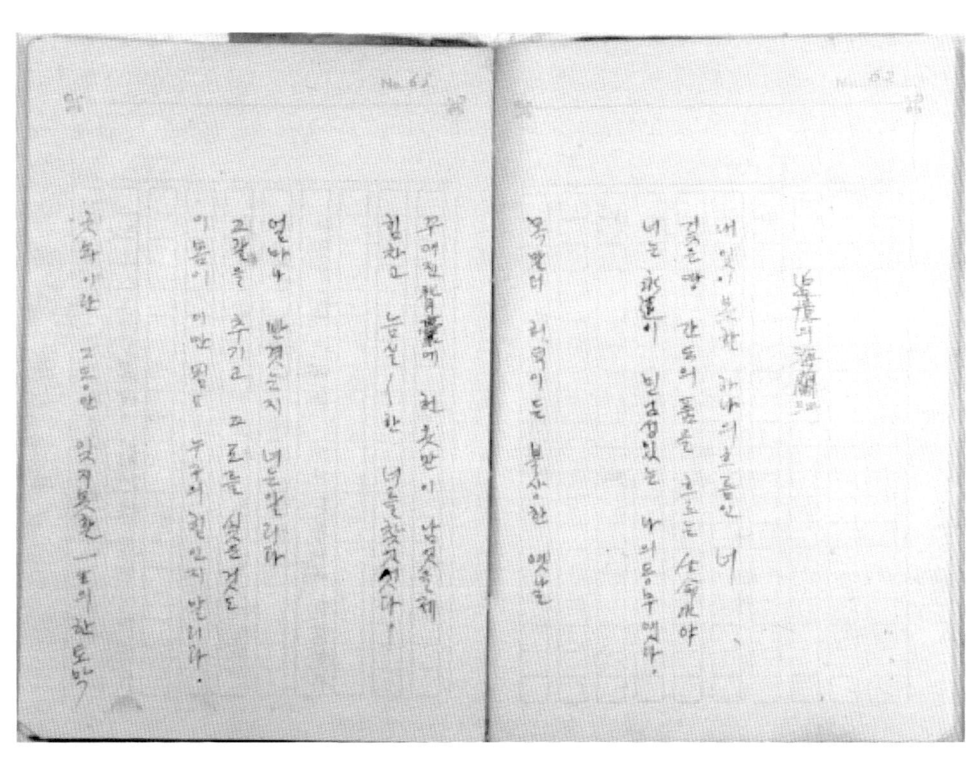

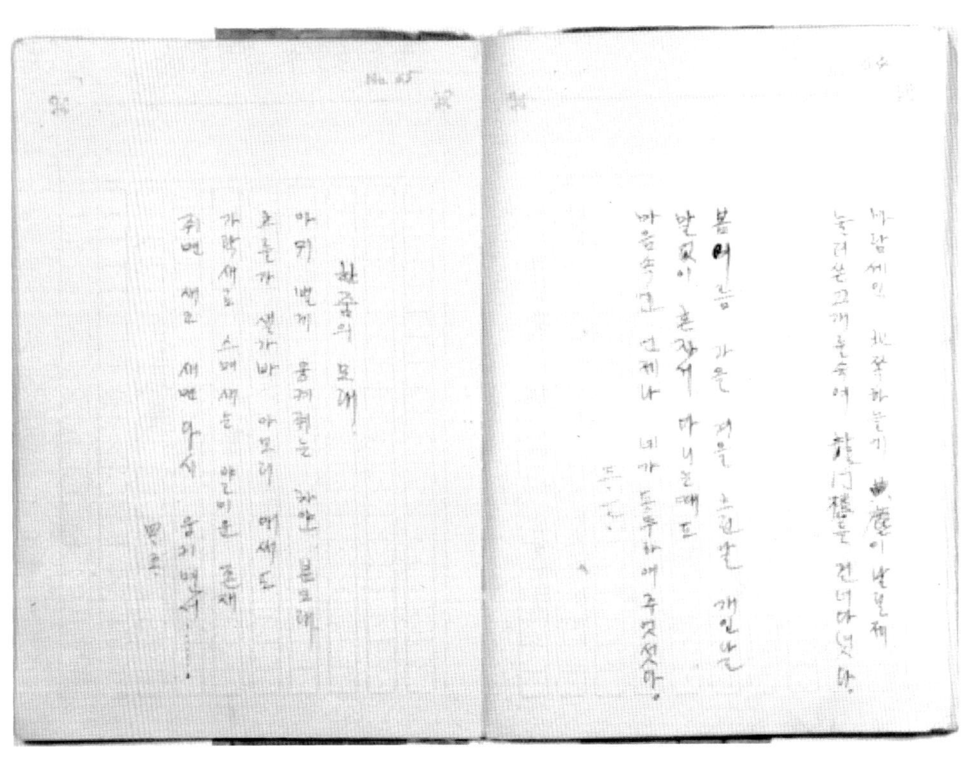

바람새의 비쪽하늘기 蝶·尊이 날 날 제
눌러쏜그게 눈숙어 참다램을 건너다닛다.

봄여름 가을 겨울 조런밤 깨인나면
반딧이 혼잣서 마니른때도
마음속그러 너제나 메가 동무하여 주엇섯아.

한줌의 모래

아미 번게 동거주는 하늘 불교때
초를가 샛가바 아모기 메세도
가밝새도 스메새는 안모기은 존재
쥐메 샘은 새벼 마수 용기 맞수……

민.순.

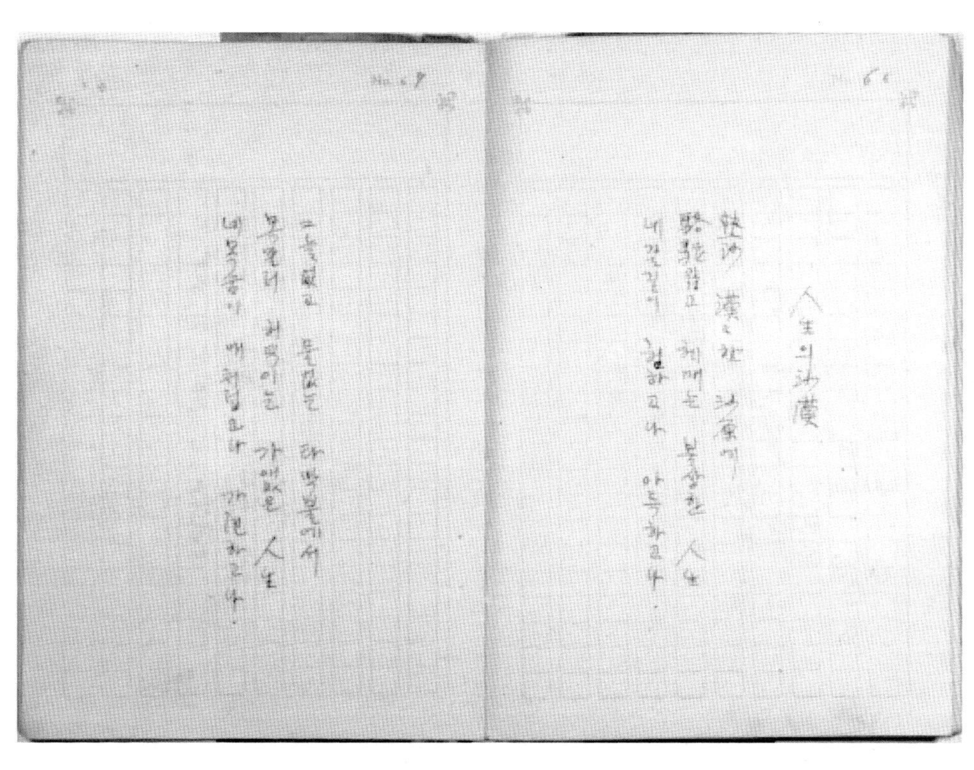

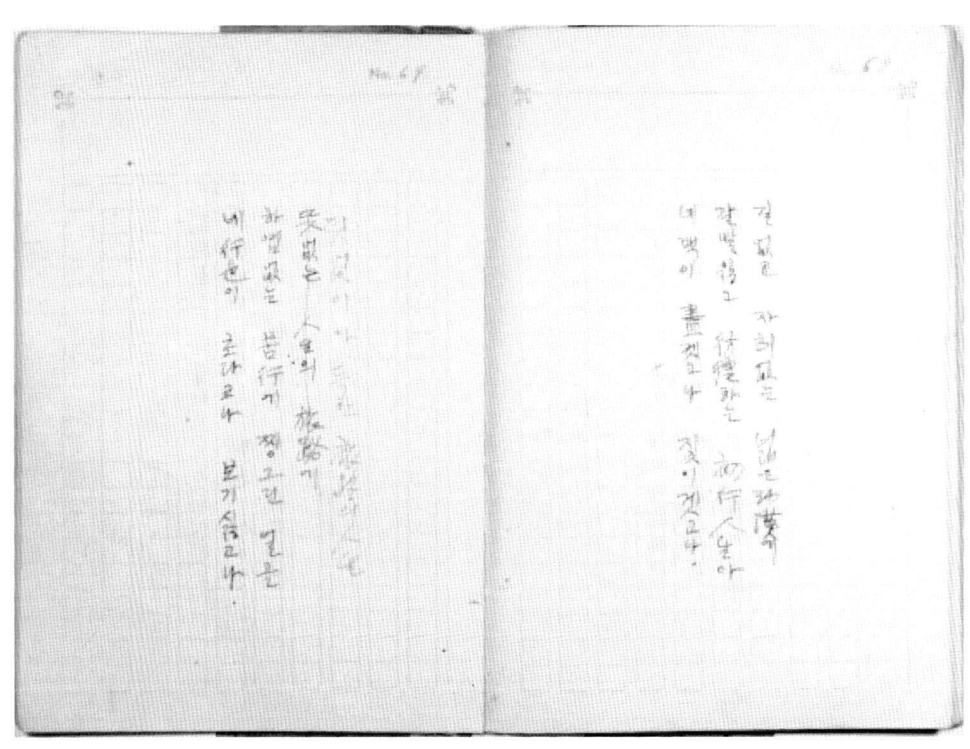

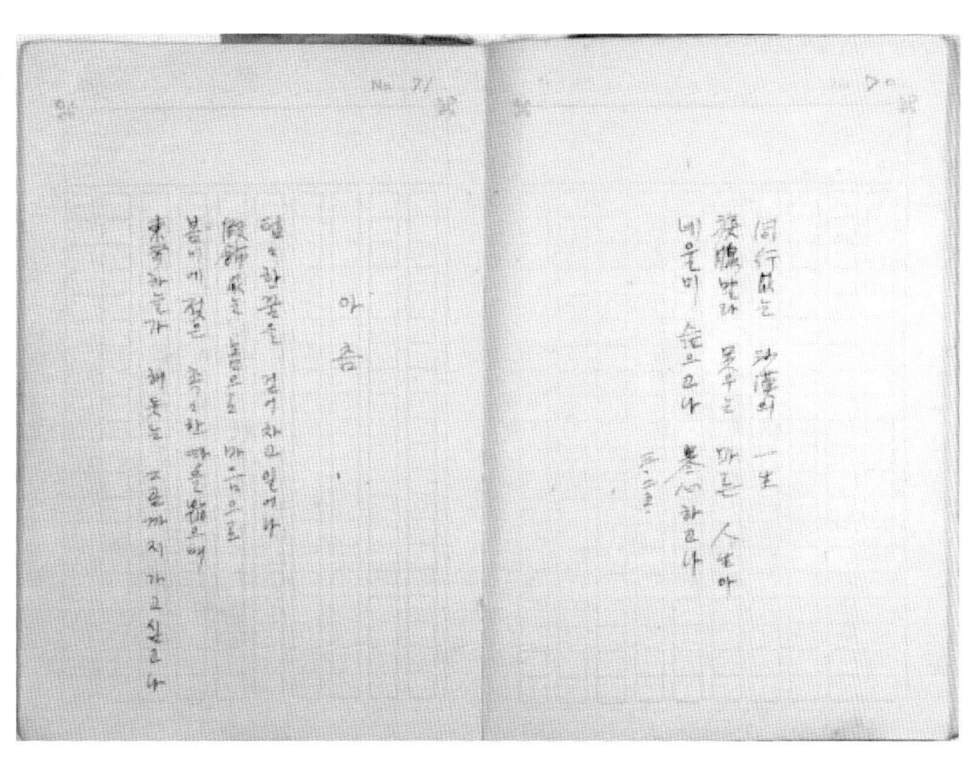

안타까운 날들의 너울들은 잊어버리고
바쁘숨찬 시내ㅅ가 차돌들을 주으며
안개에 平和로운 情景을 바라보며서
촛불이 북 빛이듯 그 끝까지 가고 싶어

閔人

그

참……
잔아것는
끝까지 그것으로
박이면 좋겠오
그러ㄴ 누겠오
나ㅂ……

기다림

끝이없는 사랑을 기다려본 맘
나로써도 보조거운 靑春의 작안
故鄕에서 날은버린 신세이기든
부르든 임술노 잡은 그대와 불너보자
사랑의 춘추가 되노든 배한천

누구찾어 그노닐는 실솔인말인
철없는 기마림이 가슴조이는
기하로 비나리는 저믈운밤도
임사는 바다저쪽 눅한크람다
沈. 蓮

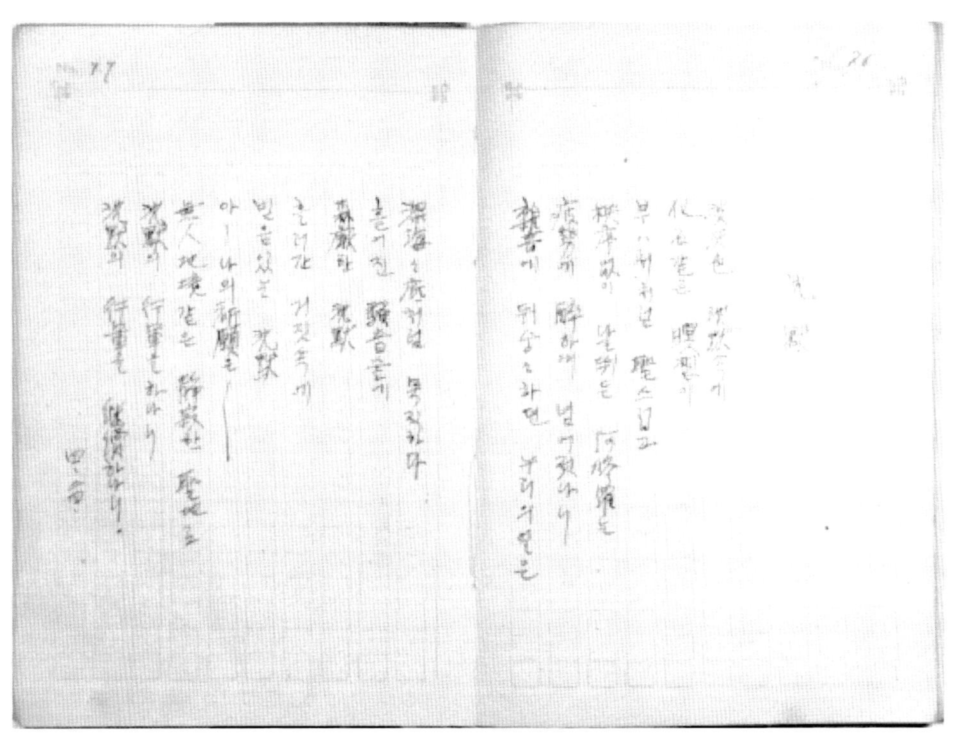

化에른 暝寂이
부서지는 聖스러고
松年의이 날뛰는 阿修羅를
疾품에 醉하게 넘어졌나니
菜품에 뛰음을하면 너리우런모

深海가 底처럼 묵직하다
늘기친 騷音들이
森嚴하 沈默
흐리간 거짓죽이
빈·음없는 沈默
아ㅡ나의祈願을ㅡ
無人地境같은 肅然한 歷史로
것과 行軍을하나니
光默의 行軍으로 陰沈하나니.

巴音.

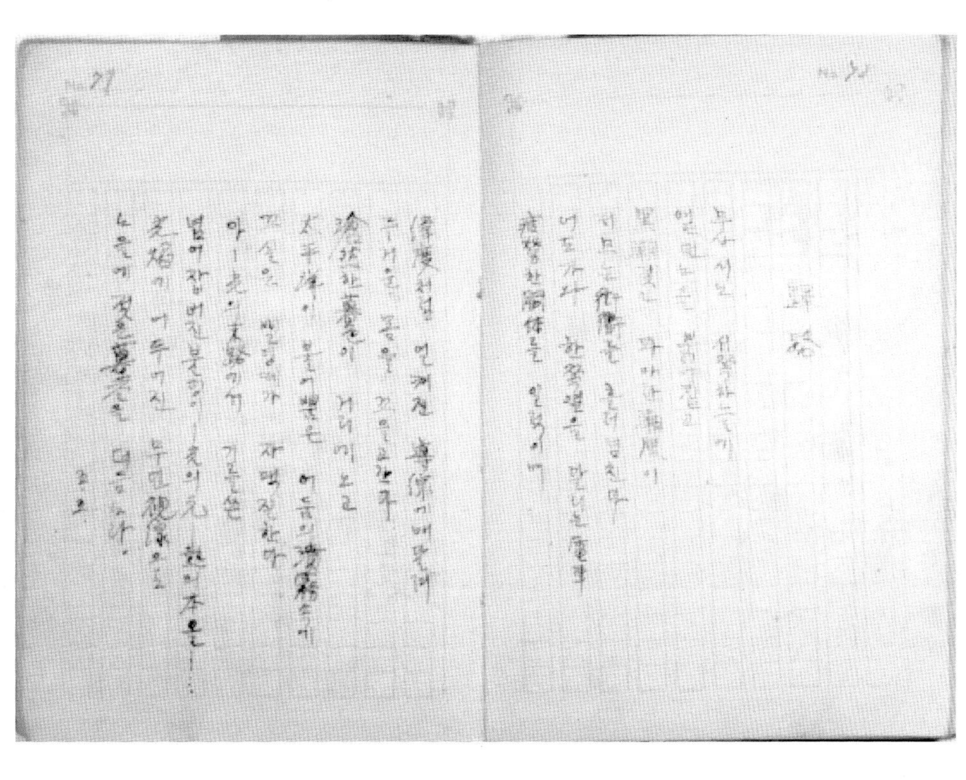

새벽

未明의 曉野은 아직도 잠잔다
동터운 새벽을 깨베받은 잠든이나
잠드진 햇해에 빛을 불으는
새 빠러갓 붓기에 눈으로 본다
동은우 미러듯 사흘하다 땅이 그것고
大鼓는 불인으로 呼吸의 律動

地心을 눈떠난하 그 차줌은
디몬는 싸음의 錦勢의 歷을
暗黑은 으의 凱旋待兵나
萬籟의 알의 屬眠한 過去로ㄴ
감ㅅ한 어둠속기 쓰기젓우
勝利者이 華麗한 古典한 閣속이
오대지잖이 쓰기란 暗쯧이
그의 바로은 물들밝의이니
숨으로 웃구 바들까이이라
쥐매란 쇠ㅅ해로

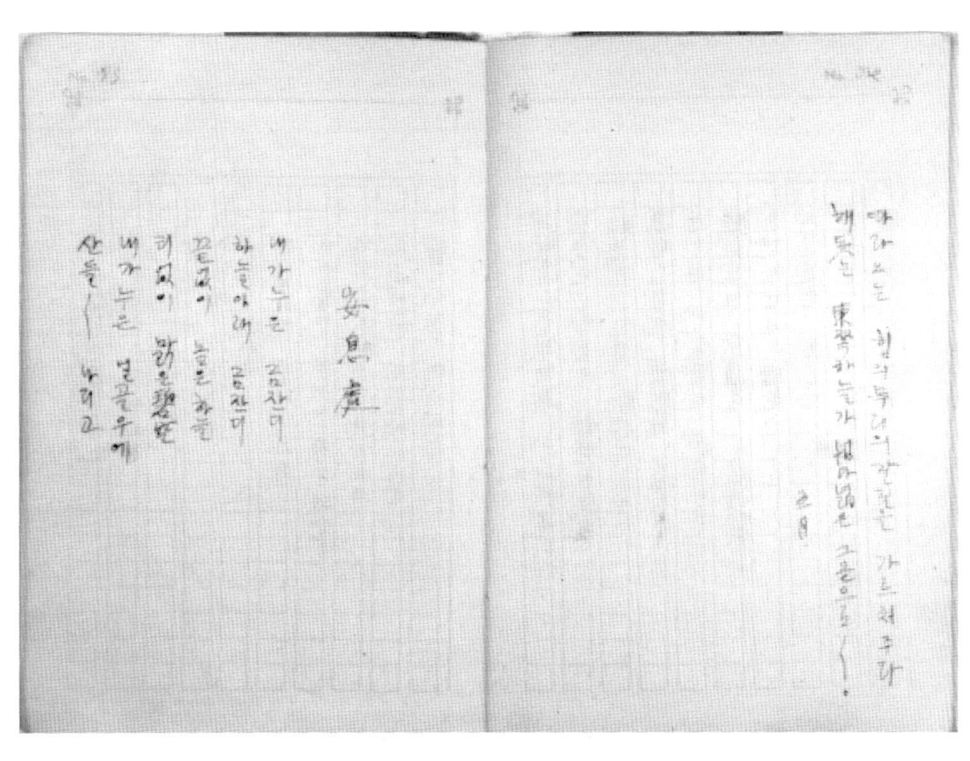

내가 거면 모두두이에

보든 ~ 독신해라

맨나쁨 잊인맏다리

마음껏 겨보글

고말도 신세로

꺼셔없이 영구는 자라

셰반손봇기 꾸거친 쿠우쿼산은

네가 슨우에서 마리러니

추셰없이 자군 찾는마그

쉽어하친 말너마구

굿찬자의 안싱처되느

끼니쳔낭 받너마구.

푸ㆍ찬.

가을의 노래

가는 高峰에다
뿜어서 뿌리는지라
비바람 찬 서리에 모질주기요
儒道에 天地에서 沐浴하야
우리의 念願도 理想을 안다
地球의 손바닥을 파고 있다

上校의 高峰에는 높이 어서 보며
地心에서 하늘까지 뻗기도록 뿜는다
우리의 理想은 건다
우리의 願望은 한다
지一 民主에서 못에서 같이
세一 平和에 꿈꾸면 理想꽃이 이라 피려다
書齊에서 밀려드는 꿈을 구름과
天地道는 學聲處潔에
不世間은 再聞關에 姑待의길다

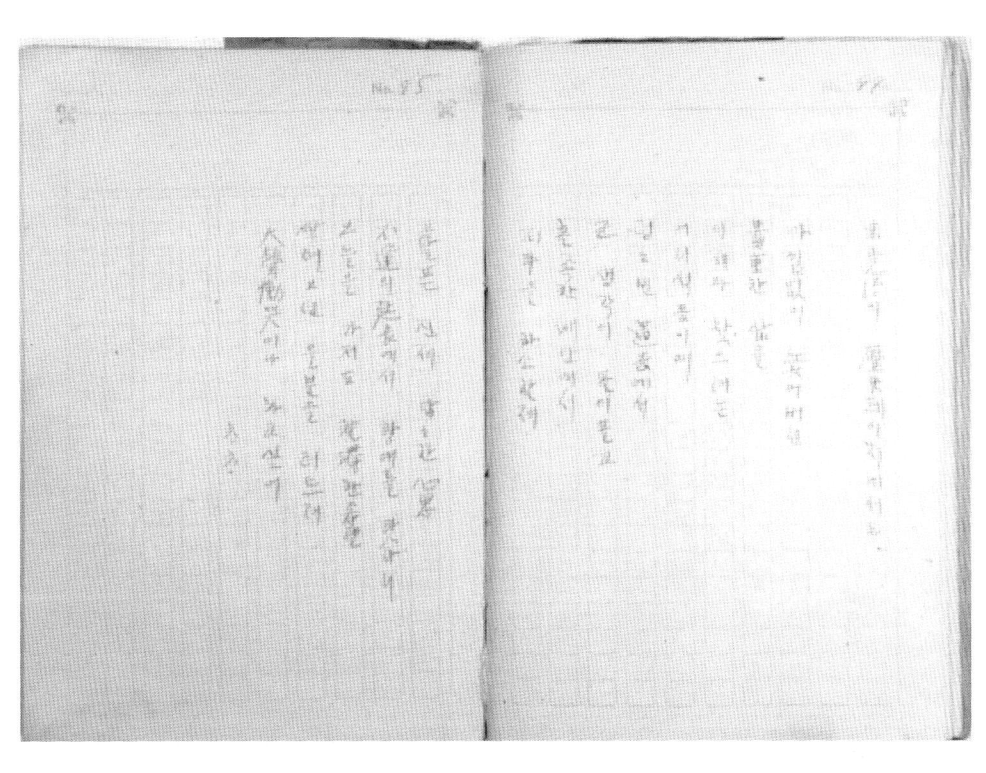

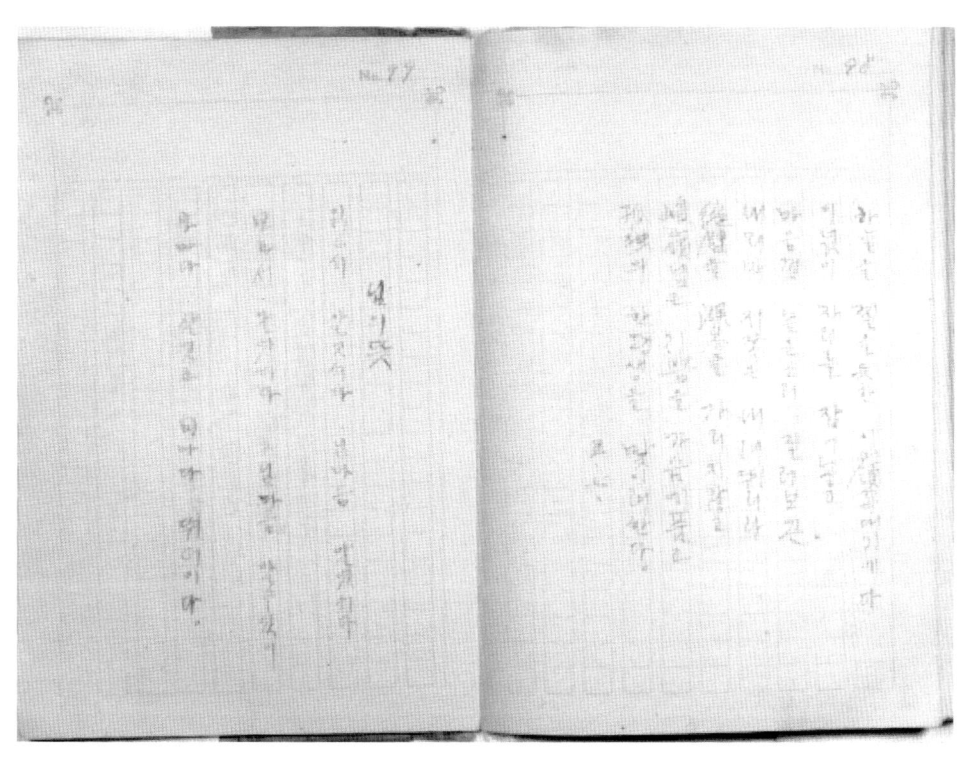

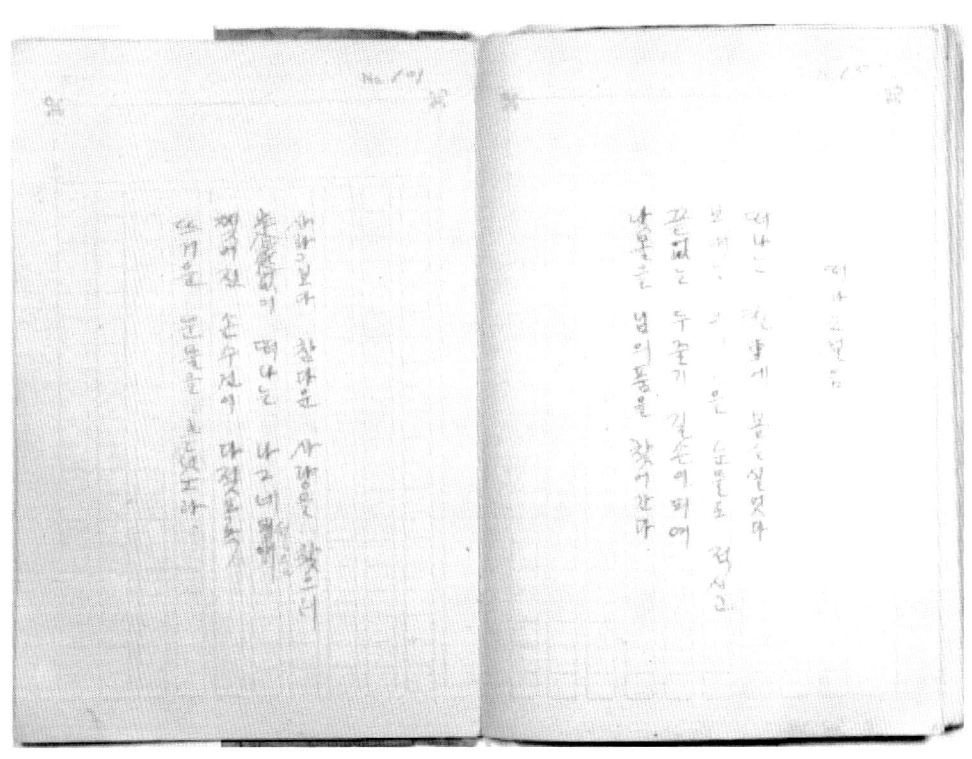
떠나는 첫 번에 보고싶었다
보내 은 나그네로 전서고
꿈도없는 두 줄기 길손이 되어
나무들 넘어품을 찾아간다.

나그보다 참다운 사랑으로 찾으나
수상없이 떠나는 나그네 품에
정어진 손수건이 다정스럽고
쓰기을 군물을 흘렸노라.

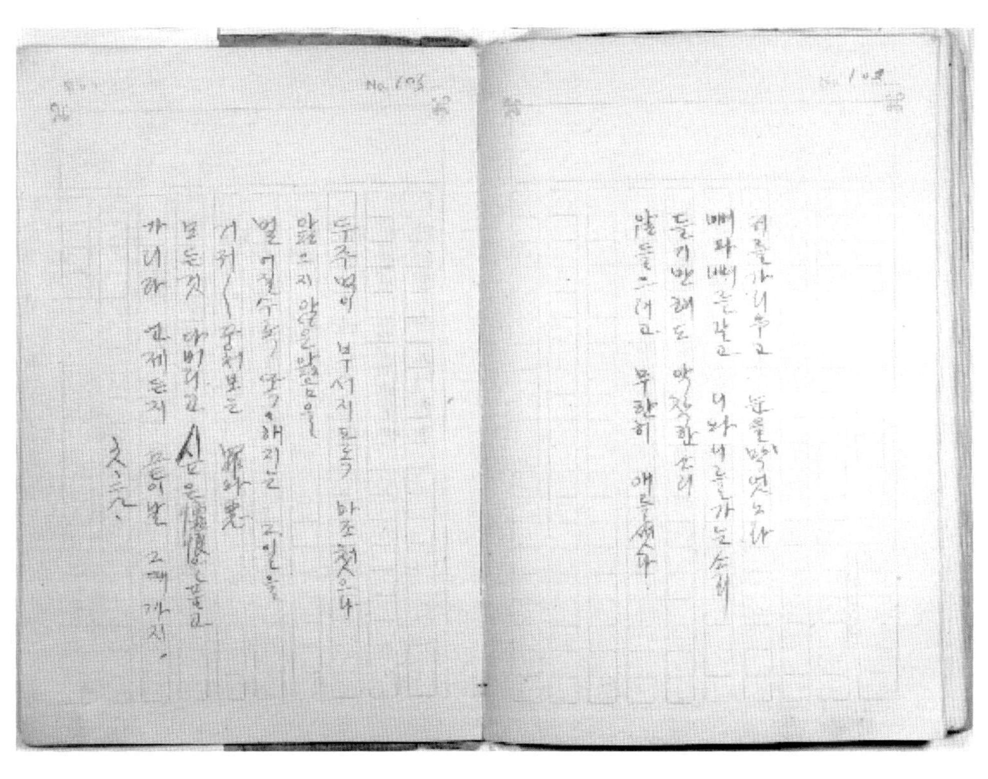

눈 꽃

明師에 피는 꽃
참사랑 나눔의 靑春
塵世를 떠난듯이
微笑하며 춤을 춘다
꿈없이 밝음을 한울게
기도같으로 하여큰다

大地의 품기 안기
빈 가슴은 天福을 그릇을
壽福속에 우리자란 幸福의뜻
그세월 天機으로 인애려 힘
보며 놀든 理想에 살녀도 멋시
두데서 찾으면 피어른 삶이영아
내가 찾는 참다운 生命의꽃
生活없는 언배의 꽃이된다
一回

내가

깨끗한 靈魂의
값있한 心魂
안개낀 새벽아츰
이슬나린 내스가슴을 더듬으며
지변한德을 찾어보다

오직 때 줄모르는것을
生活이
어요희사며
한도복이 꿈이엿다
한울기 설웠다엿다

샘 물

보아도 만치않고
듣어도 못고싶은 샘물
끊임없이 소사나는
유리한 찬물
나는 찾으내라
내 봄생기시도

그와같은 샘물
그와같은 모든것을
어두운 밤 긴설에서
한줄기 샘물은 언것을때
그얼마나 반갑아가
그얼마나 즐겁더냐.

오 살것이—

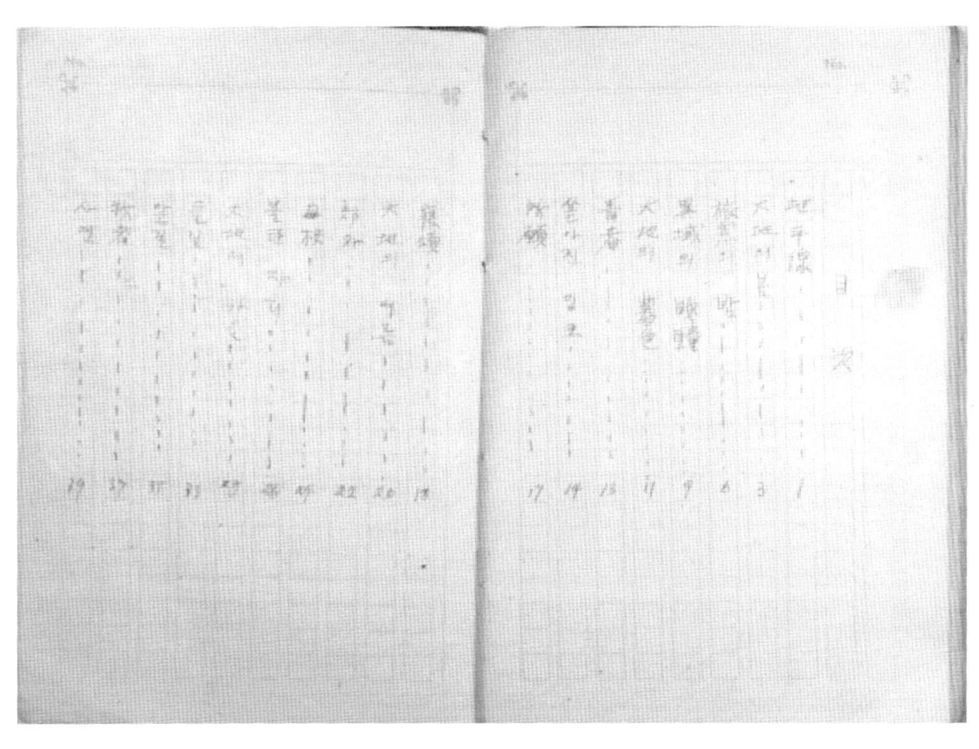

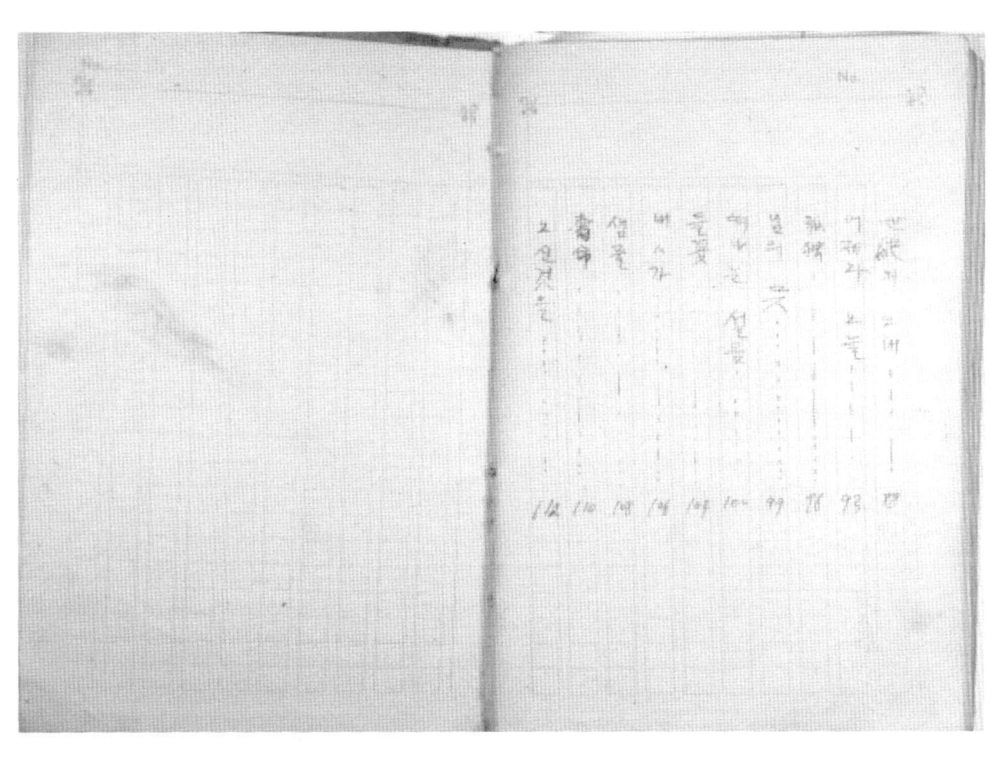

· 저자 ·

황규수
(黃圭樹)

•약 력•

인천 출생
인하대학교 문과대학 국어국문학과 졸업
동 대학원 석사·박사과정 수료(문학박사)
현재 동산중학교 교사
　　인하대학교 한국학연구소 객원 연구원
　　한국방송통신대학교 강사

•주요논저•

「시에서의 시간 연구 ― 만해와 소월시를 중심으로 ―」
「한국문학과 만주체험 ―『만주시인집』과『재만조선시인집』을 중심으로」
「정지용 시 연구 ― '공간·시간 의식'을 중심으로」
「윤동주 시와 심연수 시의 비교 고찰」
「리욱(李旭) 시의 문학사적 고찰」
「조병화 시와 인천 지역 문학」
「기존 심연수 작품집의 의의와 문제점」
「시로 보는 1920·30년대 인천 풍경」
「심연수 시의 원전과 세계 탐구」
「심연수 문학의 연구 동향과 전망」
「심연수 시조 창작과 그 특질」
『한국 현대시의 공간과 시간』
『한국문학연구의 현단계』(공저)
『심연수 원본대조 시전집』(편저)
외 다수

일제강점기 재만조선시인

심연수 시의 원전 비평

• 초판 인쇄	2008년 8월 4일
• 초판 발행	2008년 8월 4일
• 지 은 이	황규수
• 펴 낸 이	채종준
• 펴 낸 곳	한국학술정보㈜
	경기도 파주시 교하읍 문발리 513-5
	파주출판문화정보산업단지
	전화 031) 908-3181(대표) · 팩스 031) 908-3189
	홈페이지 http://www.kstudy.com
	e-mail(출판사업부) publish@kstudy.com
• 등 록	제일산-115호(2000. 6. 19)
• 가 격	19,000원

ISBN   978-89-534-9866-2 93810 (Paper Book)
       978-89-534-9867-9 98810 (e-Book)